【臺灣現當代作家
研究資料彙編】61

吳魯芹

國立台灣文學館
出版

部長序

　　時光的腳步飛快，還記得去年「臺灣現當代作家研究資料彙編第三階段」成果發表會當天，眾多作家、文友，以及參與計畫的學者專家齊聚一堂，將小小的紀州庵擠得水洩不通，窗外是陰雨綿綿的冬日，但溫潤燦麗的文學燭光，卻點燃了滿室熱情與溫馨。當天出席的貴賓，除了表達對資料彙編成書的欣喜之情，多半不忘殷殷提醒，切莫中斷這場艱鉅卻充滿能量的文學馬拉松，一定要再接再厲深入梳理更多資深作家的創作與研究成果，將其文學身影烙下鮮明的印記。

　　就在眾人引頸期盼與祝福聲中，國立臺灣文學館以前此豐碩成果為基礎，於 2014 年持續推動「臺灣現當代作家研究資料彙編計畫」第四階段，出版刻正呈現於讀者眼前的蘇雪林、張深切、劉吶鷗、謝冰瑩、吳新榮、郭水潭、陳紀瀅、巫永福、王昶雄、無名氏、吳魯芹、鹿橋、羅蘭、鍾梅音共 14 位前輩作家的研究資料專書。看到這份名單，想必召喚出許多人腦海中悠遠而美好的閱讀記憶：蘇雪林的《綠天》、《棘心》，謝冰瑩的《從軍日記》、《女兵自傳》，為我們勾勒了 20 世紀初現代女性的新形象；臺灣最早的「電影人」黑色青年張深切、上海名士派劉吶鷗的風采；人人都能琅琅上口的王昶雄《阮若打開心內的門窗》；無名氏純情而又淒美的《塔裡的女人》；鹿橋對抗戰時期西南聯大青年學子生活和理想的詠歎《未央歌》、鍾梅音最早的女性旅遊書寫《海天遊蹤》……。每一部作品，都是一幅時代風景，是臺灣人共同走過的生命絮語，也是涓滴不息的臺灣文學細流。只是，隨著光陰流轉，許多資深前輩作家逐漸滑進歷史的夾縫，淡出了文學的舞臺。

　　而「臺灣現當代作家研究資料彙編」叢書的出版，無疑正是重現
這些文學巨星光芒的一面明鏡，透過相關資料的蒐集、梳理、彙整，
映現作家的生命軌跡、文學路徑；評論者巧眼慧心的析論，則為讀者
展開廣闊的閱讀視野，讓文本解讀的面向更加豐富多元。這不僅是對
近百年來臺灣新文學的驗收或檢視，同時也是擴展並深化臺灣文學研
究的嶄新契機。在此特別感謝承辦單位台灣文學發展基金會所組成的
工作團隊，以及參與其事的專家、學者，當然更要謝謝長期以來始終
孜孜不倦、埋首於文學創作的前輩作家們，因為有您們，才讓我們收
穫了今日這一片臺灣文學的繁花似錦。

文化部部長　龍應台

館長序

　　作家站在文學與時代的樞紐，在時代風潮、社會脈動中，用文字鋪展出獨具個人風格的作品。透過心與筆，引領讀者進入真與美的世界，與充滿無限可能的人生百態。而作家到底是什麼樣的一群人？他們寫什麼？如何寫？又為何寫？始終是文學天地裡相當引人入勝的問題之一。此所以包括學院裡的文學研究者和文壇書市中的讀者書迷，莫不對「作家」充滿好奇與興趣，想要一窺其人生之路的曲折、梳理其心靈感知的走向、甚至是挖掘、比較其與不同世代乃至同輩寫作者的風格異同。這些面向，不僅關乎作家自身的創作經歷和文學表現，更與文學史的演進有密不可分的關係。

　　作為一所國家級的文學博物館，國立臺灣文學館除了致力於臺灣文學的教育、推廣，舉辦各項展覽，另一項責無旁貸的使命即是文學史料的蒐集、整理、研究，並將這些資源和成果與社會大眾分享，以促進臺灣文學的活絡與發展。懷抱著這樣的初衷，本館成立11 年以來，已陸續出版數套規模可觀的文學史料圖書，其中，以作家為主體，全面觀照其文學樣貌與歷史地位的「臺灣現當代作家研究資料彙編」系列叢書，可說是完整而貼切地回答了上述問題，向讀者提出對作家及其作品的理解與詮釋。

　　「臺灣現當代作家研究資料彙編計畫」啟動於 2010 年，先後分三階段纂輯、彙編、出版賴和等 50 位臺灣重要現當代作家研究資料專書，每冊皆涵蓋作家影像、生平小傳、作品目錄及提要、文學年表以及其代表性的評論文章和研究目錄。由於內容翔實嚴謹，一致獲得文學界人士高度肯定，並期許持續推展，以使臺灣作家研究累積

更為深化而厚實的基礎。職是之故，臺文館於 2014 年展開第四階段計畫，承續以往，以經年的時間完成蘇雪林、張深切、劉吶鷗、謝冰瑩、吳新榮、郭水潭、陳紀瀅、巫永福、王昶雄、無名氏、吳魯芹、鹿橋、羅蘭、鍾梅音共 14 位資深前輩作家研究資料彙編。本計畫工程浩大而瑣碎，幸賴承辦單位秉持一貫敬謹任事的精神，組成經驗豐富的編輯團隊，以嫻熟縝密的工作流程，順利將成果呈現於讀者眼前；在此也同時感謝長期支持參與本計畫的專家學者，齊為這棵結實纍纍的文學大樹澆灌滋養。

國立臺灣文學館館長　**翁誌聰**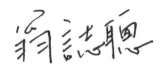

編序

◎封德屏

緣起

　　1995 年 10 月 25 日，在臺灣師範大學教育大樓的 201 室，一場以「面對臺灣文學」為題的座談會，在座諸位學者分別就臺灣文學的定義、發展、研究，以及文學史的寫法等，提出宏文高論，而時任國家圖書館編纂張錦郎的「臺灣文學需要什麼樣的工具書」，輕鬆幽默的言詞，鞭辟入裡的思維，更贏得在座者的共鳴。

　　張先生以一個圖書館工作人員自謙，認真專業地為臺灣這幾十年來究竟出版了多少有關臺灣文學的工具書，做地毯式的調查和多方面的訪問。同時條理分明地針對研究者、學生，列出了十項工具書的類型，哪些是現在亟需的，哪些是現在就可以做的，哪些是未來一步一步累積可以達成的，分別做了專業的建議及討論。

　　當時的文建會二處科長游淑靜，參與了整個座談會，會後她劍及履及的開始了文學工具書的委託工作，從 1996 年的《臺灣文學年鑑》起始，一年一本的編下去，一直到現在，保存延續了臺灣文學發展的基本樣貌。接著是《中華民國作家作品目錄》的新編，《臺灣文壇大事紀要》的續編，補助國家圖書館「當代文學史料影像全文系統」的建置，這些工具書、資料庫的接續完成，至少在當時對臺灣文學的研究，做到一些輔助的功能。

　　2003 年 10 月，籌備多年的「臺灣文學館」正式開幕運轉。同年五月《文訊》改隸「財團法人台灣文學發展基金會」，為了發揮更大的動能，開

始更積極、更有效率地將過去累積至今持續在做的文學史料整理出來，讓豐厚的文藝資源與更多人共享。

於是再次的請教張錦郎先生，張先生認為文學書目、作家作品目錄、文學年鑑、文學辭典皆已完成或正在進行，現在重點應該放在有關「臺灣現當代作家評論資料目錄」的編輯工作上。

很幸運的，這個計畫的發想得到當時臺灣文學館林瑞明館長的支持，於是緊鑼密鼓的展開一切準備工作：籌組編輯團隊、召開顧問會議、擬定工作手冊、撰寫計畫書等等。

張錦郎先生花了許多時間編訂工作手冊，每一位作家的評論資料目錄分為：

（一）生平資料：可分作者自述，旁人論述及訪談，文學獎的紀錄。

（二）作品評論資料：可分作品綜論，單行本作品評論，其他作品（包括單篇作品）評論，與其他作家比較等。

此外，對重要評論加以摘要解說，譬如專書、專輯、學術會議論文集或學位論文等，凡臺灣以外地區之報刊及出版社，於書名或報刊後加註，如中國大陸、香港、新加坡等。此外，資料蒐集範圍除臺灣外，也兼及中國大陸、香港、新加坡、日本、韓國及歐美等地資料，除利用國內蒐集管道外，同時委託當地學者或研究者，擔任資料蒐集工作。

清楚記得，時任顧問的學者專家們，都十分高興這個專案的啟動，但確定收錄哪些作家名單時，也有不同的思考及看法。經過充分的討論後，終於取得基本的共識：除以一般的「文學成就」為觀察及考量作家的標準外，並以研究的迫切性與資料獲得之難易度為綜合考量。譬如說，在第一階段時，作家的選擇除文學成就外，先考量迫切性及研究性，迫切性是指已故又是日治時期臺籍作家為優先，研究性是指作品已出土或已譯成中文為優先。若是作品不少而評論少，或作品評論皆少，可暫時不考慮。此外，還要稍微顧及文類的均衡等等。基本的共識達成後，顧問群共同挑選出 310 位作家，從鄭坤五、賴和、陳虛谷以降，一直到吳錦發、陳黎、蘇

偉貞，共分三個階段進行。

　　「臺灣現當代作家評論資料目錄」專案計畫，自 2004 年 4 月開始，至 2009 年 10 月結束，分三個階段歷時五年六個月，共發現、搜尋、記錄了十餘萬筆作家評論資料。共經歷了三位專職研究助理，近三十位兼任研究助理。這些研究助理從開始熟悉體例，到學習如何尋找資料，是一條漫長卻實用的學習過程。

接續

　　「臺灣現當代作家評論資料目錄」的專案完成，當代重要作家的研究，更可以在這個基礎上，開出亮麗的花朵。於是就有了「臺灣現當代作家研究資料彙編暨資料庫建置計畫」的誕生。為了便於查詢與應用，資料庫的完成勢在必行，而除了資料庫的建置外，這個計畫再從 310 位作家中精選 50 位，每人彙編一本研究資料，內容有作家圖片集，包括生平重要影像、文學活動照片、手稿及文物，小傳、作品目錄及提要、文學年表。另外每本書分別聘請一位最適當的學者或研究者負責編選，除了負責撰寫八千至一萬字的作家研究綜述外，再從龐雜的評論資料中挑選具有代表性的評論文章，平均 12～14 萬字，最後再附該作家的評論資料目錄，以期完整呈現該作家的生平、創作、研究概況，其歷史地位與影響。

　　第一部分除資料庫的建置外，50 位作家 50 本資料彙編（平均頁數 400～500 頁），分三個階段完成，自 2010 年 3 月開始至 2013 年 12 月，共費時 3 年 9 個月。因為內容充實，體例完整，各界反應俱佳，第二部分的 50 位作家，接著在 2014 年元月展開，第一階段計畫出版 14 本，預計在 2015 年元月完成。超量的出版工程，放諸許多臺灣民間的出版公司，都是不可能的任務。

　　首先，工作小組必須掌握每位編選者進度這件事，就是極大的挑戰。於是編輯小組在等待編選者閱讀選文的同時，開始蒐集整理作家生平照片、手稿，重編作家年表，重寫作家小傳，尋找作家出版品的正確版本、

版次，重新撰寫提要。這是一個極其複雜的工程。還好有宇霈帶領認真負責的工作同仁，以及編輯老手秀卿幫忙，才讓整個專案延續了一貫的品質及進度。

成果

雖然過程是如此艱辛，如此一言難盡，可是終究看到豐美的成果。每位編選者雖然忙碌，但面對自己負責的作家資料彙編，卻是一貫地認真堅持。他們每人必須面對上千或數百筆作家評論資料，挑選重要或關鍵性的評論文章，全面閱讀，然後依照編選原則，挑選評論文章。助理們此時不僅提供老師們所需要的支援，統計字數，最重要的是得找到各篇選文作者，取得同意轉載的授權。在起初進度流程初估時，我們錯估了此項工作的難度，因為許多評論文章，發表至今已有數十年的光景，部分作者行蹤難查，還得輾轉透過出版社、學校、服務單位，尋得蛛絲馬跡，再鍥而不捨地追蹤。有了前面的血淚教訓，日後關於授權方面，我們更是如臨深淵、如履薄冰，希望不要重蹈覆轍，在面對授權作業時更是戰戰兢兢，不敢懈怠。

除了挑選評論文章煞費苦心外，每個作家生平重要照片，我們也是採高標準的方式去蒐集，過世作家家屬、友人、研究者或是當初出版著作的出版社，都是我們徵詢的對象。認真誠懇而禮貌的態度，讓我們獲得許多從未出土的資料及照片，也贏得了許多珍貴的友誼。許多作家都協助提供照片手稿等相關資料，已不在世的作家，其家屬及友人在編輯過程中，也給予我們許多協助及鼓勵，藉由這個機會，與他們一起回憶、欣賞他們親人或父祖、前輩，可敬可愛的文學人生。此外，還有許多作家及研究者，熱心地幫忙我們尋找難以聯繫的授權者，辨識因年代久遠而難以記錄年代、地點、事件的作家照片，釐清文學年表資料及作家作品的版本問題，我們從他們身上學習到更多史料研究可貴的精神及經驗。

但如何在規定的時間內，完成每個階段資料彙編的編輯出版工作，對

工作小組來說，確實是一大考驗。每一冊的主編老師，都是目前國內現當代臺灣文學教學及研究的重要人物，因此都十分忙碌。每一本的責任編輯，必須在這一年多的時間內，與他們所負責資料彙編的主角——傳主及主編老師，共生共榮。從作家作品的收集及整理開始，必須要掌握該作家所有出版的作品，以及盡量收集不同出版社的版本；整理作家年表，除了作家、研究者已撰述好的年表外，也必須再從訪談、自傳、評論目錄，從作品出版等線索，再作比對及增刪。再來就是緊盯每位把「研究綜述」放在所有進度最後一關的主編們，每隔一段時間提醒他們，或順便把新增的評論目錄寄給他們（每隔一段時間就有新的相關論文或學位論文出現），讓他們隨時與他們所主編的這本書，產生聯想，希望有助於「研究綜述」撰寫的進度。

在每個艱辛漫長的歲月中，因等待、因其他人力無法抗拒的因素，衍伸出來的問題，層出不窮，更有許多是始料未及的。譬如，每本書的選文，主編老師本來已經選好了，也經過授權了，為了抓緊時間，負責編輯的助理們甚至連順序、頁碼都排好了，就等主編老師的大作了，這時主編突然發現有新的文章、新的資料產生：再增加兩三篇選文吧！為了達到更好更完備的目標，工作小組當然全力以赴，聯絡，授權，打字，校對，重編順序等等工作，再度展開。

此次第二部分第一階段共需完成的 14 位作家研究資料彙編，年齡層較上兩個階段已年輕許多，因此到最後的疑難雜症，還有連主編或研究者都不太清楚的部分，譬如年表中的某一件事、某一個年代、某一篇文章、某一個得獎記錄，作家本人絕對是一個最好的諮詢對象，對解決某些問題來說，這是一個好的線索，但既然看了，關心了，參與了，就可能有不同的看法，選文、年表、照片，甚至是我們整本書的體例，於是又是一場翻天覆地的大更動，對整本書的品質來說，應該是好的，但對經過多次琢磨、修改已進入完稿階段的編輯團隊來說，這不啻是一大挑戰。

1990 年開始，各地縣市文化中心（文化局），對在地作家作品集的整

理出版，以及臺灣文學館成立後對日治時期作家以迄當代重要作家全集的編纂，對臺灣文學之作家研究，也有了很好的促進作用。如《楊逵全集》、《林亨泰全集》、《鍾肇政全集》、《張文環全集》、《呂赫若日記》、《張秀亞全集》、《葉石濤全集》、《龍瑛宗全集》、《葉笛全集》、《鍾理和全集》、《錦連全集》、《楊雲萍全集》、《鍾鐵民全集》等，如雨後春筍般持續展開。

經過近二十年的努力，臺灣文學的研究與出版，也到了可以驗收或檢討成果的階段。這個說法，當然不是要停下腳步，而是可以從「臺灣現當代作家評論資料目錄」所呈現的 310 位作家、10 萬筆資料中去檢視。檢視的標的，除了從作家作品的質量、時代意義及代表性去衡量外、也可以從作家的世代、性別、文類中，去挖掘還有待開墾及努力之處。因此在這樣的堅實基礎上，這套「臺灣現當代作家研究資料彙編」，每位編選者除了概述作家的研究面向外，均有些觀察與建議。希望就已然的研究成果中，去發現不足與缺憾，研究者可以在這些不足與缺憾之處下功夫，而盡量避免在相同議題上重複。當然這都需要經過一段時間去發現、去彌補、去重建，因此，有關臺灣文學的調查與研究，就格外顯得重要了。

期待

感謝臺灣文學館持續支持推動這兩個專案的進行。「臺灣現當代作家評論資料目錄」的完成，呈現的是臺灣文學研究的總體成果；「臺灣現當代作家研究資料彙編」套書的出版，則是呈現成果中最精華最優質的一面，同時對未來臺灣文學的研究面向與路徑，作最好的建議。我們可以很清楚的體會，這是一條綿長優美的臺灣文學接力賽，我們十分榮幸能參與其中，更珍惜在傳承接力的過程，與我們相遇的每一個人，每一件讓我們真心感動的事。我們更期待這個接力賽，能有更多人加入。誠如張恆豪所說「從高音獨唱到多元交響」，這是每一個人所期待的。

編輯體例

一、本書編選之目的，為呈現吳魯芹生平、著作及研究成果，以作為臺灣文學相關研究、教學之參考資料。

二、全書共五輯，各輯內容及體例說明如下：

　　輯一：圖片集。選刊作家各個時期的生活或參與文學活動的照片、著作書影、手稿（包括創作、日記、書信）、文物。

　　輯二：生平及作品，包括三部分：

　　　　1.小傳：主要內容包括作家本名、重要筆名，生卒年月日，籍貫，及創作風格、文學成就等。

　　　　2.作品目錄及提要：依照作品文類（論述、詩、散文、小說、劇本、報導文學、傳記、日記、書信、兒童文學、合集）及出版順序，並撰寫提要。不收錄作家翻譯或編選之作品。

　　　　3.文學年表：考訂作家生平所進行的文學創作、文學活動相關之記要，依年月順序繫之。

　　輯三：研究綜述。綜論作家作品研究的概況，並展現研究成果與價值的論文。

　　輯四：重要文章選刊。選收國內外具代表性的相關研究論文及報導。

　　輯五：研究評論資料目錄。收錄至 2014 年 11 月底止，有關研究、論述臺灣現當代作家生平和作品評論文獻。語文以中文為主，兼及日文和英文資料。所收文獻資料，以臺灣出版為主，酌收中國大陸、香港、日本和歐美國家的出版品。內容包含三部分：

　　　　1.「作家生平、作品評論專書與學位論文」下分為專書與學位論文。

　　　　2.「作家生平資料篇目」下分為「自述」、「他述」、「訪談」、「年表」、「其他」。

　　　　3.「作品評論篇目」下分為「綜論」、「分論」、「作品評論目錄、索引」、「其他」。

目次

輯一◎圖片集

影像◎手稿◎文物

1931年，就讀上海中學初中部時期的吳魯芹。（翻攝自《雞尾酒會及其他》，九歌出版社）

1928年，童年時期的吳魯芹（左）與姐姐合影。（翻攝自《雞尾酒會及其他》，九歌出版社）

1947年前期，吳魯芹攝於昆明養病期間。（翻攝自《雞尾酒會及其他》，九歌出版社）

1947年冬，吳魯芹與未婚妻吳葆珠遊江蘇玄武湖。（翻攝自《雞尾酒會及其他》，九歌出版社）

1949年，在臺北市區騎單車的吳魯芹。（翻攝自《師友·文章》，九歌出版社）

1952年，吳魯芹（左）攜妻吳葆珠訪恩師陳通伯（右），攝於臺北。（翻攝自《師友‧文章》，九歌出版社）

1950年代，《自由中國》雜誌作家群。前排左起：宋英、琦君、潘人木、孟瑤、林海音、聶華苓；後排左起：吳魯芹、夏道平、夏濟安、劉守宜、雷震、何凡、周棄子、郭嗣汾、彭歌。（國立臺灣文學館提供）

1959年2月，全家福照片，攝於臺北寓所。右起：次女吳允絜、吳魯芹、吳葆珠、長女吳允絢。（丘彥明提供）

1963年，吳魯芹（右二）講學於美國羅德島州立大學。（翻攝自《雞尾酒會及其他》，九歌出版社）

1978年，吳魯芹（中）與長女吳允絢（左）、次女吳允絜（右）合影於美國華盛頓。（翻攝自《雞尾酒會及其他》，九歌出版社）

1980年6月，吳魯芹訪問美國作家約翰・契佛（左），攝於契佛宅第。（翻攝自《英美十六家》，時報文化出版公司）

1980年6月，吳魯芹訪問英國作家勞埃・傅勒（右），攝於傅勒宅第。（翻攝自《英美十六家》，時報文化出版公司）

1980年，吳魯芹至英國探訪師母凌叔華（左）。（翻攝自《師友·文章》，九歌出版社）

1981年9月，應邀出席於法國巴黎舉辦的第45屆「國際筆會大會」，攝於里昂火車站。左起：徐東濱、吳魯芹、余光中。（余光中提供）

1981年，吳魯芹與丘彥明（左）於美國加州舊金山郊外吳寓前留影。（丘彥明提供）

1981年，於書房伏案題字的吳魯芹，攝於吳寓。（丘彥明提供）

1982年8月4日，吳魯芹為擔任《聯合報》短篇小說獎評審，返臺一個月。
期間與師友們相聚。左起：吳魯芹、齊邦媛、高公翰、高師母、劉守宜。
（文訊文藝資料中心）

1982年8月10日，吳魯芹
（中）與葉維廉（右）、鄭
樹森（左）合影，攝於臺北
財神酒店。（翻攝自《臺北
一月和》，聯合報社）

1982年8月10日，應張佛千邀請至其寓邸「愛晚齋」雅集，與文友合影。右起：
吳魯芹、梁實秋、侯健、葉慶炳。（翻攝自《臺北一月和》，聯合報社）

1982年8月22日，應殷張蘭熙邀請至白沙灣別墅聚會，與友人們合影。前排左
起：林海音、彭歌、史棻、吳葆珠；後排左起：瘂弦、殷允芃、吳魯芹、楊
孔鑫、何凡、羅裕昌。（文訊文藝資料中心）

1982年8月23日，吳魯芹夫婦遊太魯閣，於天祥吊橋前合影。（丘彥明提供）

1982年8月27日，吳魯芹與周棄子（右）、張佛千（左）合影。（翻攝自《臺北一月和》，聯合報社）

1982年8月，拜訪聯合報社。左起：劉昌平、吳魯芹、丘彥明、瘂弦。（丘彥明提供）

1982年，吳魯芹夫婦與劉紹唐（右）合影。（文訊文藝資料中心）

1983年5月30日，吳魯芹夫婦與夏志清（左）於美國南加州大學合影。（翻攝自《傳記文學》第256期）

1965年4月8日，吳魯芹致夏志清函。
（吳葆珠提供）

1966年11月23日，吳魯芹致林海音函。
（國立臺灣文學館提供）

① ②

1975年11月1日，吳魯芹致夏志清函。
（吳葆珠提供）

1982年4月1日，吳魯芹發表於《聯合報》第8版〈泰岱鴻毛只
等閒──近些時對「死」的一些聯想〉手稿。（吳葆珠提供）

餘年集

洪範文學叢書⑧

吳魯芹

洪範書店印行

1982年5月，吳魯芹為其散文集《餘年集》題字於書名頁。（翻攝自《餘年集》，洪範書店）

1982年夏，吳魯芹贈喻麗清墨寶「庭園靜好／歲月無驚」。（喻麗清提供）

庭園靜好

歲月無驚

麗清屬書此聯宋張溫不知
其出處麗清言亦那自撰
丁丑濁世得一庭園已不易
且靜且好玊而易若夫無驚
於歲月則更為神仙之
况矣謹遵命永三稽博
孟湖賢兒
麗卿才女　貺倀倀一粲
壬戌仲夏魯芹

輯二◎生平及作品

小傳◎作品◎年表

小傳

吳魯芹 (1918～1983)

　　吳魯芹，男，本名吳鴻藻，字魯芹，籍貫上海，1918 年生。1949 年來臺。1983 年 7 月 30 日逝世，享壽 66 歲。

　　武漢大學外國文學系畢業。曾任武漢大學、貴州大學助教。來臺後任臺灣美國新聞處顧問，並任教於臺灣大學、臺灣師範學院、淡江英專、政治大學等校。1956 年，與夏濟安、劉守宜、宋淇共同創辦《文學雜誌》。1962 年赴西密歇根州立大學、中密歇根州立大學、布納德萊大學等校擔任客座教授，講學一年，後任美國新聞處撰述工作。曾獲金鼎獎。

　　吳魯芹創作文類以散文為主，兼及翻譯、論述。散文作品以短篇見長，題材多從生活瑣事入手，對周遭百態觀察入微，並有深刻獨到的見解。其創作風格幽默朗暢，擅於自我解嘲，亦諷亦喻，略帶譏諷的文字中不失寬諒之旨，透露出從容坦蕩的意趣。此外，其下筆講究用字遣詞，文白交融而字句流暢，中西典籍運用靈活，文簡而味永。1957 年出版的《雞尾酒會及其他》可視為成名作。齊邦媛曾譽其散文「結構縝密，筆調朗暢，無論述願懷舊議論記遊，知識趣味常超越時尚」、「是字斟句酌的藝術品，不是即興揮灑，而是將儲藏多年的學問、智慧、幽默和性情融合而成。」除散文外，另有翻譯作品多種，策劃英譯當代中國文藝作品，如 *New Chinese Stories：Twelve Short Stories by Contemporary Chinese Writers*，對譯介中外文學名著厥功甚偉。1962 年赴美任教後暫停寫作，直至 1970

年代應傳記文學雜誌社之邀，重拾創作之筆，著作日豐，風格愈臻純熟。
作品多發表於《傳記文學》、《中國時報》及《聯合報》副刊、香港《明報
月刊》等處。

　　吳魯芹學養深厚，治學可謂中西兼重，以散文之博通蘊藉馳名當代文
壇，帶動知性散文發展。1956 年與夏濟安等人創辦的《文學雜誌》，在反
共戰鬥文藝的熱潮下，堅守文學本位，譯介並推廣歐美現代主義作品，為
臺灣現代文學發展的先聲，對後輩影響深遠。他一生淡泊樂觀、雍容自
得，如輕裘緩帶的雅士。風趣、瀟灑之餘，不失其真。表現在作品中，時
時透露出機智雋永的鋒芒。誠若余光中所言：「千萬讀者可在吳魯芹的作品
中認識這位認真又瀟灑的高士。他的散文長處不在詩情畫意的感性，而在
人情事故、事態物理的意趣之間。」

　　1984 年，為紀念吳魯芹散文成就，由殷張蘭熙發起、其妻吳葆珠、齊
邦媛等人共同成立「財團法人吳魯芹紀念基金會」，委由《聯合報》及《中
國時報》副刊輪流主辦「吳魯芹散文獎」，扶掖文壇後進。

作品目錄及提要

【論述】

英美十六家

臺北：時報文化出版公司
1981 年 9 月，25 開，404 頁
時報書系 322

本書為作者於 1975～1981 年間，策劃並訪問英美當代 16 位作家，再以報導兼賞析的方式，撰寫個別訪談紀錄。全書分「英國篇」、「美國篇」兩部分，收錄〈勞埃‧傅勒〉、〈丹‧戴文〉、〈約翰‧魏英〉等 16 篇。正文前有作家採訪照片、夏志清〈雜七搭八的聯想——《英美十六家》代序〉、吳魯芹〈自序〉。正文後附錄柯約瑟著，吳心健譯「作家小傳」：〈勞埃‧傅勒〉、〈丹‧戴文〉、〈約翰‧魏英〉等 16 篇及「讀者投書」二篇。

十三位美國作家

〔華盛頓〕：美國之音‧中文部
1984 年 2 月，12.8x17.8 公分，66 頁

本書為作者擔任美國之音撰述工作時，為廣播節目撰寫之底稿。全書收錄〈第一講：索爾‧貝婁（Saul Bellow）〉、〈第二講：約翰‧契佛（John Cheever）〉、〈第三講：威廉‧薩洛揚（William Saroyan）〉等 13 篇。正文前有〈前言〉、吳魯芹〈自序〉。

【散文】

中興文學出版社
1953

明華書局 1959

美國去來

臺北：中興文學出版社
1953 年 1 月，11×18 公分，60 頁
中興散文叢書第三集

臺北：明華書局
1959 年 2 月，32 開，80 頁

本書為作者於 1952 年應美國國務院交換計畫赴美三個月，期間的所見所聞、所思所感。全書收錄〈閒人請進〉、〈家庭與婦女〉、〈政治篇上〉等九篇。正文前有吳魯芹〈楔子〉。正文後有吳魯芹〈箚記〉、吳魯芹〈跋〉。

1959 年明華版：正文與 1953 年中興文學版同。正文前新增吳魯芹〈重印小序〉。

文學雜誌社 1957

友聯出版社 1958

傳記文學出版社
1975

九歌出版社 2007

雞尾酒會及其他

臺北：文學雜誌社
1957 年 11 月，32 開，131 頁

香港：友聯出版社
1958 年 2 月，32 開，131 頁

臺北：傳記文學出版社
1975 年 12 月，32 開，139 頁
傳記文學叢書之六十四

臺北：九歌出版社
2007 年 4 月，25 開，211 頁
典藏散文 07

本書內容為作者 1952～1957 年間的散文作品結集，以幽默的筆調，描寫生活中的雜感點滴。全書分三輯，收錄〈雞尾酒會〉、〈置電話記〉、〈中西小宴異同誌〉等 14 篇。正文前有周棄子〈序〉、吳魯芹〈前記〉。

1958 年友聯版：內容與 1957 年文學雜誌版同。

1975 年傳記版：正文與 1957 年文學雜誌版同。正文前新增吳魯芹〈重印題記〉、文學

雜誌版書影。

2007 年九歌版：正文新增吳魯芹〈我的「誤人」與「誤己」生活〉。正文前新增作家身影照片、〈編輯凡例〉、文學雜誌版書影、彭歌〈輕裘緩帶的讀書人──諍友吳魯芹〉、吳魯芹〈重印題記〉，周棄子〈序〉更名為〈是不為序〉。正文後新增李歐梵〈閱讀吳魯芹〉。

傳記文學出版社
1975

九歌出版社 2007

師友・文章

臺北：傳記文學出版社
1975 年 12 月，25 開，189 頁
傳記文學叢刊之三四

臺北：九歌出版社
2007 年 10 月，25 開，237 頁
九歌文庫 1001

本書內容為作者以真摯感人的筆觸，撰寫多篇紀念師長、追述友人及憶舊、評論、雜感等文章。全書分為「甲輯・大師友」、「乙輯・小文章」、「丙輯・還是小文章──或者更小」、「丁輯・回憶錄之類」四輯，收錄〈哭吾師陳通伯先生〉、〈記吾師章淪清先生〉、〈記夏濟安之「趣」及其他〉等 14 篇。正文前有吳魯芹〈前記〉、夏志清〈序〉。正文後有彭歌〈跋〉、吳魯芹〈「細心讀者」的補遺〉。

2007 年九歌版：正文刪去〈我的「誤人」與「誤己」生活〉。正文前夏志清〈序〉更名為〈序：文章一如其人〉。正文後彭歌〈跋〉更名為〈跋：在嘲諷中不失寬容〉；新增吳葆珠〈騎腳踏車的時代〉。

九歌出版社 1979

九歌出版社 2006

瞎三話四集

臺北：九歌出版社
1979 年 10 月，32 開，249 頁
九歌文庫 30

臺北：九歌出版社
2006 年 8 月，25 開，222 頁
典藏散文 02

本書為作者發表於報章雜誌的作品結集，內容多為評論、雜感等。全書分「甲輯：無法分類的夢囈與雜感」、「乙輯：談書・論文」、「丙輯：談舊事」、「丁輯：談戲」四輯，收錄〈省時間──省了又怎樣？〉、

〈致富新由〉、〈死・訃聞・墓碑〉等 16 篇。正文前有吳魯芹〈前記〉。

2006 年九歌版：更名為《低調淺彈——瞎三話四集》。正文與 1979 年九歌版同。正文前新增〈編輯凡例〉、齊邦媛〈文學與報恩主義〉、〈財團法人臺北市吳魯芹文教基金會散文獎歷屆得獎人名單〉、余光中〈愛彈低調的高手——遠悼吳魯芹先生〉。正文後新增附錄〈《低調淺彈——瞎三話四集》重要評論索引〉。

餘年集

臺北：洪範書店
1982 年 5 月，32 開，255 頁
洪範文學叢書 86

本書集結作者 1979 年 5 月至 1981 年 12 月間的作品，有憶往、評論等內容。全書分「談自己」、「說舊事」、「發議論」、「留足跡」、「序・跋・評」五部分，收錄〈六一述願〉、〈記殘年三幸〉、〈書與書房——亦是滄桑歷盡〉等 20 篇。正文前有張佛千〈讀其文不知其人，可乎？——序吳魯芹先生《餘年集》〉、吳魯芹〈自序〉。

臺北一月和

臺北：聯合報社
1983 年 7 月，新 25 開，88 頁
聯合報叢書

本書以日記的形式，記錄作者 1982 年 8 月返臺一月間的生活瑣事及趣聞。全書收錄〈「老漢」歸國日記抄〉、〈「報恩除是轉輪時」——歸國日記抄外一章〉二篇。正文前有作家身影照片、吳魯芹〈前記〉、丘彥明〈訪散文家吳魯芹先生——代序〉。

文人相重

臺北：洪範書店
1983 年 10 月，32 開，184 頁
洪範文學叢書 102

本書記敘六段文人間因文相識，繼而結為摯友的動人故事。全書收錄〈維吉尼亞・吳爾芙與凌叔華〉、〈亨利・詹姆斯與 R・L・斯蒂文蓀〉、〈傑姆斯・瑟帛與 E・B・懷特〉等六篇。正文前有吳葆珠〈寫在書前〉、吳魯芹〈楔子〉。正文後附錄吳魯芹〈瑪麗・麥卡賽與麗蓮・海爾曼——從口誅，筆伐到訴之於有司〉、吳魯芹〈後記〉。

暮雲集

臺北：洪範書店
1984 年 11 月，32 開，152 頁
洪範文學叢書 120

本書為洪範書店為紀念作者，特將其生前未發表文稿集結整理後出版。全書分二輯，收錄〈得意的一刻〉、〈考試經驗談〉、〈聽最信賴得過的人講故事發妙論〉等 12 篇。正文前有齊邦媛〈文章千古事——弦斷吟未止的吳魯芹散文〉。正文後有吳葆珠〈後記〉。

洪範書店 1986

洪範書店 2006

吳魯芹散文選／齊邦媛編

臺北：洪範書店
1986 年 4 月，32 開，286 頁
洪範文學叢書 154

臺北：洪範書店
2006 年 8 月，14.3x20.6 公分，288 頁
洪範文學叢書 154

本書自作者出版散文集中遴選、收錄具代表性的散文文章，紀念其一生寫作的過程與成就。全書分八部分，收錄〈閒人請進〉、〈民為貴〉、〈雞尾酒會〉、〈置電話記〉等 32 篇。正文前有齊邦媛〈前言〉。正文後有〈吳魯芹著作簡表〉。
2006 年洪範版：正文與 1986 年洪範版同。正文後新增〈吳魯芹散文獎歷屆得獎人名單〉。

瞎三話四——吳魯芹選集／劉紹銘主編

香港：天地圖書公司
2006 年 8 月，14x21 公分，362 頁
現代散文典藏

本書內容為作者散文作品結集。全書收錄〈雞尾酒會〉、〈置電話記〉、〈中西小宴異同誌〉、〈「答客問」——一種最能自得其樂的文體〉等 34 篇。正文前有劉紹銘〈導言：吳魯芹的瀟灑世界〉。正文後附錄夏志清〈序《師友‧文章》〉、余光中〈愛談低調的高手——遠悼吳魯芹先生〉、劉紹銘〈洋湯原來是禍水〉。

【合集】

吳魯芹散文集／劉紹銘主編

上海：上海世紀出版公司・上海書店出版社

2009 年 1 月，32 開

共 7 冊。正文前有上海書店出版社〈出版說明〉、劉紹銘〈洋湯原來是禍水〉。

英美十六家

上海：上海世紀出版公司・上海書店出版社

2009 年 1 月，32 開，264 頁

本書收錄《英美十六家》之內容。

雞尾酒會及其他・美國去來

上海：上海世紀出版公司・上海書店出版社

2009 年 1 月，32 開，161 頁

本書收錄《雞尾酒會及其他》及《美國去來》之內容。

師友・文章

上海：上海世紀出版公司・上海書店出版社

2009 年 1 月，32 開，226 頁

本書收錄《師友・文章》之內容。

瞎三話四集

上海：上海世紀出版公司・上海書店出版社
2009 年 1 月，32 開，186 頁

本書收錄《瞎三話四集》之內容。

餘年集

上海：上海世紀出版公司・上海書店出版社
2009 年 1 月，32 開，195 頁

本書收錄《餘年集》之內容。

文人相重・臺北一月和

上海：上海世紀出版公司・上海書店出版社
2009 年 1 月，32 開，222 頁

本書收錄《文人相重》及《臺北一月和》之內容。

暮雲集

上海：上海世紀出版公司・上海書店出版社
2009 年 1 月，32 開，95 頁

本書收錄《暮雲集》之內容。

文學年表

1918 年	本年	生於上海市。本名吳鴻藻，字魯芹。
		從師讀古文，並習書法，終身研練。
1924 年	本年	就讀上海中學附屬實驗小學。
1930 年	本年	畢業於上海中學附屬實驗小學。
1931 年	春	考入上海中學初中部一年級。
1932 年	本年	升二年級，得班導師兼國文教師章淪清、英文教師姚志英指
		導，奠定國文、英文基礎。
1933 年	本年	畢業於上海中學初中部，考取省立上海中學高中部普通科。
1934 年	本年	開始投遞文章至報刊。
1936 年	本年	畢業於上海中學高中部。
1937 年	夏	考取武漢大學外國文學系。
	秋	就讀武漢大學外國文學系。就學期間，師從陳通伯。
	冬	武漢大學因中日戰爭遭轟炸，學校緊急停課疏散，學業因而
		暫時中斷。
1938 年	2 月	隨武漢大學西遷至四川樂山縣，復學。
1939 年	3 月	19 日，罹肺病。夏時，至樂山文廟後山老霄頂廟中休養。
1940 年	本年	以第一名成績畢業於武漢大學外國文學系。
		於武漢大學任助教一年半。
1942 年	本年	至重慶擔任「中華教育文化基金會」總幹事任叔永祕書。
1943 年	冬	至昆明戰訊新聞處工作。
1947 年	本年	回重慶。應張道藩之邀，任職於「國際文化合作協會」，並主

持「國際文化合作會議」，至 1949 年夏止。

1948 年　　本年　　與吳葆珠結婚。

1949 年　　本年　　來臺。

　　　　　　　　　任臺灣大學外國文學系（今外國語文學系）與臺灣省立師範
　　　　　　　　　學院（今臺灣師範大學）英語學系講師，教授「新聞寫作」、
　　　　　　　　　「小說選讀」、「翻譯」課程，至 1962 年 6 月。

1951 年　　8 月　　16 日，〈百科全書的故事〉發表於《自由中國》第 5 卷第 4
　　　　　　　　　期。

　　　　　　本年　　應臺灣美國新聞處之聘，任撰述工作。

1952 年　　3 月　　16 日，〈評《洗腦》〉（Schvard Hunter 著）發表於《自由中
　　　　　　　　　國》第 6 卷第 6 期。

　　　　　　本年　　應美國國務院交換計畫，赴美講學三個月，後將講學期間所
　　　　　　　　　見所聞集結成《美國去來》一書出版。

1953 年　　1 月　　《美國去來》由臺北中興文學出版社出版，為作者首次出版
　　　　　　　　　散文集。

　　　　　　10 月　　16 日，〈雞尾酒會〉發表於《自由中國》第 9 卷第 8 期。

1954 年　　1 月　　16 日，〈小襟人物〉發表於《自由中國》第 10 卷第 2 期。

　　　　　　5 月　　1 日，〈文人與無行〉發表於《自由中國》第 10 卷第 9 期。

　　　　　　7 月　　16 日，〈請客〉發表於《自由中國》第 11 卷第 2 期。

1955 年　　1 月　　16 日，〈談小賬〉發表於《自由中國》第 12 卷第 2 期。

　　　　　　2 月　　20 日，〈置電話記〉發表於《自由中國》第 12 卷第 4 期。

1956 年　　3 月　　1 日，〈隣居〉發表於《自由中國》第 14 卷第 5 期。

　　　　　　春末　　與夏濟安、劉守宜等構思創辦《文學雜誌》，主掌財務。並由
　　　　　　　　　劉守宜當經理、夏濟安任編輯、宋淇負責海外約稿。

　　　　　　4 月　　翻譯詹姆士・席爾頓（James Hilton）長篇小說《尋》，由臺
　　　　　　　　　北明華書局出版。

　　　　　　7 月　　1 日，〈番語之累〉發表於《自由談》第 7 卷第 7 期。

9月　1 日，翻譯威廉・薩默塞特・毛姆（William Somerset Maugham）中篇小說〈池塘〉於《自由談》第 7 卷第 9 期～第 8 卷第 1 期，至 1957 年 1 月止。

20 日，《文學雜誌》創刊；發表〈我和書〉於《文學雜誌》第 1 卷第 1 期。

11月　20 日，〈談說謊〉發表於《文學雜誌》第 1 卷第 3 期。

1957 年　2 月　1 日，翻譯毛姆短篇小說〈寶貝〉於《自由談》第 8 卷第 2～3 期，至 3 月止。

20 日，〈懶散〉發表於《文學雜誌》第 1 卷第 6 期。

5 月　20 日，翻譯史賓塞（J. E. Spingarn）〈新批評〉於《文學雜誌》第 2 卷第 3 期。

8 月　20 日，〈約會〉發表於《文學雜誌》第 2 卷第 6 期。

11 月　《雞尾酒會及其他》由臺北文學雜誌社出版。

本年　任教於政治大學西洋語文學系（今英國語文學系），至 1959 年止。

《雞尾酒會及其他》由香港友聯出版社出版。

1958 年　12 月　20 日，〈小說的前途〉發表於《文學雜誌》第 5 卷第 4 期。

本年　擔任臺北美國新聞處顧問，譯介臺灣文學與藝術作品至國外。

1959 年　2 月　《美國去來》由臺北明華書局出版。

9 月　翻譯毛姆中、短篇小說集《生理現象》，由臺北明華書局出版。

翻譯毛姆中、短篇小說集《毛姆小說集》，由臺北明華書局出版。

1960 年　本年　翻譯夏綠蒂・勃朗特（Charlotte Bronte）長篇小說《簡愛》，由臺北明華書局出版。

1961 年　3 月　15 日，〈博士與博士衍〉發表於《新時代》第 1 卷第 3 期。

6 月　〈哭吾師陳通伯先生〉發表於《傳記文學》第 97 期。

本年　編輯、英譯 *New Chinese Stories：Twelve Short Stories by Contemporary Chinese Writers*，由臺北 Heritage Press 出版。

1962 年　9 月　應佛爾布萊德基金會之邀，以客座教授身分赴美布佛羅大學（今紐約州立大學水牛城分校）、西密歇根州立大學、中密歇根州立大學、布納德萊大學等七校巡迴講學一年，教授比較文學，至 1963 年 5 月。

1963 年　6 月　應紐約教育廳之邀擔任布佛羅、波茨坦、奧斯維哥等地州立大學擔任暑期講師。後續任兩年。

本年　於華盛頓美國新聞處美國之音擔任撰述工作。

1965 年　5 月　翻譯毛姆中、短篇小說集《碧霞》，由臺北明華書局出版。

1966 年　本年　舉家赴美，居住於華府近郊阿靈頓鎮。

1970 年　本年　應《傳記文學》之邀，重拾創作之筆。

1971 年　3 月　參加於華盛頓舉行的第 23 屆「亞洲學會年會」。

7 月　〈記夏濟安之「趣」及其他〉發表於《傳記文學》第 110 期。

11 月　〈記與世驤的最後一聚〉發表於《傳記文學》第 114 期。

1972 年　3 月　〈記吾師章淪清先生〉發表於《傳記文學》第 118 期。

4 月　〈「馬戲生涯」一年〉連載於《傳記文學》第 119～120 期，至 5 月止。

6 月　〈記道藩先生戰後文化交流的構想〉發表於《傳記文學》第 121 期。

1973 年　8 月　〈《維吉利亞‧吳爾芙傳》讀後記〉（昆亭‧拜爾著）發表於《傳記文學》第 135 期。同年 9 月發表於《幼獅文藝》第 237 期。

1974 年　1 月　〈「眉批」美國文「市」〉發表於《幼獅文藝》第 241 期。

8 月　7 日，〈數字人生〉發表於《中央日報》第 10 版。

12～13 日,〈眉批美國的黑人文學〉連載於《中央日報》第
10、12 版。

"An Academic Affair" 發表於 *The Chinese Pen* 夏季號。

1975 年　2 月　〈我的「誤人」與「誤己」生活〉發表於《傳記文學》第
153 期。

3 月　〈「兩句三年得」的「票寫」生涯〉發表於《傳記文學》第
154 期。

4 月　〈「細心讀者」的補遺〉發表於《傳記文學》第 155 期。

11 月　〈《雞尾酒會及其他》重印題記〉、〈《師友・文章》前記〉發
表於《傳記文學》第 162 期。本期有「《師友・文章》出版
輯」專欄。

12 月　《師友・文章》、《雞尾酒會及其他》由臺北傳記文學出版社
出版。

1976 年　10 月　29 日,〈無涯樓夢鈔〉發表於《聯合報》第 13 版。

11 月　10 日,〈懷特事件始末——老文豪氣冲牛斗・大公司從善如
流〉發表於《中國時報》第 12 版。

1977 年　6 月　1 日,〈散文何以式微的問題〉發表於《中外文學》第 6 卷第
1 期。

1 日,〈瑣憶《文學雜誌》的創刊和夭折——見到重刊合訂本
問世廣告所引起的〉發表於《聯合報》第 12 版;並於同月發
表於《傳記文學》第 181 期。

7 月　12 日,〈致富新由——「冷眼觀世變」隨感錄之一〉發表於
《聯合報》第 12 版。

9 月　〈「上中與我」——為江蘇省立上海中學創立五十週年特刊而
作〉發表於《傳記文學》第 184 期。

11 月　27 日,〈省時間——省了又怎樣?〉發表於《聯合報》第 12
版。

12 月　2 日，〈談俗〉發表於《中國時報》第 12 版。

1978 年　1 月　6 日，〈死・訃聞・墓碑〉發表於《聯合報》第 12 版。

3 月　1 日，〈杞人憂天錄〉發表於《中國時報》第 12 版。

5 月　〈嚴冬隔日記〉發表於《今日世界》第 567 期。

1979 年　3 月　9 日，〈如果您不介意的話……我想說點不中聽的〉發表於《中國時報》第 12 版。

10 日，〈談睡〉發表於《聯合報》第 12 版。

4 月　〈武大舊人舊事〉發表於《傳記文學》第 203 期。

自美國新聞處退休。卜居舊金山近郊秣陵郡幼鹿坡，專事寫作。

8 月　16 日，〈六一述願〉發表於《聯合報》第 8 版。

18 日，〈如果您不介意的話……我想說點不中聽的・之二〉發表於《中國時報》第 8 版。

31 日，〈寫在《瞎三話四集》前面〉發表於《聯合報》第 8 版。

9 月　17 日，回答讀者問題，〈口中多嚼幾遍才下筆〉發表於《中國時報》第 8 版。

10 月　《瞎三話四集》由臺北九歌出版社出版。

〈記珞珈三傑——蘇雪林・袁昌英・凌叔華〉發表於《傳記文學》第 209 期。

11 月　〈《瞎三話四集》前記〉發表於《傳記文學》第 210 期。

1980 年　2 月　8 日，〈記殘年三幸〉發表於《聯合報》第 8 版。

25 日，〈抗戰時期的大學生活〉發表於《中華日報》第 2 版。

3 月　〈記雷儆寰與趙君豪的拉稿作風〉發表於《傳記文學》第 214 期。

4 月　30 日，〈訪史坦貝克故居——歸後胡說〉發表於《聯合報》

第 8 版。

5 月　4 日，與楊牧、何欣、司馬中原、齊邦媛共同執筆「當代散文五家談」專題，抒發感想，發表於《中國時報》第 8 版。

9 月　11～12 日，於《中國時報》副刊開設「我談、我訪我喜歡的當代英美作家」專欄，發表一系列英、美作家訪談記。〈當代最有聲望的美國作家馬拉默德（Bernard Malamud）訪問記〉連載於《中國時報》第 8 版。

18～19 日，〈美國最寶貴的文學資源之一──散文大家懷特〉連載於《中國時報》第 8 版。

25～26 日，〈與英國名家一脈相承的美國女文豪瑪麗‧麥卡賽（Mary MacCarthy）訪問記〉連載於《中國時報》第 8 版。

〈外行看大小三展〉發表於《傳記文學》第 220 期。

10 月　8～9 日，〈描寫現代生活長卷的約翰‧契佛（John Cheever）〉連載於《中國時報》第 8 版。

11 月　6～7 日，〈倫敦近郊訪詩人‧小說家傅勒〉連載於《中國時報》第 8 版。

13～14 日，〈茅屋秋日促膝談──小說家丹‧戴文會見記〉連載於《中國時報》第 8 版。

20～21 日，〈「憤怒青年」究何在？牛津城訪約翰‧魏英（John Wain）〉連載於《中國時報》第 8 版。

27 日，〈「連愛爾蘭人也把他忘記了」的詩人，小說家布凱南（George Buchanan）〉發表於《中國時報》第 8 版。

1981 年　1 月　15 日，〈才女狂言驚四座──倫敦市訪布勞菲（Brigid Brophy）〉發表於《中國時報》第 8 版。

22 日，〈衰病殘年。閉門謝客──姑且雜談普里斯特萊（J. B. Priestley）〉發表於《中國時報》第 8 版。

29～30 日,〈九分詼諧‧半分憤怒──金斯萊‧艾密斯（Kingsley Amis）文如其人〉連載於《中國時報》第 8 版。

2月　19～20 日,〈愛丁堡深秋蕭索──訪大師戴啟思（David Daiches）談文學〉連載於《中國時報》第 8 版。

26～27 日,〈聽一九七六年諾貝爾文學獎得主索爾‧貝婁（Saul Bellow）談近代作家──偶爾也談到他自己〉連載於《中國時報》第 8 版。

3月　5～6 日,〈新英格蘭初冬訪文談重鎮羅伯‧潘‧華倫（Robert Penn Warren）〉連載於《中國時報》第 8 版。

19 日,〈魚與熊掌可兼得乎？與艾琳娜‧克拉克（Eleanor Clark）談寫作與持家〉發表於《中國時報》第 8 版。

4月　1 日,〈體完如山菓‧光燦若露珠──雜談約翰‧歐普戴克（John Updike）〉發表於《中國時報》第 8 版。

30 日,〈論讀書人與懷才不遇〉發表於《聯合報》第 8 版。

6月　1 日,〈海明威‧人猿泰山‧張翼德──惡補二齋夜讀《海氏書信集》雜記〉發表於《中國時報》第 8 版。

〈海明威其人及其書信集〉發表於《傳記文學》第 229 期。

9月　8 日,〈讀《歲月長青》〉（聯副三十年文學大系編輯委員會編）發表於《聯合報》第 8 版。

應邀出席於法國巴黎舉辦的第 45 屆「國際筆會大會」。

〈《英美十六家》自序〉發表於《傳記文學》第 232 期。

《英美十六家》由臺北時報文化出版公司出版。

10月　1 日,〈書‧書房〉發表於《中國時報》第 8 版。

11月　5 日,〈「不受干擾」權的防禦戰〉發表於《聯合報》第 8 版。

20 日,〈《英美十六家》──我談‧我訪‧我喜歡的作家〉、〈不虞之譽──金鼎獎得獎感言〉發表於《中國時報》第 8

版。

27 日,〈「喝湯出聲」辯〉發表於《中國時報》第 8 版。

12 月　4 日,〈翡冷翠夜夢徐志摩〉發表於《聯合報》第 8 版。

本年　《中國時報》「人間副刊」連載專欄「我談、我訪我喜歡的當代英美作家」榮獲金鼎獎。

1982 年　1 月　22 日,〈旅遊只宜提倡說〉發表於《聯合報》第 8 版。

2 月　6〜7 日,〈吳魯芹非遊記──歐陸之行一筆糊塗帳〉連載於《中國時報》第 8 版。

16 日,〈居然是──書到用時不恨少〉發表於《中華日報》第 10 版。

3 月　15 日,〈聽最信賴得過的人講故事‧發妙論〉發表於《中國時報》第 8 版。

4 月　1 日,〈泰岱鴻毛只等閒──近些時對「死」的一些聯想〉發表於《聯合報》第 8 版。

5 月　16 日,〈出書的況味──關於《餘年集》及其他〉發表於《聯合報》第 8 版。

《餘年集》由臺北洪範書店出版。

6 月　〈關於《餘年集》及其他〉發表於《傳記文學》第 241 期。

7 月　3 日,〈約翰‧契佛之多少?──記一點小事來紀念這位大家〉發表於《中國時報》第 8 版。

26 日,〈美國文市是非恩怨──瑪麗‧麥卡賽（Mary McCarthy）與麗蓮‧海爾曼（Lillian Hellman）從口誅,筆伐到訴之於有司〉發表於《中國時報》第 8 版。

〈催生無功　毀胎有份〉發表於《傳記文學》第 242 期。

8 月　2 日,〈諾貝爾獎不一定就是「死吻」──索爾‧貝羅:《訓導長的十二月》讀後記〉發表於《聯合報》第 8 版;同月發表於《明報月刊》第 200 期。

應《聯合報》副刊之邀，返臺擔任「聯合報小說獎」評審，後以日記體形式寫下返臺一月間生活瑣事及見聞。

11 月　　5 日，〈「報恩除是轉輪時」——「老漢」歸國日記鈔外一章〉發表於《中央日報》第 12 版。同月發表於《傳記文學》第 247 期。

12 月　　6～25 日，〈「老漢」歸國日記鈔〉連載於《聯合報》第 8 版。

"Literature: Hope for A Crisis-Ridden World"發表於 *The Chinese Pen* 冬季號。

1983 年　3 月　　1 日，〈大才小用辯〉發表於《中國時報》第 8 版；同月發表於《明報月刊》第 207 期。

10～11 日，於《聯合報》開設「文人相重・情見乎辭之二」專欄。〈維吉尼亞・吳爾芙與凌叔華〉連載於《聯合報》第 8 版；同月發表於《傳記文學》第 250 期。

4 月　　27～28 日，〈詹姆斯與史帝文蓀（Henry James and Robert Louis Stevenson）〉連載於《聯合報》第 8 版；同年 5 月發表於《明報月刊》第 209 期。

5 月　　28～29 日，〈《紐約客》周刊的一時瑜亮——傑姆斯・瑟帛與伊・碧・懷特（James Thurber and E. B. White）〉連載於《聯合報》第 8 版；同年 7 月發表於《明報月刊》第 211 期。

6 月　　6 日，〈藝術・文化與衙門——「保持距離，以策安全」說〉發表於《中國時報》第 8 版。

7 月　　〈憶任叔永先生與莎菲女士〉發表於《傳記文學》第 254 期。同年 11 月發表於《大成》第 120 期。

18～19 日，〈為小說藝術爭執二十年〉連載於《聯合報》第 8 版。

30 日，心臟病發，逝世於美國加州，享壽 66 歲。

《臺北一月和》由臺北聯經出版公司出版。

8月　1～2 日，〈卅十年如一日，生死不渝——福德與龐德（Ford Madox Ford and Ezra Pound）〉刊載於《聯合報》第 8 版；同月刊載於《明報月刊》第 212 期。

24 日，〈麥克斯威爾・柏金斯與湯瑪斯・伍爾夫〉、〈卸下一副擔子（後記）〉刊載於《聯合報》第 8 版。〈麥克斯威爾・柏金斯與湯瑪斯・伍爾夫〉並於同年 9 月刊載於《明報月刊》第 212 期。

〈亨利・詹姆斯與 H・G・威爾斯——以《世界史綱》一書在中國享名 H・G・威爾斯小說藝術觀〉刊載於《傳記文學》第 255 期。

9月　《傳記文學》製作吳魯芹悼念專題「敬悼本刊作者賴景瑚，吳魯芹兩先生」，鄭通和〈魯芹生平事略〉、張佛千〈敬悼吳魯芹先生〉、劉守宜〈念魯芹・談往事〉、〈吳魯芹先生本刊發表文稿目錄〉刊載於《傳記文學》第 256 期。

10月　《文人相重》由臺北洪範書店出版。

11月　《傳記文學》製作吳魯芹悼念專題「吳魯芹先生逝世紀念特輯（續）」，湯晏〈「泰岱鴻毛只等閒」——紀念吳魯芹先生〉、吳魯芹〈《文人相重》後記〉、吳葆珠〈寫在《文人相重》書前〉、石永貴〈我對吳魯芹吳嘉棠兩先生的印象〉刊載於《傳記文學》第 258 期。

1984 年　2月　《十三位美國作家》由華盛頓美國之音・中文部出版。

「財團法人吳魯芹紀念基金會」成立，由殷張蘭熙、齊邦媛、張佛千、劉紹唐、姚朋、王慶麟、金恆煒、吳葆珠、吳允絢九人擔任董事。隔年創立「吳魯芹散文獎」，委由《中國時報》與《聯合報》輪流主辦，持續至第 26 屆（2009 年）。

11月　《暮雲集》由臺北洪範書店出版。

1986 年	2 月	〈韓譯艾略特《四部組詩》序〉刊載於《聯合文學》第 16 期。
	4 月	齊邦媛編《吳魯芹散文選》，由臺北洪範書店出版。
2006 年	8 月	《低調淺彈──瞎三話四集》（原《瞎三話四集》）由臺北九歌出版社出版。
		劉紹銘主編《瞎三話四──吳魯芹選集》，由香港天地圖書公司出版。
		齊邦媛編《吳魯芹散文選》，由臺北洪範書店再版。
2007 年	4 月	《雞尾酒會及其他》由臺北九歌出版社出版。
	10 月	《師友‧文章》由臺北九歌出版社出版。
2009 年	1 月	劉紹銘主編《吳魯芹散文集》（共七冊），由上海上海世紀出版公司‧上海書店出版社出版。

參考資料：

‧吳魯芹，《師友‧文章》，臺北：傳記文學出版社，1975 年 12 月。

‧吳魯芹，《餘年集》，臺北：洪範書店，1982 年 5 月。

‧吳魯芹，《暮雲集》，臺北：洪範書店，1984 年 11 月。

‧齊邦媛編，《吳魯芹散文選》，臺北：洪範書店，1986 年 4 月。

‧張佛千，〈敬悼吳魯芹先生〉，《傳記文學》第 256 期，1983 年 9 月。

‧劉守宜，〈念魯芹‧談往事〉，《傳記文學》第 256 期，1983 年 9 月。

輯三◎
研究綜述

吳魯芹評論與研究綜述

◎須文蔚

壹、前言

　　吳魯芹（1918～1983），本名吳鴻藻，字魯芹，上海人。上海中學畢業，1940 年武漢大學外文系畢業。曾獲陳通伯推薦，1942 年於「中華教育文化基金會」，擔任任叔永先生的中、英文祕書。1943 年冬，入美國在昆明的「戰訊新聞處」（Wartime Information Office, WIO）工作。抗戰勝利後，從昆明赴重慶、南京，籌劃和草創「國際文化合作協會」，工作歷時兩年。

　　1949 年夏天來臺灣，先後任教於臺灣師範大學、淡江大學、臺灣大學、政治大學等校，開設翻譯、新聞英文以及文學評論等課程，對引進新批評，有所貢獻。在臺期間，1951 年起，擔任臺北「美國新聞處」（United States Information Service, USIS，簡稱美新處）撰述工作。1956 年與夏濟安、宋淇、劉守宜等聯合創辦《文學雜誌》。1962 年以客座教授身分赴美國講學，後任職於美國新聞總署（United States Information Agency, USIA），直至 1979 年退休。

　　吳魯芹以散文享譽文壇，兼及翻譯與論述。吳魯芹散文作品有《美國去來》（1953 年）、《雞尾酒會及其他》（1957 年）、《師友‧文章》（1975 年）、《瞎三話四集》（1979 年）、《餘年集》（1982 年）、《暮雲集》（1984 年）、《吳魯芹散文選》（1986 年）等。是一位從東方風範面對西方文學的博學鴻儒，他的治學可謂中西兼重，以散文隨筆之博通蘊藉馳名當代。

1983 年因心臟病病逝美國舊金山，後由《聯合報》及《中國時報》副刊輪流主辦「吳魯芹散文獎」，獎掖後進，更確立了吳氏在臺灣當代散文的經典地位。

吳魯芹在散文史上具有承先啟後的地位，夏志清認為，吳氏延續了周作人、林語堂、梁實秋的閒適、幽默小品文傳統，並在流亡臺北後，繼續於戒嚴時代以閒適、幽默美學來書寫個人生活、讀書、交遊之點滴。[1]齊邦媛亦稱譽其散文「結構縝密，筆調朗暢，無論述願懷舊議論記遊，知識趣味常超越時尚」。[2]本研究將針對吳魯芹創作的前、後兩個時期的散文創作，蒐集重要研究與評論者的見解，加以分析與討論。

隨著近年來文學研究重視文化研究、後殖民研究等議題，臺灣文學在冷戰時期受到美國與香港影響的議題，日益受到重視。吳魯芹先生長年任職美國外交的宣傳機構的身分，開始受到注目，研究者不但對其翻譯、英美作家訪談作品多種有所評論，更對他籌辦《文學雜誌》背後的經濟與文化運作，多所著墨，本研究也闢有專節討論。

貳、吳魯芹生平研究與評論

吳魯芹生平的研究不多見，所幸他偶而夫子自道，加上訪談錄，以及眾多文友的側寫與追憶，構築了閱讀吳魯芹生命史的豐富基礎。

透過〈我的「誤人」與「誤己」生活〉[3]、〈我的大學生活〉[4]以及〈「馬戲生涯」一年〉[5]等三篇自傳散文，研究者可以一窺吳魯芹的家庭背景、成長環境、求學歷程、教書生涯、遊歷海外與寫作經驗。透過他幽默筆調的分享，可以獲悉他自少年時浸淫在國學與西學，其後抗戰時期，流離求學

---

[1]夏志清，〈《師友・文章》序〉，《傳記文學》第 162 期（1975 年 11 月），頁 34～40。
[2]齊邦媛，〈前言〉，《吳魯芹散文選》（臺北：洪範書店，1986 年 4 月），頁 3。
[3]吳魯芹，〈我的「誤人」與「誤己」生活〉，《雞尾酒會及其他》（臺北：九歌出版社，2007 年 4 月），頁 161～205。原載《傳記文學》第 153 期（1975 年 2 月）。
[4]吳魯芹，〈我的大學生活〉，《餘年集》（臺北：洪範書店，1982 年 5 月），頁 59～66。
[5]吳魯芹，〈「馬戲生涯」一年——一九六二年九月至一九六三年八月〉，《師友・文章》（臺北：傳記文學出版社，1975 年 12 月），頁 135～158。本書後改由九歌出版社出版。

的歲月。

1949 年到臺灣之後，有 13 年的時間，在師範學院、師院附中、淡江英專、臺灣大學、政治大學等校，兼任或專任教職。論及他在文學教育的影響，莫過於在臺灣大學與政治大學開設文學批評的課程：

> 「文學批評」的教學進度與範圍，更可以由我「一意孤行」。我原可以循正統的方法，從亞里斯多德的《詩論》講起，一直講到「新批評」，但是我覺得李查茲的實用批評學亦有可作楷模的地方。另外，近幾十年有若干人把不屬於文學的知識應用到文學批評中去，創了不少新天地，至少不可小視，於是形成古往今來無所不包的一大盤雜燴，每周兩小時所能做到的當然也只是蜻蜓點水式的淺嘗即止。[6]

可見在 1950 年代開始，他就引進了新批評的評論方式，後來也一度在臺灣評論界蔚為風尚。

吳魯芹在傳記文章中較少仔細描述的工作資歷，是他於國民政府與美國政府任職的經驗。在二戰時期，美國為了外交與宣傳的任務，在各地設有「戰訊新聞處」，專做宣傳及反宣傳的工作，二次世界大戰結束之後，歸併到美國國務院，成為其屬下新聞處，負責官方新聞工作。[7]如果仔細耙梳，他在 1943 年冬，就開始與二戰時期的美國「戰訊新聞處」合作，一度進入昆明的機構中工作。在抗戰勝利後，也曾經應國民黨文宣高層張道藩、胡一貫之約，從昆明赴重慶、南京，籌劃和草創「國際文化合作協會」。[8]吳葆珠的回憶指出：

---

[6]吳魯芹，〈我的「誤人」與「誤己」生活〉，《雞尾酒會及其他》（臺北：九歌出版社，2007 年 4 月），頁 202～203。
[7]陳大敦（2009），〈美國新聞處的底蘊〉，http://www.freewebs.com/ chentatun/works/career/background.html）
[8]吳魯芹，〈記道藩先生戰後文化交流的構想──用來悼念他的逝世四週年〉，《師友・文章》（臺北：九歌出版社，2007 年 10 月），頁 86～98。

日本投降後，從昆明到重慶，到南京，在前後兩年多的歲月中，藻追隨
張道藩、胡一貫兩位先生。後來，在一員大將之下，當了唯一的一名一
兵，從事國際文化合作協會的籌劃和草創工作。在這段時期，雖曾擬訂
了幾個三年到五年的分期推動計劃，後來這個組織由於「生不逢辰」，受
幣制貶平的影響，也就無疾而終。[9]

在 1949 年以後，吳魯芹來臺，除了在大學教書外，也曾長期在臺北「美國
新聞處」工作。

　　查考美新處的設立，是美國因應冷戰，於 1953 年擴大成立「美國新聞
總署」，派駐在世界各地的分支機構，則稱為「美國新聞處」，主要任務是
把美國政治、國情與文化，向世界各地宣傳與介紹，透過各式各樣的文化
交流活動，增進各國對美國的理解與信任。通常下設新聞聯絡組，文化交
流組，出版組等部門，與當地的傳播媒體互動，甚至資助文化活動，乃至
於經營出版社與媒體，介紹美國政治、經濟、文學、歷史、藝術、科學與
文化等各方面的最新情況，闡述美國政府的政策與民主價值，值得注意的
是，在媒體內容規畫上，往往會大力刊登在地的文化訊息，並非一面倒地
宣傳美國文化。[10]吳魯芹曾長期兼任美新處顧問，協助美國推動在臺的文藝
宣傳工作，也是他特殊的工作生涯，也藉此之便翻譯與介紹臺灣的文學與
藝術至美國，與臺大夏濟安教授共同創辦《文學雜誌》，並大力提攜新進。
吳葆珠指出：

> 當時他有一套計劃，就是把臺灣的文學與美術作品用英文介紹到國外
> 去。畫集印出來的有黃君璧、藍蔭鼎、鄭曼青、蒙逸鴻等幾位的作品；
> 文藝則有藻自己編譯的兩本選集 *New Chinese Stories* 及 *New Chinese*

---

[9]吳葆珠，〈服裝最佳教授：為紀念魯芹逝世週年〉，《傳記文學》第 266 期（1984 年 7 月），頁 47～
50。
[10]陳大敦（2009），〈美國新聞處的底蘊〉，http://www.freewebs.com/chentatun/works/career/backgroun
d.html）。

Writing（一九六〇年代美國印第安那大學曾採用為教本）。殷張蘭熙、聶華苓、余光中等幾位，也都參加共同努力過，編印了短篇小說和詩選。到這時候，藻不但算是實現了當年部分國際文化合作協會擬定的計劃，同時也算是為臺灣作了文學與藝術作品有系統的介紹到國外的嘗試。此外，藻更看中當時年青一代如陳丹誠、葉維廉、楊牧、瘂弦、白先勇諸位先生。[11]

足見吳魯芹與黨國與美國官方甚為接近，但又對於新銳、自由主義與現代主義者多所互動與合作，在冷戰時期的文學環境中，為還是文藝沙漠的臺灣，注入了一絲活水。

吳魯芹於 1962 年以客座教授身分赴美國，在〈「馬戲生涯」一年〉一文中，詳盡說明了他參與紐約州布佛羅大學（University at Buffalo）教育系教授格蘭（Burvil H. Glenn）「亞洲客座教授訪問計畫」（Visiting Asian Professors Project），以客座教授的身分赴美，先後在紐約州立大學、西密歇根州立大學、布納德萊大學、費萊狄金遜大學、羅德州立大學、密蘇里大學講授比較文學。幽默的吳魯芹形容此行為「馬戲」而非「講學」，既展現他的幽默，其實有待研究冷戰時期臺灣菁英美國教育交換與學術交流者，進一步分析與詮釋。

吳魯芹赴美後，未久即去美國新聞總署供職，迄於 1979 年退休。[12]吳魯芹在美的生活與工作，不妨透過在美的友人與學生輩的散文觀察。莊因生動地描繪出「立吞會」中，在美國的臺灣文藝人士在吳魯芹家中聚會的盛況。莊因更字斟句酌地從動盪時代下知識分子的操守與書寫，讚譽吳魯芹：

像吳魯芹先生這樣的慎獨、愛好文學、知道愛惜文學的價值及其生命、

---

[11]吳葆珠，〈服裝最佳教授：為紀念魯芹逝世週年〉，《傳記文學》第 266 期，頁 47〜50。
[12]莊因，〈記「立吞會」的緣起——兼懷吳魯芹先生〉，《聯合報》，1983 年 8 月 25 日，8 版。

具有高尚的中西學養和文筆，在可能的限度下，把他博通的文學知識和
情愫，溫文爾雅地、不著火氣地、不故作驚人之筆、不強辭奪理、不矯
造地在貧瘠而亟需努力培育的純文學土地上揮汗耕作、刻意灌溉，三十
年來，具有這種條件的又得幾人？[13]

評論家推崇其人格與文格皆稱得上「雍容坦蕩」，[14]應當是相當精準的評
價。

　　吳魯芹先生晚年接受《聯合報》邀請，回臺擔任文學獎評審，順道訪
友。《臺北一月和（ㄏㄨㄛˋ）》（1983 年）記錄他與文友交往的趣味。全
書採取日記體，精緻程度不及吳氏的散文集，評論者較少，雖然他自嘲
「稀泥是和」，用以為書名，以誌雪泥鴻爪之意。研究者可以從中，以及同
一時期的訪談中，[15]一窺吳魯芹先生暢談其與臺灣文壇的交往，諸如與瘂
弦、張佛千、周棄子等老友的交誼，亦可進一步了解他的散文創作與評論
觀點。[16]

參、吳魯芹散文研究與評論

　　吳魯芹以散文聞名，歷來推薦與評論者，以齊邦媛、夏志清、張瑞芬
的觀照最為全面，從吳魯芹散文創作的演變，進行了完整的耙梳，也就吳
氏 1950 年代以及 1970 年代之後的作品，進行比較與討論，更為詳盡的探
討，可見黃渭珈與林佩瑾均以碩士學位論文的形式，探討吳魯芹散文的特
色。[17]

---

[13]同前註。

[14]郭明福，〈知音世所稀，吾意獨憐才——試論《文人相重》〉，《文訊》第 14 期（1984 年 10 月），
頁 208～212。

[15]丘彥明，〈「老漢」、「好漢」難分，「散坐」、「包月」有別〉，《人情之美》（臺北：允晨文化公司，
1989 年 1 月），頁 111～124。

[16]張佛千，〈敬悼吳魯芹先生〉，《傳記文學》第 256 期（1983 年 8 月），頁 24～30。

[17]黃渭珈，〈吳魯芹散文研究〉（玄奘大學中國語文學系碩士在職專班碩士論文，2007 年 6 月）；林
佩瑾，〈吳魯芹、陳之藩散文研究〉（中興大學中國文學系碩士論文，2007 年 1 月）。

　　相較於傳統的散文研究，隨著當代文學史研究的議題變遷，文化研究主題的導入，近年來將吳魯芹置於冷戰年代的政治文化下觀察，探討其在黨國文藝政策支配下的文藝體制性活動中，如何以自由主義知識分子的姿態創作，[18]也成為新興的議題，如陳建忠的研究就另闢蹊徑：

> 希望能夠以吳魯芹散文為例，重新思考既有的散文史研究，並在考量「國家文藝體制」與「美援文藝體制」的政經文化脈絡下，試圖修正既有的非反共文學作家即為「自由主義作家說」，以及「抒情散文美學主流說」，重新確立「閒適／幽默散文美學」，以及「知美／親美派的學者作家」這兩個現象及觀點。如此，則能夠更加準確描述吳魯芹（及其同類型散文家）的美學品味與思想意義。[19]

　　無論從文本研究，或重新從政治文化觀察，吳魯芹散文的經典位置，普遍受到了研究者的肯定，以下分成兩個時期，個別就吳魯芹 1950 年代至 1970 年代散文，以及 1970 年代以降散文的評論進行分析。

一、1950 年代至 1970 年代散文的評析

　　吳魯芹在臺灣出版散文集，始於 1953 年的《美國去來》，不過此書是一本旅遊見聞，記錄了他在美國國務院交換計畫下，訪美三個月的觀感，全書文學價值不及其在文化傳播上的意義，相關的研究與評論容後討論。

　　吳魯芹散文的成名作，咸認是第二部散文集《雞尾酒會及其他》（1957 年）。[20]這段期間，吳魯芹勤於在《文學雜誌》、《自由中國》、《論語》、《自由談》等重要刊物上發表作品。齊邦媛特別強調，吳魯芹散文風格在此書

---

[18]陳建忠，〈「美新處」（USIS）與冷戰／戒嚴時代的文學生產：以雜誌的出版為考察中心〉，《國文學報》第 52 期（2012 年 12 月），頁 211～242。

[19]陳建忠，〈冷戰與戒嚴體制下的美學品味──論吳魯芹散文及其典律化問題〉，收入「媒介現代‧冷戰中的臺港文藝」國際學術研討會論文集》（臺南：成功大學人文社會科學中心，2013 年 5 月 24～25 日），頁 26。

[20]齊邦媛，〈前言〉，《吳魯芹散文選》，頁 3；張瑞芬，〈雞尾酒會裡的人──論吳魯芹散文〉，《荷塘雨聲──當代文學評論》（臺北：爾雅出版社，2013 年 7 月），頁 205～221。

中確立:「典雅而瀟洒地融合了論爭正反兩面的對立感。嚴肅與輕鬆的風格交替出現,全篇達到優雅的平衡。」[21]

顯然,吳魯芹散文一方面具有幽默與幽雅的特質,在談論世事時總能心平氣和,妙語如珠,彭歌以「輕裘緩帶」來形容,是相當高的推崇。夏志清則將吳魯芹的幽默小品文與林語堂相連結。夏志清認為:

> 魯芹這一代專攻英國文學的人愛讀、愛寫小品文,可能也受了林語堂先生的影響。他們讀中學時,林語堂創辦的三種雜誌──《論語》、《人間世》、《宇宙風》──正大行其道,1930 年代初期在上海發行的文藝刊物雖然多,大半是左派辦的,像魯芹這樣「少無大志」,視革命為畏途的文藝青年,還是覺得林語堂的刊物比較對胃口,至少在文章裡聽不到口號,也看不到蘇聯文評家莫測高深的理論。[22]

夏志清追溯吳魯芹創作的源流,上探 1930 年代前期,文壇上風行過的幽默小品與閒適小品。

張瑞芬也持相同的觀點,更明確地從散文史的角度,直指吳魯芹的散文偏向民初「語絲派」周作人與林語堂「主觀」、「個人」定義的小品文或隨筆,是「狹義的散文」,也是我們所指的「純散文」。[23]林語堂即主張小品文應「以自我為中心,以閒適為格調」,「宇宙之大,蒼蠅之微,皆可取材」,同時他也強調閒適筆調的小品「認讀者為『親愛的』;故交,作文時略如良朋話舊,私房呢語。此種筆調,筆墨上極輕鬆,真情易於吐露,或者談得暢快忘形,出辭乖戾,達到如西文所謂衣不鈕扣之心境。」[24]對照吳魯芹自身的觀點:「今天所說的『散文』,大約範圍已縮小到西方文學中的

---

[21]齊邦媛,〈前言〉,《吳魯芹散文選》,頁 3。
[22]夏志清,〈《師友‧文章》序〉,《傳記文學》第 162 期,頁 35。
[23]張瑞芬,〈雞尾酒會裡的人──論吳魯芹散文〉,《荷塘雨聲──當代文學評論》,頁 208。
[24]林語堂,〈敘《人間世》及小品文筆調〉,《林語堂文選‧下冊》(北京:廣播電視出版社,1990年),頁 22〜23。

所謂『informal essay』，這裡面就包含了小品、隨筆、素描、雜感等、它的『主觀』與『個人』意味，十分濃重。」[25]可見吳魯芹散文中，與現實拉開距離，追求幽默、閒適與獨抒性靈，其來有自。

　　吳魯芹散文也獲益於西方的隨筆（Essay），此一文學史的脈絡，可以上接 1920 年代梁遇春的特色，受英國隨筆的影響，雜學博通，下筆閒散，餘味無窮的「個人化的主觀知識」。[26]其後的錢鍾書、梁實秋、何凡、思果、顏元叔、莊因等散文家，多半和吳魯芹背景接近，多有研究西洋文學與比較文學，或曾經留學的背景。在吳魯芹的散文中，充分展現出集學問議論為一體，識見深刻，時露幽默趣味等西方隨筆的特色。[27]

　　就吳魯芹早期的散文主題觀察，多寫作身邊瑣細小事，在動盪的 1950 年代，誠如夏志清的分析：「保持自己的幽默感變成了衛護我們做人的尊嚴，培植我們的『性靈』最起碼的要求。『幽默』是一個非革命家對一切繁文褥禮，一切虛偽、野蠻、不合理的現象的一種消極抵抗。」[28]因此在《雞尾酒會及其他》一書中，吳魯芹自承是：「甘心落在『時代巨輪』後面吃灰塵的人。」無非如周棄子言，作者希望以幽默小品讓讀者鬆一口氣，覺得人間落伍尚有同調，不必要抱太深重的罪惡感，在大時代各種救亡圖存的呼喊之外，作者心中輕鬆一下，讀者也可從文字中得到一種安慰，一種「會心的微笑」，似乎也有頗有助於時局安定。[29]這種不寫他者，但寫私我的散文傳統，影響了當代臺灣散文的發展，仿效者眾多。[30]

　　吳魯芹雖然不論時政，以幽默曠遠為特色，但是他在論辯文化現象

---

[25]吳魯芹，〈評散文〉，《餘年集》，頁 251～255。

[26]楊照，〈華麗而高貴的偏見──讀董橋的散文〉，《聯合報》副刊，2002 年 6 月 17～19 日，39 版。

[27]這一類型的作品篇幅不長，也沒有特別著力於題材的創意或敘述的結構，主要以作者個人的學識和人文素養取勝，一切隨心所致，渾然天成。參見鍾怡雯，〈美學與時代的交鋒──中華民國散文史的視野〉，《中華民國史‧文學與藝術（上冊）》（臺北：政治大學，2011 年 10 月），頁 183。

[28]夏志清，〈《師友‧文章》序〉，《傳記文學》第 162 期，頁 35。

[29]周棄子，〈是不為序〉，收入吳魯芹《雞尾酒會及其他》（臺北：九歌出版社，2007 年 4 月），頁 25～26。

[30]劉紹銘，〈導言：吳魯芹的瀟灑世界〉，《瞎三話四──吳魯芹選集》（香港：天地圖書公司，2006 年 8 月），頁 7。

時，則偶有火氣。「論」、「辯」卻常動怒氣，無論是怒斥虛誇的文人，或是指責社會的流俗，其怒氣往往也會燃成火氣。[31]

而較少評論者注意的是收錄在《雞尾酒會及其他》的〈小襟人物〉一文，於 1957 年 9 月間寫就，距離最早完成的〈雞尾酒會〉（1952 年），有將近五年的時光，吳魯芹預示了其風格的轉變，脫離了林語堂的小品文，或是英國式的隨筆，不再刻意幽默，而以深沉與悲憫的筆法，書寫生平經歷和難忘的人物。夏志清特別強調，〈小襟人物〉江宗武可能確有其人，也可能是作者憑想像與累積的經驗創造出來的，主角出生於破落的「書香門第」，早已四十出頭了，是個小公務員，因為沒有大人物為他撐腰，不斷地換位子，人變得十分幽默通達，也擁有好的文筆。不幸剛升任主任祕書不久，他的上司捲款潛逃，在官官相護的壓迫下，小襟受累入獄。出獄後，住在旅館裡，最終悲憤而死。這樣一個故事，是否象徵著吳魯芹風格的轉變？或是吳魯芹文學精神的另一個層面？夏志清特別提醒：

> 魯芹從小在章淪清先生那裡體會了「打掉牙齒和血吞」的做人道理，「當然我處的是所謂文明社會，並不真的動拳腳，但是我是靠『打掉牙齒和血吞』的精神，在悲戚中傲然昂首。」魯芹本書裡好多篇回憶錄，調子力求輕快，記載以「趣」為主，所以「在悲戚中傲然昂首」這句話顯然非常突兀，和全書氣氛不調和，但這也可能代表了魯芹做人最嚴肅的一面，在文章裡故意避而不談的一面。[32]

顯見〈小襟人物〉頗有作者言志抒情的意涵，值得後續的研究者再加深入探究。

評論者討論吳魯芹此一時期的散文，大體上認為過於知性，忽略了回應時代變遷，過於耽溺瑣事。余光中便認為：「吳氏前期的散文淵源雖廣，

---

[31] 齊邦媛，〈前言〉，《吳魯芹散文選》，頁 4。
[32] 夏志清，〈《師友·文章》序〉，《傳記文學》第 162 期，頁 38。

有些地方卻可見錢鍾書的影響，不但書袋較重，諷寓略濃，而且警句妙語雖云工巧，卻不掩蛛絲馬跡，令人稍有轉彎抹角、刻意以求之感。」[33]夏志清也有同感，他從修養入手，批評《雞尾酒會及其他》的小品文，「嘲人」的味道較重，顯見修養功夫還不夠深。[34]而陳建忠則關注吳魯芹提倡小品文的影響力，成為冷戰時期的寫作風尚，學院的幽默散文，是多數的作家可以忽略知識分子入世功能，關注在身邊瑣事，甚至經常自嘲自貶。陳建忠強調：

> 可以與稍早之林語堂、梁實秋相呼應，並與同時代的思果等，構成了冷戰與戒嚴時代的臺灣男性散文的一支重要傳統。當然，如果把與吳魯芹一般學院派出身，著重知識品味的這一部分特別予以延伸，則臺灣的余光中、香港林以亮（宋淇）、董橋、美國的陳之藩等，也可以視為學者散文在幽默、自嘲之外，亦同時標舉菁英文化意識的代表。[35]

顯然吳魯芹的散文主張，代表著菁英文化意識，深刻地影響了戰後臺灣小品散文發展的趨向。

二、1970 年代以降散文的評析

吳魯芹的散文創作，集中在在臺的 1950 年代，與在美的 1970 年代及 1980 年代之間，其間有十多年暫時擱筆。1970 年中葉復出後的《師友・文章》（傳記文學出版社，1975 年）、《瞎三話四集》（九歌出版社，1979 年）、《餘年集》（洪範出版社，1982 年）、《臺北一月和》（聯經出版公司，1983 年）、《暮雲集》（洪範出版社，1984 年）等都頗受稱道。余光中便稱道：「後期作品顯已擺脫錢氏之困，一切趨於自然與平淡，功力勻於字裡行

---

[33]余光中，〈愛彈低調的高手──遠悼吳魯芹先生〉，《中國時報》「人間副刊」，1983 年 8 月 25 日，8 版。

[34]夏志清，〈《師友・文章》序〉，《傳記文學》第 162 期，頁 35。

[35]陳建忠，〈冷戰與戒嚴體制下的美學品味──論吳魯芹散文及其典律化問題〉，《「媒介現代・冷戰中的臺港文藝」國際學術研討會論文集》，頁 27～28。

間，情思也入於化境。」[36]

　　吳魯芹一生交誼甚廣，年少時與陳源、凌叔華夫婦相往來，隨後於任
叔永、陳衡哲（莎菲）夫婦友好，在臺灣、香港、海外也和文人夏濟安、
宋淇（林以亮）、莊因、余光中、陳若曦、齊邦媛、葉維廉、亮軒、喻麗
清、殷張蘭熙多人有師友情誼。當吳魯芹 1970 年代以《師友・文章》復出
文壇，從人情回顧一生，多了年齡與歷練，他的散文更見精醇。師友文
章，文人相重，是書名也是人生寫照。張瑞芬讚譽之：

> 吳魯芹的《師友・文章》諸作較早期顯然更為圓熟，收放自如，轉折多
> 姿，且見出較多「自我」的痕跡。嘲諷中見寬容，所謂「諧而不謔」，東
> 方與西方文字的巧妙結合，成為新一代散文典範，流露出恬淡蕭散的雋
> 永。[37]

承接〈小襟人物〉的懷舊與傷感的筆調，《師友・文章》裡比較出色的文章
是回憶錄，追念師友的幾篇，在筆墨間深蘊情感，更為動人。[38]退隱山居後
的吳魯芹，真可說是與世無爭，超然物外。回憶錄裡可笑人物當然不少，
但沒有顯露敵意與惡感，展露出敦厚的一面。

　　其後出版的《瞎三話四集》則回到小品文的書寫，但少了炫耀知識，
少了貶抑嘲諷他者，作家文風如此，頗受評論家推崇，用以暗貶周樹人
（魯迅），如游喚即強調：「魯迅之潑口謾罵，識者早已不取，吳氏洞見其
弊，絕不輕易訓人以言」[39]，顯見吳魯芹復出後散文彰顯出修養與智慧。陳
克環形容為「智者的低調之作」，特別指出：「他的低調從書名起始，自諷

---

[36]余光中，〈愛彈低調的高手——遠悼吳魯芹先生〉，《中國時報》「人間副刊」，1983 年 8 月 25 日，
　8 版。
[37]張瑞芬，〈七〇年代顏元叔與吳魯芹的散文〉，《臺灣文學研究學報》第 4 期（2007 年 4 月），頁
　123。
[38]夏志清，〈《師友・文章》序〉，《傳記文學》第 162 期，頁 38。
[39]游喚，〈從洪範版《餘年集》論吳魯芹散文〉，《文學批評的實踐與反思》（臺中：臺中縣立文化中
　心，1993 年 6 月），頁 132～141。

自嘲，然而他的才智、藝術道德觀和風範，把他的低調峰迴路轉地帶至高曲之境，幽默感則使得他的文章雖曲高，卻無和寡之虞。」[40]而林貴真在評論《瞎三話四集》時，將吳魯芹的文字歸類為陽剛一路，集犀利、尖銳、諷刺、幽默於一身，雖然題材平常，但絕不拾人牙慧。透過人生的觀照，常有異於俗人的獨到看法，特別是能夠點出美國政治的弱點與缺陷。[41]這和早期大力稱道美國的一切，已經有所不同，吳魯芹長居美國，對美國人的習性觀察入微，批評起來自是深刻中肯。對讀者來說，在崇洋的時代裡，吳魯芹有意提醒，臺灣人在風氣和觀念上受美國影響太深，自然應當有所省思。[42]就篇目論，張瑞芬認為《瞎三話四集》的〈談俗〉、〈談睡〉、〈杞人憂天錄〉、〈死・訃文・墓碑〉極佳，是散文的經典。[43]

　　吳魯芹晚期的散文，成就最高者評論者皆推崇《餘年集》，有著機智的光芒，卻更多了雍容閒雅的風度，少了早期散文的緊張感，敘寫更為舒緩合度。[44]游喚認為，吳魯芹式的人生哲學，在《餘年集》中終告確立，以具有思想性與渲染力的文字，妙語如珠，自嘲嘲人，相當個人，展現出悠遊從容的生活態度，讀者自能體會作者高雅、坦蕩以及光明開放的胸襟。[45]游喚細究了《餘年集》諸篇文章的題材，發現無論書寫事類，如幼年學習詩文、應酬遭遇、師友交往、旅遊散步、讀書閒談、文壇掌故以及杏壇感慨；或如描摹物類，諸如討論書、筆、車、屋、稿與畫等，吳魯芹援這些題材以入其散文，均屬個人嗜好與經驗，相當個人，相當主觀，然而：

---

[40] 陳克環，〈低調的幽默──讀吳魯芹先生的《瞎三話四集》〉，《書癡・書緣》（臺北：九歌出版社，1981 年 3 月），頁 129～135。
[41] 林貴真，〈《瞎三話四集》之餘〉，《聯合報》副刊，1980 年 12 月 27 日，12 版。
[42] 陳克環，〈低調的幽默──讀吳魯芹先生的《瞎三話四集》〉，《書癡・書緣》，頁 132。
[43] 張瑞芬，〈雞尾酒會裡的人──論吳魯芹散文〉，《荷塘雨聲──當代文學評論》，頁 218。
[44] 同前註，頁 217。
[45] 游喚引用了霍夫曼（C. Hugh Holman）給散文（The Informal Essay）所下的結論：「這類散文首先要使讀者感覺趣味性，藉此表現作者的幽默，高雅，以及坦蕩蕩，光明開放的胸襟。」印證吳魯芹的散文。參見游喚，〈從洪範版《餘年集》論吳魯芹散文〉，《文學批評的實踐與反思》，頁 135～136。

探其立論基線，也因反習俗因襲（unconventionality），才構成吟誦再三的反諷文字。我們才說吳氏散文中的題材合乎散文要求的質素，由而奠立其散文風格之典範，真正的中國式散文，當自此求之。[46]

顯見《餘年集》的題材選擇，雖不脫早期文章的範疇，但思想精妙，觀點深刻，展現出自足自適的境界，成就了傳世的傑作。

如就個別的文章論，張瑞芬和余光中都給予〈泰岱鴻毛只等閒——近些時對死的一些聯想〉一文高度的評價，大有面對生死，泰然瀟灑的達觀，其成就可與當代的散文大家並駕齊驅。[47]張瑞芬同時點出：

> 〈翡冷翠夜夢徐志摩〉簡直有錢鍾書名作〈魔鬼夜訪錢鍾書〉的神韻；〈六一述願〉面對花甲之齡，大言「我已經過了六十了，不能再這樣規矩下去了」；〈書與書房〉自嘲讀書半生，晚年只剩一「惡補齋」，像孔乙己伸開五指將碟子罩住，彎下腰去說道：「不多了，我已經不多了」。
> 〈旅遊只宜提倡說〉更是妙語如珠，美景是值得看，「但是不值得特地跑去看」；「我願意一輩子在海外旅行，只要我能在另外借一輩子留在家裡」。[48]

均值得細細品味與探索。

肆、吳魯芹文學傳播之研究與評論

在臺灣光復後，於冷戰時期，吳魯芹撰文介紹美國文化，其後在美新處工作時，大力將臺灣當代文學作品編譯成英文向海外介紹。[49]葉維廉指

---

[46]參見游喚，〈從洪範版《餘年集》論吳魯芹散文〉，《文學批評的實踐與反思》，頁137。

[47]余光中，〈愛彈低調的高手——遠悼吳魯芹先生〉，《中國時報》「人間副刊」，1983年8月25日，8版。

[48]張瑞芬，〈雞尾酒會裡的人——論吳魯芹散文〉，《荷塘雨聲——當代文學評論》，頁218。

[49]齊邦媛，〈前言〉，《吳魯芹散文選》，頁9～10。

出，在吳魯芹去美國之前，便曾推動美新處出版了幾本英譯現代中國作家
作品的雜誌與單行本，包括 *New Chinese Writing, New Voices* 等，讓當時臺
灣一批年輕作家，開展了國際視野。[50]吳氏晚年勤於採訪與介紹英美文學大
師，則是另一番貢獻。以下僅就吳魯芹在冷戰時期臺美文學的國際傳播，
以及當代英美作家介紹兩個部分，分論相關的研究與評論。

一、冷戰時期臺美文學的國際傳播

　　吳魯芹來臺赴到美新處工作前，曾受美國國務院邀請，在三個月內走
訪各地，出版了《美國去來》（1953 年）。齊邦媛就直指：「對光復初期的
讀者而言，海島外的國家仍是遙不可及的地方，《美國去來》若是旅遊見聞
應可吸引更多讀者。但是作者志不在山水，他用中西文化互譯的「知者」
的眼光經由現實的表面看進美國文化的實質。」[51]吳魯芹在書中強調了自由
主義的重要性，也呼籲國人認識美國的必要，方能共同面對時局的紛亂。

　　近來從政治文化角度研究冷戰時期文學者，往往因為吳魯芹其後任職
「美新處」的背景，鑑於臺灣與美國「反共」的共同立場，不免批評《美
國去來》一書過度親美，且美化美國社會，忽視當時美國社會的貧富懸殊
與種族歧視情況。[52]然而如回到臺灣民眾在二戰之後，普遍尚不理解民主的
意涵，以及自由的價值，《美國去來》在當代政治素養的普及上的傳播與貢
獻，不容抹殺。同為自由主義推動者的殷海光眼中，就相當看重此書對於
民主制度、自由精神與法治觀念的介紹，他讚譽此書：

> 這本書，只有短短 60 頁。但評者覺得它比許許多多 600 頁的書所包含的
> 還多。它裡面所包含的，不獨有美國生活方式底基本原則，而且有很健
> 康的教育意義。我們之所以反共，最基本而且顛撲不破的理由，分析到
> 最後，就是要作個像人的人。共產黨不許我們作人，他們要驅策我們作

---

[50]葉維廉，〈為友情繫舟〉，《聯合報》副刊，1983 年 11 月 8～9 日，8 版。
[51]齊邦媛，〈《吳魯芹散文選》前言〉，《吳魯芹散文選》，頁 2。
[52]王梅香，〈初探戰後美援文化與臺灣現代主義文學的崛起──以「美國新聞處」、《今日世界》為
　觀察對象〉（清大「第一屆全國臺灣文學研究生學術研討會」論文，2004 年 5 月 1～2 日）。

政治權力底工具，所以我們反共。這點最起碼的低調，至少應該能適用
到教育上。如果從事教育者尚把年輕的一代看作是人而不是政治工具，
並且希望他們發展成一個正常的人，那末就應該讓他們讀些有益於心身
的書。像吳魯芹先生這本著作，就是其中之一。評者認為這本書最適合
於作中大學生底課外讀物。[53]

在臺灣官方箝制民主自由的年代，殷海光的評論自有其對抗時代的意涵。
但換個角度，從美國官方的角度觀察，他們資助臺灣的菁英訪美，本意就
在使臺灣對美國文化、生活、民主制度等方面更加了解，《美國去來》與美
國宣傳品中描繪的自我形象類似，或可顯示此一贊助計畫相當程度是成功
的。[54]

　　吳魯芹返臺後供職於美國新聞處（簡稱美新處），協助美國官方在臺灣
從事文化交流的工作。在東亞地區的美新處聲息相通，特別是臺灣與香港
兩個機構，有緊密的合作關係。華人職員中，香港美新處的宋淇與臺北的
吳魯芹，不但私交甚篤，也有頻密的工作配合。根據董橋的回憶：

　　　　吳魯芹五六十年代在台北美國新聞處任事，我六七十年代在香港美國新
　　　　聞處掛單，美帝冷戰時期這兩處統戰機關公事往還向來頻仍，兩處華人
　　　　職員代代不乏能文之士乃至文壇名家，我的幾位上司說起台北辦公室的
　　　　Lucian Wu 總是肅然，台北那邊說起香港辦公室的 Stephen Soong 一樣起
　　　　敬。我編雜誌冒昧修書向魯芹先生約稿自是宋淇先生搭的橋，吳先生欣
　　　　然命筆賜稿，那一定也是照顧老單位小晚輩的殷切心意。[55]

---

[53] 殷海光，〈評介《美國去來》〉，《自由中國》第 8 卷第 6 期（1953 年 3 月 16 日），頁 28～31。
[54] 趙綺娜，〈觀察美國──臺灣菁英筆下的美國形象與教育交換計畫 1950～1970〉，《臺大歷史學
　　報》第 48 期（2011 年 12 月），頁 97～163。
[55] 董橋，〈老吳的瞎話〉，《今朝風日好》（香港：牛津大學出版社，2007 年），頁 232。亦可見「蘋
　　果日報」網站 http://hk.apple.nextmedia.com/supplement/columnist/art/20060820/6235041。

不難發現，於公於私，吳魯芹與宋淇的往來都相當密切，也透露出吳魯芹在臺北美新處地位的重要。

　　相較於香港美新處大力投資出版社與報刊，引發香港文壇「綠背文化」的譏諷，臺北美新處顯然較為保守，除了投資《學生英語文摘》與《自由世界畫報》[56]外，並無自營的文化媒體。在吳魯芹與宋淇的建議下，美新處在 1956 年支持了《文學雜誌》的出刊。吳魯芹就曾透露：

> 談《文學雜誌》不談麻將，是無從談起的，因為《文學雜誌》產生在麻將桌上，如果有所謂編輯政策，那也是決定在麻將桌上，到最後關門大吉也是在麻將桌上眾謀僉同，草草收殮的，從它胚胎到呱呱墜地，以及每月廿日亮相一次的辛苦過程中，伴奏的不是古典音樂，而是洗牌打牌的碎珠落玉盤的聲響。[57]

在牌桌上邊打邊談，談出了一個結果，由宋淇（林以亮）拍板定案，吳魯芹在臺灣執行，[58]特別是去說服了美新處長麥錫加支持《文學雜誌》，才讓這本文學期刊得以存續，余光中曾明確指出：「純文學的期刊銷路不佳，難以持久，如果不是吳魯芹去說服美新處長麥加錫逐期支持《文學雜誌》，該刊恐怕維持不了那麼久。受該刊前驅影響的《現代文學》，也因吳氏賞識，援例受到美新處相當的扶掖。」[59]如依照白先勇的說明，美新處對此類文學雜誌的協助是購買一定數量，而非直接介入雜誌的所有權與資本。[60]

---

[56]李義男，〈美新處「學生英文雜誌」內容分析：該刊傳播目的與技術之探討〉（政治大學新聞研究所碩士論文，1970 年）。

[57]吳魯芹，〈瑣憶《文學雜誌》的創立和停辦〉，《聯合報》副刊，1977 年 6 月 1 日，12 版。

[58]同前註，吳魯芹表示，真正為「文學雜誌」催生的是宋淇（林以亮），而且不在麻將桌上，他那時好像還在搞電影，偶爾業務上有需要也到臺北來住幾天，白天忙他的電影業務，晚間有空就到舍下談天，現在已經記不起年月日了，總之是在《文學雜誌》創刊至少半年以前，有一兩晚在吳魯芹家中客廳（不是麻將間），把談了很久辦雜誌的計畫同他談了，林以亮不但贊成而且很興奮，同時表示那些事是他可以負責做的，幾乎已到了分工的階段了。

[59]余光中，〈愛彈低調的高手──遠悼吳魯芹先生〉，《中國時報》「人間副刊」，1983 年 8 月 25 日，8 版。

[60]白先勇表示：「友人殷張蘭熙勸我們找美國新聞處幫忙。社裡以為我有外交能力，讓我約了劉紹

　　《文學雜誌》對於臺灣現代文學的深化，現代主義文學理論的介紹，
以及新生代創作者的扶植，在文學史上有相當高的評價。陳克環對於吳魯
芹辦《文學雜誌》能夠幽默以對，不但不居功，更從未把賺錢的事放在心
上，追求的只是讀稿改稿，和看看雜誌出版的快樂，其文人風範，是讓人
感佩不已。[61]

二、評介當代英美作家

　　吳魯芹於 1973 年為瘂弦主編的《幼獅文藝》寫〈眉批美國文市〉時，
便交代了由於林海音辦《純文學》雜誌時向他約稿，請他寫美國文壇動
態，他對這題目很有興趣，動了心要寫，但因故沒有完成，一擱四年，《純
文學》已經停刊，於是《幼獅文藝》約稿，才繼續提筆，開創了吳魯芹一
個系列評介當代英美作家的書寫，[62]游刃於新聞採訪與文學批評之間，使他
成為臺灣空前的「超級記者」。[63]

　　1979 年，吳魯芹退休後，享含飴弄孫之樂，遷居美國西岸加州舊金
山，名家居為「待震廬」。之後三年當中，他曾經用了十個月，訪問十幾位
當代的英美作家，寫成了一本報導同時也帶有賞析成分的印象記，書名
《英美十六家》。[64]

　　肯定者認為，《英美十六家》用力之勤，有認為可媲美邱吉爾《大人物
小傳》（ _Great Contemporaries_ ）及艾柏林《名人印象》（ _Personal
Impressions_ ）者。[65]中國大陸的評論家汪湧豪指出，吳魯芹憑藉著對作品的
熟悉，能說服英美文學大師接受訪談，雖然吳魯芹謙稱是「雞零狗碎的討

銘去見參加錫處長。處長允諾協助，考慮訂閱或購買雜誌。不久，唐榮鐵工廠倒債，我們經費無
著，編好了稿子卻無錢印刷。再去找新聞處，他們買了九百本。歐陽子在系友會上說明，美新處
買了九百本，價錢剛好夠支付那期印刷的一千本雜誌。她清楚地交代說：『美新處一共就買了那
九百本，以前和以後都沒買。』」參見白先勇，〈誰要辦《現代文學》？〉，《聯合報》副刊，2011
年 11 月 12 日，D3 版。

[61]陳克環，〈低調的幽默──讀吳魯芹先生的《瞎三話四集》〉，《書癡‧書緣》，頁 132。
[62]林海音，〈酒會已散〉，《聯合報》副刊，1983 年 8 月 19 日，8 版。
[63]余光中，〈愛彈低調的高手──遠悼吳魯芹先生〉，《中國時報》「人間副刊」，1983 年 8 月 25 日，
8 版。
[64]吳魯芹，〈出書的況味〉，《聯合報》副刊，1982 年 5 月 16 日，8 版。
[65]張瑞芬，〈雞尾酒會裡的人──論吳魯芹散文〉，《荷塘雨聲──當代文學評論》，頁 218～219。

論」，但往往是從細節中擊中重點，使受訪者娓娓而談，進而達到「如與故人晤對」的交談，展現出本書的深刻：

> 受蒙田以下一直到懷特的散文傳統影響，常以一種「純正的鑒賞力」和「講究的隨便」，對讀者娓娓道來；又基於個人切境的體察和心思的靈轉，用一支筆，活脫脫地勾勒出大師本真的面貌。看多了學院中嚴謹莊肅的高頭講章，或淺學近視者的故弄玄虛，再讀這樣的文字，直覺得思理的瑩澈與清順。[66]

特別是吳魯芹在訪談之餘，也不斷透過對話展現出對文學創作、閱讀乃至教育意見，更讓讀者感受到其獨特的觀點。

吳魯芹過世三年後，《英美十六家》引發疑似「抄襲」風波，一場論戰在報端展開，在文學界掀起軒然大波，《自立晚報》並將此事件列為年度文壇十大事件之一。事件的起因是彭懷棟接受《聯合文學》的訪問，指出吳魯芹的著作與《巴黎評論》中的作家訪談錄有五點相似處：主訪人所舉例子、重要的用辭、訪問的問題、作家的回答乃至作家居處、書房、擺設的描寫等，從學術的標準言，「很難令人相信吳先生這本著作的原創性與忠實精神」[67]，彭懷棟僅舉出三篇訪談錄的比對，並說沒有讀畢其他十三家，就提出質疑。在涉及已經辭世與學者名譽的新聞事件處理上，《聯合文學》並未與當事人家屬聯繫與查證，也沒有再仔細比對就掀起論戰。[68]

---

[66] 汪湧豪，〈讀吳魯芹《英美十六家》〉，《文匯報》，2008 年，http://shsd2008.blog.hexun.com.tw/3061 7501_d.html。

[67] 彭懷棟，〈吳魯芹《英美十六家》質疑〉，《聯合文學》第 18 期（1986 年 4 月），頁 203。

[68] 張寶琴最近的一篇文章重提此事：「當時我也請教了王（文興）教授，他在電話中這樣答覆：『我曾經問過我的學生單德興，他說彭淮棟的質疑是對的，類似的地方相當多，恐怕是『借用』，吳先生也稍微消化了一下，並不完全是抄襲，但如有些詞彙相同，大意也相同，則應屬抄襲，我建議進一步查證，因為文學風氣也很重要，應強調是學術討論，而非對個人的誹謗。』」參照：張寶琴，〈王文興交我辦的「第一件差事」〉，2014 年 5 月 12 日 15 點 32 分，http://blog.udn.com/paulawang/13274669。可見雜誌社在此事並非沒有「查證」，但是沒有向吳魯芹的家屬、故舊或學生求證，也沒有委託學者進行「十六家」訪談的文本全面檢視，亦未查考吳氏有無具體的錄音資料與照片。

　　事隔半年後，吳魯芹遺孀吳葆珠借《中國時報》「人間副刊」的篇幅，提出了吳魯芹寫作《英美十六家》的訪談時間、地點、照片與錄音紀錄，並就彭文所舉疑點，一一加以澄清。[69]同時還請葉維廉聆聽了吳魯芹的訪談錄音，比對文本，加以說明。[70]相對於吳葆珠的慎重其事，有備而來，《聯合文學》並沒有具體回應，僅以願意「各是其是」，如果讀者或研究者有意深究，也有《英美十六家》與《巴黎評論》作家訪談部分內容對勘表，「以備查考」，便沒有針對細部一一回應。[71]

　　無論是《英美十六家》或之後的《文人相重》，記外國文壇作家情誼，在學術研究尚未十分發達的年代，吳魯芹跳脫以譯代作的手法，一方面參考學術史料與訪談文獻，一方面親赴作家書房，並把評論文字提高到成為一種藝術境界，在推廣當代英美文學上，絕對有其功績。[72]

伍、結語

　　吳魯芹個性謙和，雖然與黨國以及美國文化機構關係密切，然而行事低調，默默促進臺灣與國外的文藝交流，提攜後進，一生勤於筆耕，能獲致眾多作家與學者推崇與尊敬，其在臺灣大學任教時的學生葉維廉以「文質彬彬、活活潑潑」八字形容其人格以及行誼，十分精采。

　　葉維廉認為，吳魯芹帶給學生與文友的不僅僅是深刻的文學知識，更重要的是活潑潑的，意氣風發而不帶半點形式主義的「文質彬彬」。葉維廉強調：

---

[69]吳葆珠，〈浮世本來多聚散——〈吳魯芹《英美十六家》質疑〉的質疑〉，《中國時報》「人間副刊」，1986 年 11 月 10 日，8 版。

[70]葉維廉除了聆聽錄音帶，比對採訪筆記，也就採訪時會出現的狀況提出想法，此書受訪問的作家，都是一生無數次受訪的名家，自然同一個話題，答話不但相像，很多時候連用字都難免一樣，要指控抄襲，恐怕要更多的證據。葉維廉，〈真象假象——從吳魯芹作家訪談的錄音談起〉，《中國時報》「人間副刊」，1986 年 11 月 10 日，8 版。

[71]彭淮棟，〈何處惹塵埃——吳著《英美十六家》疑團未釋〉，《聯合文學》第 26 期（1986 年 12月），頁 230～231。

[72]夏志清，〈最後一聚——追念吳魯芹雜記〉，《聯合報》副刊，1984 年 7 月 15 日，8 版。

我想我的同學，你所有的學生，其實，你所有的讀者都會同意，你的散
文，你的論文，或諷喻，或責難，或再現別的文化的文學人格，甚至到
一般的記事，不只令人覺得字字精確地讀來暢快爽朗，而且你文學的胸
懷是如此的深廣開闊自由而活潑，讀來無不刻刻引人去學習去模仿。是
的，是這文質彬彬在風格上的實踐使我刻刻的提醒自己，文字不可以暴
戾，語態必須溫文。至於「活潑潑」，卻是我要追求而沒有達到的一個永
久的理想。[73]

對應余光中的評論，他覺得吳魯芹的諧趣裡寓有對社會甚至當道的諷喻，
雖然也不失溫柔之旨，但讀書人的風骨卻隨處可見。[74]不難發現，評論與研
究吳魯芹的文字，明確地將吳魯芹放在知性「隨筆」（Essay）一路，但無
一不強調知性論理之外，吳氏通透人情事故，掌握事態物理，既得知性的
意趣，深得幽默神髓，完全是當得起「小品文家」（Essayist）或「文體家」
（Stylist）的稱號。[75]

　　在當代散文家成就的比較上，游喚給予了吳魯芹相當高的肯認：

堪與吳氏散文鼎足而立者，厥有三家，即思果，梁實秋，余光中。再細
細判其「鶴鳴雞樹」，較其得失，則思果純則純矣！且樸實敦厚。一如吳
氏，體類質素一一顧到，並為純正中文之雙璧，但思果散文究少有吳氏
獨特之雋永語趣。雖然，梁實秋散文，已達機趣幽默之境，而雅舍小
品，篇章率短小，格局氣魄，不及吳氏之開朗。至於余光中，韻律辭
藻，變化跳脫，以詩入散文，固執意象，一切均屬實驗文字，終不如吳
氏之穩健醇正，何況余光中左手繆思之下，乃得散文，其文字成就多方

---

[73]葉維廉，〈文質彬彬・活活潑潑——悼吳魯芹老師〉，《一個中國的海》（臺北：東大圖書公司，
　　1987 年 4 月），頁 178～180。
[74]余光中，〈愛彈低調的高手——遠悼吳魯芹先生〉，《中國時報》「人間副刊」，1983 年 8 月 25 日，
　　8 版。
[75]張瑞芬，〈雞尾酒會裡的人——論吳魯芹散文〉，《荷塘雨聲——當代文學評論》，頁 218～219。

而不專。恐怕體類的歸屬是另一個問題。而吳氏終其一生僅以散文名家，唯精唯一，得正變之道。[76]

也說明了在臺灣散文史上，吳魯芹的經典地位，應無疑義。

　　吳魯芹散文的內涵豐富，他能優遊古今中外之間，也造成研究與評述上的困難，要能兼容古典文學、英美文學與現代文學的知識，以及理解1950 年代到 1980 年代的臺灣、美國乃至東亞的政治與文化情勢，方能進入其豐富、深刻與嚴肅的議論與內涵中。因此，在未來的散文研究上，如能更進一步追溯吳魯芹散文與中國五四以降的小品文傳統，探討其與當代重要英美隨筆之間的互文關係，方能更進一步的開展臺灣散文發展的一個重要脈絡。

　　尤其在 1950 年代臺灣反共文學的主旋律中，吳魯芹與自由主義的文人，以幽默、閒適的小品文，另立旗幟，透過創作表現，以及在學院與媒體的影響力，打造出臺灣美文的小品散文傳統，陳建忠就特別強調：

　　昔日吳魯芹在臺大任教時所培養的學生，如今雖多年事頗高，但也多是港臺學術界的要角，如劉紹銘、葉維廉、李歐梵等。而持續肯定吳魯芹散文成就的，則是他當年的學界、文壇友人，如余光中、齊邦媛、夏志清、彭歌等。由這些校園與文壇具有影響力的重量級人物，超過三十年來的一致推崇，這恐怕不是現今任何一位作家所能獲得的待遇。[77]

足見如能從知識社會學或是文藝社會學的角度，以吳魯芹為文學場域核心的位置，重新省視臺灣小品文、現代主義美學發展的歷程，或許可以重新開展出更豐富的論述。

---

[76]游喚，〈從洪範版《餘年集》論吳魯芹散文〉，《文學批評的實踐與反思》，頁 139～140。
[77]陳建忠，〈冷戰與戒嚴體制下的美學品味──論吳魯芹散文及其典律化問題〉，收入《「媒介現代‧冷戰中的臺港文藝」國際學術研討會論文集》，頁 38～39。

　　同時，從冷戰時期的文學發展上，吳魯芹、宋淇、夏濟安等人的角色與影響力，隨著更多的文學史料出現，加上冷戰結束後，各國政府資訊的解密，應當更能明確地還原出吳魯芹在推動現代主義文藝思潮的策略、方法以及資源，以及其與美國與臺灣政府之間的關係，吳魯芹的低調與功成不居，確實是一個難解的隱喻，或許也將成為打開冷戰與戒嚴時期文學臺美關係，以及美學思潮動向等疑團，一把關鍵的鑰匙。

輯四◎
重要評論文章選刊

我的「誤人」與「誤己」生活

◎吳魯芹

小引

在某些地區說某人思想有問題是很麻煩的。而我自小思想就有問題——我的思想不能集中。

我就學的時間不算長，但是從小到大，我不記得有過任何一段時間，認真聽講過。我總是想些不相干的事情，或者根本不想什麼，讓注意力游離於朦朧的境界。

所以我用「誤己」概括我的求學生活，乃是不折不扣的紀實。因為我確曾遇到名師，我之不成器是自誤，不能怪他們。至於用「誤人」概括我的教書生涯，更是不折不扣的紀實，罪行昭然，不能抵賴，也毋用詮釋。

甲、「誤己」篇

一

我出生於一十分守舊的家庭，家母對吾家大門以外的世界，似乎有一種戒懼之心。總覺得我走出她的視線以外，就不大安全。因此，我沒有讀過幼稚園和初級小學。我之啟蒙是請了一位塾師到家裡來從「人之初，性本善」開始的。那時上學以背誦為主，無所謂教學進度，好像很快進入《大學》、《中庸》了。我的態度是盡快把書背得爛熟了事。倒是對習字比較有興趣，可能是因為從磨墨到下筆的過程中有若干肌肉活動。

不出兩年，塾師就另有高就了。接替他的是我們一位遠房舅舅，他是

事務人才，教書非他所長。我就在師徒都不求甚解的情況下，讀完了《論語》、《孟子》、《左傳》、《史記》等書。後來還是姑母看不慣我受業的師資與幾乎是足不出戶的教育環境，直率地說：「不能再這樣耽誤下去了。」在我的記憶中，姑母是十分爽朗的人物，大家對她都有點敬畏。感謝她的干預，我就開始一段「惡性補習」，準備考小學五年級，孔孟暫時束之高閣了。「惡補」的科目最重要的是算術，最麻煩的也是算術，加減乘除猶可，到了雞兔同籠，就覺得是故意與人為難了。說不定也是故意與雞兔為難——雞兔未見得就願意同籠也。

進的是江蘇省立上海中學附屬的實驗小學，簡稱「實小」，而名望實大，在親友中說起來似乎是很響亮的。地點在小西門尚文路。後來我念的上中初中部，和另外一所市立尚文小學，也都在這條路上。弦歌不輟，郁郁乎文哉的氣氛已定，宜乎路名尚文了。雖然偶爾球賽埋怨裁判不公，高聲喊打，頗有點尚武氣象。

換了新環境，不免有點張皇失措，尤其是玩雙槓、單槓等等都不行，幾乎有點自卑感，唯獨踢小皮球，無師自通，頗有點腳力。漸漸對盤球也有一兩招，每天放學總不立即回家，要踢到暮色蒼茫方肯罷休。至於讀書，還是並不專心聽講，還是讓注意力游離於朦朧的境界。到了六年級，算術是絕對跟不上了。有一位同學不知從哪裡弄到一本教學法，當時好像是得了救星，殊不知這可真把自己害死了。所謂的教學法者是書店為教員編的，教他如何講解舉例，並附有全部習題答案。於是我們就照抄，形成我們的習題全對，而月考的答案錯的居多，因為沒有「藍本」可資憑藉了。

除去算術，其他功課，似乎都可以對付，不過成績至多是乙等。唯一「出眾」的是書法。那時學校每學期照例有一次成績展覽會，本人每次照例奉級任老師之命拿出大字楹聯或者行書立軸展出。其次，教史地的張匡先生還拿了一張本人「時年十二」的「法書」，送到一份叫《文華》的畫刊上登了出來。那一期有一兩頁是兒童書法專輯，不少十二、三歲兒童的

「墨寶」，首次在刊物上亮相。我的二表哥在上海商學院的一位同學看到了，特地送了一張宣紙，「敬求法書」，並且餽贈自來水筆一枝表示鼓勵。那是我首次也是末次收到潤筆的酬勞。

　　進實小的目的是希望能不費事進入省上中，那時省上中在鄭西谷先生、沈亦珍先生兩位教育家的苦心經營之下，已經全國知名了，而實小畢業生中前五名是可以免試保送進上中初中的，不幸我的名次在後五名，沒有高攀得上，這就要和其他小學的畢業生平等競爭了。現在回想實小那一段時間，印象最深的是教師的樂業精神，他們在正規教學之外，還找別的事情做。那時正是九一八事變之前，「日本侵華研究」就是某一學期課外活動的主題。而且做法完全是一種 Orchestration 的做法，我們的國語課增發了好多篇論日帝侵華野心的補充讀物，史地常識也著重到喪權辱國的條約和歷史喪失的領土，就連童子軍也改用木製的步槍操起軍操來了。「實小」之名望實大，在我的記憶中，應該歸功於盛朗西校長和程旭清、張詠春、楊拔英幾位先生。

　　這兩年我和「死背書，背死書」的關係，也並沒有一刀兩斷。每晚還是有一小時由那位遠房的舅舅教我念一篇或半篇《古文觀止》或者《古文辭類纂》中的選文。我聽過不少痛斥背書的不當，還有聽來頗為肉麻，文藝腔甚濃的「戕害兒童心靈」之類的術語。我是吃過背書苦頭的人，至今覺得那不完全是壞事。

二

　　1930 年代在大陸考中學的壓力，當然不能和 1950 年代臺灣那種如臨大敵的情形相比，但是心理上還是有若干沉重感的。不堪想的問題是：如果考不上呢？父母心中有他們的打算。還有僅次於上中的別的中學在，而我就可以有名師益友了，當然我不敢向父母表明我這種「志向」。後來上中初中居然考上了。放榜的下午，幾個未獲保送而榜上有名的末流，約好去實小踢球，頗有點衣錦榮歸耀武揚威的神氣。

　　初中的生活，也還是在教室中思想不能集中，教室外踢球真是全力以

赴。這一班同學似乎數學的程度平均特低，這也正合孤意，不必自慚形穢了。到了初三，全班三十餘人中，只有四人能對數學應付裕如。逢考試，大家全靠這四個人的供應充飢。那副景況，實在是一幅嗷嗷待哺的流民饑饉圖。所好我抄東西一向抄得快，所以中途運輸即使遇到挫折，如監考先生正好站在戰略要衝之類，也還能趕在鐘響之前完卷。最怕的是來件含糊不清，那真是哭笑不得，只有妄自猜測了。

到了初三，運動改為專打網球，而且似乎打得頗不錯。另外有兩件大事，不可不記。一是首次結交了異性朋友；二是由於飛來的橫福，在保送進高中的名單中，得附驥尾。在細說這兩件大事之前，有兩件丟人的事也應該一提，以免犯文過飾非的毛病。第一件是生物學實驗，每兩人合用一架顯微鏡。不知道是我的手不靈，還是我的視覺不靈，無論如何調整儀器，都無濟於事。看到的始終是一片混沌。所不同的只是混沌有厚有薄、忽明忽暗。但是實驗報告是要畫圖的，這就麻煩了。第二件丟人的事是童子軍要學會用繩子打結，而「結」居然有那麼多種！我只會打死結，打來打去，死結一條。某次童軍教練在講臺上示範，同學們的雙手都靈巧得像魔術師，我就索然寡味地在做觀眾，最後不免被教練申斥了一番。

第一次結交異性朋友是在初三。照我家的守舊風氣，也許過早，父親某次從我的書桌面前走過，看我在恭楷寫所謂「情書」，說了一聲：「太早了一點吧？」但是並未呵責，我的第一位女朋友高明楨，比我低一年，也許是因為先入為主的作用，我至今還認為她是我所相識的女人裡面最美的一位。我們相識是在暑期學校，每天照例在圖書館長廊上談個把鐘頭。然後她去上她的課，我去打我的網球。到了秋季正式開學，熟人多了，我們就避免在校園見面談話，增加書信往還了。傳遞的方法是經過門房中的那位傳達工友。我們在信中有時也約定會面的時間，不出乎逛公園或者看電影。如此這般，約有半年的時間，到了我初中畢業，她退學了，而且人也不見了。我們的關係就此「無疾而終」。雖然我也曾有幾次在辣斐德路上躑躅徘徊，似乎並不大像小說中所描繪的「失戀」模樣。

　　所謂飛來的橫福是指初三下學期教育廳派員到各地中學選出一班的學生來一次作文比賽。我們這一班數學平均程度特低，國文並不低，那得感謝章淪清先生。比賽之日學校行政大員陪同督學到場監試，空氣緊張，唯獨章先生笑容可掬，叫平時不打草稿的人還是不必打草稿，一副胸有成竹的樣子，結果我們這一班得了團體第一，本人是個人第一。我相信我的全部平均成績是不配保送到高中的。大約因為這一點為校「爭光」的政治因素，使我在保送的名單中得附驥尾。可是這飛來的橫福，後來證明是「非福」，只是噩夢的開端。

三

　　高中三年是一場噩夢，而且這場噩夢「餘悸猶存」了二、三十年。一直到年逾不惑，我還偶爾作考數學的夢，醒來一身冷汗。

　　進了高中之後，環顧左右，在初中那批在數學上落後的同道，都不見了。形勢成了「碩果僅存」的孤軍，不論大考小考都是「彈盡援絕」的局面，同班的人都各有各的本錢，而且是以考交通大學工學院為第一志願的。數學對他們似乎是輕而易舉的事，至於接濟左鄰右舍更是未之聞也。我也只有勉為其難發憤圖強了。可是兩三年下來，只證明努力並無補時艱。我的數理化還是常常不及格。說「事倍功半」實在還太客氣了一點，我有時候是「事倍功零」也。所以不得要領的努力，就同我們見到過有些一腦門中熱中做官而缺少做官天分的人，徒勞而且狼狽不堪的情形一樣。這兩三年我把英文、國文、歷史等等放在一邊，專習與符號有關的數理化，結果除去說明符號科學是我的剋星以外，別無更好的解釋。

　　我在這三年念了一般高中的數理化課程，還把大學理工學院一年級的數理化課程也念完了，別的幾所著名的中學在課程上安排也如此。而這幾所中學往往包辦了交大錄取新生名額的五分之四，以區區之不才，想在這種環境中倖存是煞費苦心的。而不倖存的後果似乎更可怕，因為那牽連到「有辱門楣」。在那段時間能夠進省上中是件美事，淘汰出來就對不起祖先了，於是我定下了「求存」的戰略，當它是三年數理化專修科，對文字方

面的功課來它一個「不聞不問」，且觀後效——後效當然是順流而下。這裡可以順帶一提的是為人師表的對壞學生的涵養問題，我的印象是教物理學的仲子明先生對好壞學生一視同仁。他的注意力似乎在書本黑板與實驗，好壞學生他都視若無睹，教數學的朱鳳豪先生與教化學的吳瑞年先生就覺得多我這樣一個敗類，是可忍孰不可忍了。朱先生也喜歡打網球，有一天見到我在隔壁一座場地上不可一世的氣概，走過來告誡我一番：「我是你的話，寧可去多做幾道數學習題。」吳先生就更令人在三、四十年後想要來拍案叫絕了，有一次他在教室十分感歎，只知道悶在肚子裡生氣，在高中畢業的暑假，氣出一場大病，病到死去活來。

如果說被侮辱的易於養成仇恨心理，那麼我對朱先生還在無意中報了一箭之仇。那時江蘇省是施行會考制度的，高中應屆的畢業生一律由省教育廳出題目印好試卷派員到各地在同一天舉行會考。考場設在我們的大禮堂，考數學的那一天朱鳳豪先生站在禮堂外面的走廊上等同學考完核對試題。會考的題目是相當容易的，因為對象是全省的中學，不是聲譽卓著的上中、蘇中、揚中。上兩屆的會考，上中的數學全部滿分，也就是上百的畢業生中沒有一個人做錯一道題目。教育廳對朱先生是嘉獎之外又加薪，這一年碰到我這敗類，把全體一百分的完整破壞了。數學一共四道題，我偏偏做錯了一道，當然並非有意。但是對了三道題就有 75 分，已經超過 60 分及格的要求了。在禮堂門前核對的時候，發現我錯了一道題，朱先生對我看看，我也毫無愧色地對他看看。我想若是能偵察出我們兩人那一剎那心情上的變化或者想說的話，一定是很有趣的。

四

我的大學生活是以追悼會始，以追悼會終。

我進大學之後參加的第一次集會是追悼會，我畢業前一天參加的一次集會也是追悼會，前者是追悼客座教授英國詩人拜爾（Julian Bell），後者是追悼與我同系的一位女同學王夢蘭，事實上要為我的大學生活找一個主調，也沒有比「追悼會」更確當的了。因為在這段歲月裡，有三分之二以

上的時間，我是隨時可以成為被追悼的對象的。

　　我是在 1937 年夏天考大學的。原想進清華的西洋文學系，可是盧溝橋事變發生，北大、清華在上海區的聯合招生停考，剩下就是中大、武大、浙大的聯招了。聯招的題目很容易，心中暗忖取是取定了，夏去秋來，就可溯江而上到東湖邊倚山傍水讀古今中外百家詩鈔了。這是個人的如意算盤，八一三滬戰一爆發，算盤就不能那麼如意了。一時我有了「親在不遠遊」的念頭。寫了一封信給武大的註冊組說明交通阻滯不能如期到校。一面是存心觀望一些時候，看看日帝會不會知難而退，到了十月底不能再拖了，才束裝就道。到了武昌珞珈山，見到校舍十分壯觀，頗為高興，第二天下午就由上中的校友陪我去東湖划船，並在全山走了一趟，熟悉一下周圍的自然環境。初看課程表，也覺得甚合孤意，因為沒有數理化那三座剋星了。那時大學課程，還沒有由教育部下令統一，學校多少還能保持一點個性，我是外國文學系的一年級，共同必修的課有基本國文、基本英文、哲學概論、邏輯學、中國通史、西洋史，屬於本系的課是一門短篇小說選讀，另外可以選一門中國文學系的課，我選了「古今詩選」（上）——那是一共兩學年的課程。

　　上了兩星期的課，不免感到失望了，主要是一部分師資頗有點問題，教基本英文的是一位美國女傳教師。我至今還不太明瞭（因為後來在臺大也碰到類似的情形）何以要弄些洋和尚、洋尼姑教大一英文，我聽到的唯一理論基礎是訓練學生聽英語的能力，似乎這些人有沒有能力或者經驗，可以不必考慮。大一唯一一門屬於本系的課是「短篇小說選讀」，照說是重頭戲，但是教的人只有跑龍套的本錢。我現在已記不起他的大名了，只記得他姓胡，江西人，心遠大學畢業，在英國研究過一年，至於研究了什麼則不詳。他的教法是要大家在句子下面畫線，而且真畫得勤快，有人聽他的話，照畫不誤，結果是通篇都畫了線。哪一句重要，哪一個字是神來之筆，哪些只是陪襯，從此就不分彼此了。幸虧後來學校西遷，他不願隨行，才饒了我們畫線的折磨。

　　教基本國文的是女作家蘇雪林女士,她講書時愛發笑。但是我始終找不到引她發笑的原因。其他共同必修留有印象的是教哲學概論的范壽康先生像是一位飽學之士;教西洋史的郭斌佳先生衣飾最講究,遠看像是西裝店櫥窗中的模特兒,他是哈佛的博士,相信學問也很不錯的。問題是那時大家關心戰局,每逢他們兩位上課就會有人起立請求分析時事,所以並未真正領教過他們的學問。事實上,學校這時已經暗中籌劃西遷,上課的情形,已經是疏疏落落了。

　　這時我最高興上的一門課是選修中文系的「古今詩選」,當年中文系與外文系可以互選的課程不少,我至今引以為憾的是沒有選「文字學」、「聲韻學」、「訓詁學」。就連「文心雕龍」也是若干年後開始教西洋批評文學,才去自修的。總之,我當時覺得我不是做學問的材料,只應該選些屬於「享受」類的課程,因此在一、二年級我選了古今詩,三、四年級選了詞和曲。證諸選古今詩的經驗,我所謂「享受」的假設也並不太離譜。教這門課的徐天閔先生是安徽人,嗓門特別大。他往往是唱著進教室、唱著出教室的,他和古今詩真可以說是渾然一體。他很少講解,一大半時間是唱掉了的。他有時候幾乎是不能自己,在說話中引用了某首詩就高聲唱起來了。對歷代詩人如數家珍,就像是他同代的朋友,當然最有交情的是老杜。老杜這,老杜那,說得眉飛色舞、唾沫橫飛。他大約是最不講究教學法的教授,他的治學方法恐怕也是最不科學的,但這都無礙於他的博雅精深,他唱詩的時候緩急頓挫都帶感情,尤其是嗓門兒大,感情的成分也就表現得巨細無遺。在這珞珈山文學院大樓,只要關緊教室的門,並不至於驚動四鄰,後來搬到四川樂山文廟的破屋中,情形就不大一樣,他一聲「支離東北風塵際」,隔壁會計學戴銘巽教授的資產負債表就震得不平衡了。但是他唱詩唱了一輩子,改弦易轍,談何容易,而且對學生而言,唱的部分是這門課的靈魂,不能從缺的。至於鄰居的安寧,下一堂再說吧。

　　1937 年學校就無形停課了,可是學生活動十分熱鬧,左派學生有一個抗敵問題研究會,簡稱抗研會,每晚在宿舍都聽見工人搖鈴通知游擊戰訓

練班在 53 教室開會，另外他們還時常請中共的領導人物如周恩來、董必武、陳紹禹、陸定一等等來演講，國民黨的學生當然也活動，國民黨的大員也有到校演講的，其中包括汪精衛、陳立夫、王世杰等人。我最初是兩邊的熱鬧都去看看，漸漸有點厭了。於是閉門讀書。當然也並無系統，只是時間有得是，可以有精讀的餘裕，肯查字典，頗能體味到精讀一本書對學習一種外國語文有甚大的好處，過了若干年才知道這正是吳稚暉老先生教人學外國語文的訣竅。

　　這段時間唯一可記的趣事，是我們同桌吃飯的六位飯友，某晚經過慎重考慮之後，眾謀僉同，決定分頭發展，方是上策。那時大學生的生活的格局，還沒有到抗戰後期那樣的僋寒，我是南方人，但是喜歡饅頭、花捲，因此加入了北方同學的「麵食自辦」；另外南方人或者四川、湖南人還有別種口胃的伙食團，我們是六人一桌。組成的手續分兩類：一類是個別湊成一桌將名單送到伙食團，一類是聽伙食團安排。我們同桌兩個月，大約是「英雄識英雄」吧，認為分道揚鑣各展所長比局限在一桌同展所長有利。因為我們都是出手快、下嚥快，六箸齊發，就如風捲殘雲，一掃而光，後來我們分配到別桌，是否遇到敵手，還是能「獨當一面」，現在已記不清了。

五

　　1938 年 2、3 月學校開始西遷，地點是四川樂山縣，舊名嘉定。學校當局只管搬圖書儀器，教員學生是各自為陣，三、五人一小組各自買船票西上，不過學校在宜昌、重慶設有接待站，在換船的時候，有歇腳打地鋪的地方。與我同行的一組四人，是中文系的汪敬虞、化學系的張遵禧、物理系的胡傳聿，在船越坐越小，長江越來越狹，「不知遠郡何時到」的心情中，走了二十多天。在宜昌、重慶還有接待站可住，到了宜賓、瀘州等候換船，大家就在碼頭薑船上打開鋪蓋席地而臥了。到了嘉定，似乎忽然發現生活退回到 19 世紀，用慣自來水的人，改到要用臉盆去大木桶中取水，這一吃驚的認識，實在是非同小可。至於校舍，當然更說不上了。文法學

院要設在城內的文廟,理工學院在城外,都是破屋數椽,粉刷一新,尤其是粉刷工作大半是急就章,事先沒有整修過,白粉牆高低不平,斑斑點點,就像半老徐娘匆忙中打扮,掩飾不了底細。

　城中唯一好去處是公園,公園中茶館林立,有籐椅或竹椅可坐,不管是沱茶,還是花茶,都相當便宜,叫一杯茶可坐上半天。這時的宿舍是大統艙與珞珈山有天壤之別了,每人的天地是一張木床,讀書寫字都得借重公園中的茶亭,起初是下課上茶館,漸漸是上課也上茶館,例外的兩門課是改由陳通伯先生教的「短篇小說」,和徐天閔先生繼續唱的「古今詩」,其餘都「逃之夭夭」了。到了學期考試前幾天,才發現逃出了一點小麻煩,第一是邏輯學苦讀了一天不得要領,某晚獨自散步忽然有了「悟」性豁然開朗,把它弄通了。第二是初級文法,雖然只有一、二十張講義,幾乎完全陌生,啃起來可真費事。

　1938 年的夏天,全國大學生不分年級,一律集中軍訓三個月。因此考試一完,我們就動身去成都報到,可是到了才發現報不了到,說是籌備不及延期,從各路來的丘九,可暫住在市內中小學的教室裡,伙食自理。我們幾個在都市長大的動物就住到成都最熱鬧的一條大街春熙路上的春熙飯店,每天吃小館、逛名勝、看電影。成都的小吃是出名的,俗語「坐吃山空」,不久我們就體驗到了,軍訓的召集一再延期,而我們住的旅館是每天要付錢的,於是開始在吃的方面節省,總之頗有點窘態了。

　所謂集中軍訓,實在是相當荒唐滑稽的,我們被分在離成都四十華里的新都,另外還有被派到青城灌縣的,高年級的同學分在成都,新都有座大廟叫寶光寺,那就是我們的營地,不管是菩薩遇見兵還是和尚遇見兵,總之是有理也講不清了。這三個月我們真把寶光寺弄得天翻地覆。除去出操打野外,大家整隊出廟門,其餘吃住上課,都在廟裡,而且還有一兩位好奇之士,忘記自己是房客的身分,居然到處摸索,有一天據說在某座佛像的背後摸到通大方丈密室的機關。是真是假,無從證實,但是有幾天凡見到有人耳語必以為是在傳遞到達大方丈密室的蹊徑,更有好事之徒,見

到大隊政治指導員走近，就拉兩三同學一旁細聲耳語，弄得指導員疑神疑鬼了好幾天，以為有什麼陰謀暗中在進行，某一天實在忍不住了，把這位同學帶到指導員辦公室殷殷垂詢，並且用「從實招來，免於處罰」的政治技巧為餌，這位仁兄真從實招了：「聽說有人摸到了通大方丈密室的機關，密室中美女如雲，但是摸到了這個機關的人，並不把知識公開，所以最好請指導員召集大家訓話，讓每人有機會見識見識，免得大家鬼鬼祟祟打聽。」指導員似乎並沒有採納這項意見，大方丈密室的傳聞漸漸也就不再是話題了。

　　如果說這三個月軍事方面的知識，所獲有限，打橋牌的技術可長進了不少，我們是晚上打白天也打，教官在講臺上講「典」、「範」、「令」，下面至少有三、四桌牌局。那時每人有一張小凳子、一堆硬紙板備寫筆記之用。四人只要把坐的角度轉換得宜，紙板權充牌桌，就可以進入作戰情況了。有一次某位仁兄得意忘形，大叫一聲"Pass and double"，語驚四座，教官亦為之動容，放下「射擊教範」的教本，怒目掃視全場，這時我們轉的角度已轉回原位，紙牌已裝入袋中，完全是正襟危坐的姿態了。下午通常是出操和野外演習，就是所謂打野外。照例是在廟裡大天井中整隊，然後走出廟門，我們必須在出廟門之後的途中悄悄地離隊（所謂「開小差」），在隊伍回廟之前又插進去，因為解散之前是要報數的，隊長知道手下有多少人馬，少了就要追究，而且隨隊進廟和隨隊出廟都是合法的，單獨進出沒有出差證衛兵首先就要找麻煩了，所以時間的配合上要準，離隊插隊的先後也要準，四人同時開小差是犯忌的，因為容易引起風吹草動，同時還要顧到其他的同道，說不定別人也在乘機而動呢？冒險完成後的酬勞，是茶館裡圍桌而坐打上三小時橋牌，一杯沱茶，有時啃一根兔子腿，新都滿街都是燻兔子肉的攤子，至於「步兵操典」、「射擊教範」、「陣中勤務令」，真是「帝力於我何有哉」？其實就是連我們在新都區的最高指揮官對這些「經典」的內容，也只是隱隱約約記得有那麼一回事而已。這位區指揮官年事已高，而官階才爬到少將，據說是相當委屈的，他是早期保定出身，

他的同輩、後輩早都已是上將、中將了。他這份職務，實在是尸位素餐，因為這一區，共轄兩個大隊，一切的事情都由大隊長管了，只有集合兩大隊在一起的重要典禮，才需要他「主持」，而他在第一次這種典禮中，就留下笑柄。他看到我們這批丘九立正時的姿態，五花八門，無一是處，不免生氣，於是向大家講立正的基本要求，他說立正的基本要求有下列幾點：可是他忽然停住了，就像音樂上碰到全休止符，我們等著，等著，大約總有一分鐘的「冷場」，最後這位老者提高了嗓子，「立正的基本要求——操典高頭都有的。」從此在寶光寺「操典高頭都有的」成為一句名言，成為對一切難以答覆的問題的無往而不利的答案。天塌下來怎麼辦？「操典高頭都有的。」

　　寶光寺三個月的集中軍訓，轉眼就到了尾聲了，最後是各路人馬在成都會齊接受總校閱。總校閱之前有三天是練習經過檢閱臺前「正步走」、「向右看」、「向前看」那套功夫。所謂「預習校閱」當然是相當乏味的事，我們幾個都市動物到了城市就難免蠢蠢欲動，捨「預校」而取春熙路上的電影了，這一來幾乎闖了大禍。據說最後一天的「預校」，隊長忽然奉命點名，將「逃兵」姓名記錄在卷造冊呈報，當晚謠言四起，傳說的處分，輕重不等，最嚴重的是撥歸成都的中央軍校受訓三個月，最輕的是關禁閉一星期，總之玩出麻煩來了。到了第二天整隊出發參加總校閱，我們不免有「待決之囚」的感覺。校閱既畢，在重整隊形以小跑步的步伐到檢閱臺前聽總隊長訓話之前，這批「待決之囚」由各區隊長率領集合到最前排報數之後，共得 110 名，分為兩排站定。事後某君戲言，當區隊長走到他面前輕聲說：「跟我走！」他心中立即的反應是：莫非要「就地槍決」麼？一見檢閱臺前共犯有百餘人，才放下心來，知道「烈士」做不成了。接著，總值星官宣布站在臺前的我們這批人是違反軍風紀，姑念我們要趕回原校上課，處罰從寬，只是在總隊長訓話的時候，其他人可稍息，我們必須立正到底。這實在是夠寬了。可是十步之內，必有芳草，這 110 名調皮搗蛋的人物中，豈能無急中生智之才俊？大約立正還不滿二十分鐘，某

才俊就忽然在總隊長一句該用驚歎號標點的警句末尾應聲倒地，左右近鄰不待擔架來到，就各執一肢把他抬走了，一二關切之士，面帶愁容，也尾隨而去，而且尾隨得那麼自然，並不令人覺得他們又重施「逃隊」的故技。這一來，110 名烈士，在數目上又打了一個九折，總隊長體恤下情，叫大家都稍息，繼續講他救國救民、抗戰必勝、建國必成的大道理。回到營地解散，那位當場暈倒的才俊，安然無恙，遇有投以驚奇眼色者，含笑不語，似乎一切盡在不言中，彼此心照了。

六

　　1938 年深秋從成都循水路回到嘉定，一路景色不惡，宿舍換了一處，仍然是大統艙，但是我們幾個熟朋友分到一間小的自修室算是漸入佳境了。功課似乎也漸入佳境，而且一年級同系同班的淘汰了將近一半，人文環境也改好了一點。就連我的逃課習慣，也有了改邪歸正的趨向。這一年的功課開始重起來了。系主任方重（蘆浪）先生教英國文學和英詩，他是喬叟專家，抗戰末期有一位牛津大學的教授由英國文化委員會安排到中國訪問，沒有料到在那樣一座小城裡會遇見一位中國教授對喬叟的研究那麼到家，不免相驚失色。方先生名氣不大，那是因為他不大寫文章，事實上他是一位飽學之士，又長於教書。他教文學史的方法是正統的方法也是唯一的方法，那就是講到某一朝代或者某一大作家，課外指定大批讀物，非讀不可，不像後來我見到的某些學校外文系，文學史一課就是讀一本文學史教科書而已。「英詩」是入門性質，因為以後還有一學年的「浪漫運動時代」，和一學年的「從喬叟到本詩」。方先生戰後曾應邀英國去講學兩年，他是我見到的中國學者中英語說得典雅而又流利的少數的少數。

　　這一年中英庚款資助的講座教授也到了，第一次公開演講是講艾略特，那完全是對牛彈琴，我們不懂，高年級的同學也未見得懂。但是他教我們的散文，很遷就我們的程度，講解得十分仔細，毫不賣弄他的學問。他年紀並不老，而老態龍鍾，酷愛杯中物，是以紹興酒當茶的人物。我們的作文有時要到他的住處當面批改的，我第一次去，滿以為茶壺倒出來的

是茶,喝了一大口,方知大勢不妙,最後是踉踉蹌蹌地走回宿舍。

　　如果說我學生時代也有讀書較為勤奮的一段歲月,那就是 1938 年 10 月底到 1939 年 3 月 19 日,而且勤奮的動機也相當高貴,並不是為了對付考試。比方說文學史的課外讀物,我往往超出了指定的範圍。「近代戲劇」使我接觸到易卜生、莫里哀、拉辛、梅特林克、契可夫、蕭伯納等人,眼界大開,胃口也大佳。教「近代戲劇」是袁昌英(蘭紫)女士。不能算是大名家,同時我嫌她教得太慢,我所以不逃她的課,大約是一點愛虛榮的心理,她對我的讀書報告是不惜用最好的形容辭來恭維的。我自己當然知道我並不行,我的文字表達能力跟不上我的思想,下筆時就像生意人碰到頭寸緊,周轉不靈一樣,可是這條路是自己選的,沒有打退堂鼓的道理,真所謂「義無反顧」了。

　　這段時間可逃的課不多,而該讀的書不少。頗顯出忙碌的樣子,就連星期日過河到大佛寺、烏尤寺欣賞風景,也是帶點乾糧和幾本書找一清淨之地混上一天。而且生活的格調,也逐漸走上典型的名士派。第一是不修邊幅,那時通貨已略現膨脹,我已無餘錢添置衣物,襪子破了就赤腳,從赤腳皮鞋到赤腳草鞋。絲棉袍子的棉花從袖口突圍而出,也置之不理。第二,是起居無常、飲食無度,遲睡是常事,吃不飽是常事,偶爾上館子吃得過量亦是常事。總之,自視甚高,認為這些俗事不值得計較,值得計較的究竟是什麼,也說不上來,好像心裡有數。比方說陳登恪先生教的「第二年法文」必修,我逃課;他在中文系開的「中國小說史」與我不相干,我反而去旁聽,而且還自以為那是「山人自有道理」的神來之筆的一例。當時,我可能有所謂「計畫」之類的想法,雖然那並不像是我的生活習慣,我是向來不講究計畫的,反正到了 1939 年 3 月 19 日,這一切都無關宏旨了,從那一天起我的世界變了。

　　1939 年 3 月 19 日在多雲多霧的嘉定應該算是好日子。因為出事的時候,我正在城牆上看夕陽的餘暉。忽然我覺得喉頭有點癢癢的,於是咳了兩聲,咳出來的竟是兩口鮮血,接著又吐出幾口,也是鮮血,心中當然不

免慌張，疾步走回宿舍，取出漱口杯漱漱口，又咳了兩聲，也還是兩口鮮血。我知道董校醫就住在巷子口，帶著吐在漱口杯中的血直奔他的寓所。董校醫是日本留學的，據說還做過委員長廣州（或者是武漢）行營的軍醫處長，但是在戰時，校醫室醫藥供應不全，市面上的藥當然也買不起。他的醫道縱然不錯，也只有用相當原始的治療方法對付了。他叫我到廚房取兩湯匙的鹽加兩湯匙的水一口氣喝下去，然後就躺著不動。我們平時吃菜講太鹹、太淡，實在不知道真正的鹹是什麼味道，此後兩年，我幾乎不時要用這種濃得化不開的鹽水止血，可以說是吃盡鹹中鹹的人了。1939 年 3 月 19 日的當晚，我躺在宿舍中雙層床的下鋪，一直是似睡非睡，眼睛當然是閉著的，但是總覺得自己是睡在棺材裡，而且隱約中見到棺木中的紋路，這情形以後又發生過若干次，幾乎每逢吐血之後，我倒上床一閉目，四周環境就變了，總像是睡在棺材裡，見到棺木中的紋路。

　　從此我就隔一段時間吐一次血，喝一碗濃得化不開的鹽水，在床上睡上幾天。漸漸事先也會有點預感了，那就是逢到氣壓低的日子，往往凶多吉少，而四川樂山的氣候，尤其是秋、冬兩季，陰陰沉沉，似雨似霧，氣壓低的日子是常事。我心情上的氣壓當然更低，似乎逐漸養成一種宿命論。課當然是不去上了，書也不念了，但是因為多病竟然聲名大噪起來，原因是一片可惜聲建立了我並不見得真的有潛力。教過我的先生們都說我是十分有望的（這完全是假設），可惜身體壞了，同學也就以訛傳訛，把假設當做事實，也許他們用意甚苦，希望我能陶醉在這種不虞之譽中，造成霍然而癒的奇蹟。無奈抽象的武器，戰勝不了病魔的纏繞，我的情形是每況愈下，並無轉機。

　　當時的上策是說來容易而且好聽的「易地療養」，比方說四季如春的昆明，甚至於不遠的成都，氣候也比樂山好。可是我是衣食不繼的階段，這些自然都是畫餅，「應毋庸議」。中策是休學。休學當然容易，一紙文書送到註冊組就行了，可是無家可歸，休了又往何處去？下策是按兵不動，聽天由命。我的客觀條件，只能採下策。「我算是跟它泡啦！」——那是我從

北方同學中學來的幾句口頭語中，用得最多、最得意的一句。總之，那段歲月國家是救亡圖存，我自己也是為了苟延而圖存，而且真是煞費周章。過了幾個月，學校當局向山上的一座道士廟名老霄頂者租下了一排房屋，讓幾名病情不同的而屬半殘廢之流的去療養，我分得一室，開始吃睡之外別無所為的隱士生活。三個月下來，人胖了，但是病並未好，遇到氣壓低的日子，我仍然吐血，仍然不時要用極濃的鹽水去止住它。到了秋天染上了瘧疾，每次由校醫打一針奎寧也就好了，但是過不了幾天又大寒大熱地發著，不知道是藥力不夠呢？還是病菌在體內培養了對這一種藥物的抗拒力，總之我的瘧疾是時發時癒，有兩個月，十分接近所謂「病體支離」了。

初到樂山時我是常常逃課的，那畢竟是非法的行為，到這一階段，逃課雖然還未盡合法，至少是授課先生所默許的了。遇到考試我就雇一滑竿下山「亮相」。所謂「意志」，我相信是有那麼一回事的，每次考試我都能撐持下去。有時是上午一場、下午一場，並沒有發生當場暈倒的慘劇，至少在表面上考得還不壞。惻隱之心人皆有之，何況還是師徒？因此，幾乎每一門課我都是應得的分數加上同情的分數，而名列前茅。我自己心裡有數，很感激這種人情的溫暖，覺得唯有活下去才對得住人，但是「生非容易死非甘」，正如郁達夫所說的是一種「兩不堪」的境界。

瘧疾當然不是吐血引起的併發症，但是對原來已是帶病之身沒有好處是一定的。有時扶著拐杖在山上走走也會漸感不支，躺在藤椅上看不上幾頁書就睡著了。起初滿以為就這樣哄著它，遇到氣壓低的日子就躺著不動，哄一段日子算一段，完全是一種無可奈何的心情。至於讀書，淪到只要能對付過去就行了。似乎體弱腦力並不惡，我設計了一個木頭架子，找木匠做了，跨在躺椅的中間，一本厚書、一本大字典可以斜放在上面，只要用手翻翻頁數就行，不像雙手捧書那般費力，我讀希臘悲劇，浪漫運動時代的英詩、歌德、西萬提斯、托爾斯泰，甚至於後來寫論文，都是這樣對付過去的，北方同學常說我是「窮湊合」而湊合得頗為成功。可能這樣

躺久了，影響到內臟的機能，忽然我又發高燒了。那不像瘧疾的高燒，因為它歷久不衰，然後就是大便變成白色，小便變成紅色。小地方不能做什麼試驗，也沒有 X 光設備，總之快到了群醫束手，相顧黯然的情景了，於是決定到成都去。

我是坐了四天黃包車到成都去的。這種洋車走長途可能也是一個紀錄。坐洋車，是怕中途不舒服，可以隨時停車，長途汽車就不能完全由我做主了。行前有同學到祕書室去討一封公函證明本人是戰區的學生，貧病交迫。拿到手的公函之外，還加上校長王星拱（撫五）先生寫給中大、齊魯、華西三大學聯合醫院院長戚壽南的親筆信，因此我後來住院的費用打了折扣。王校長是一位科學家，但是能作詩，寫得一筆好字，是前清的秀才，後來改學所謂西學的。五四運動時代他是北大的理科學長，我對他的印象是：他很少訓話，遇有大員到校演講，他的介紹辭也極短而且平淡，據說他處理學校行政之外，還不忘他的本行，一星期中有幾個下午是在實驗室中做他的實驗的。當然最出名的故事是他的擇善固執。據說化學系的一位學生與教官發生衝突，似乎理虧的不是學生，可是教官嗓門兒大，來勢洶洶，訓導處想用記過的處分來平教官之怒，教官不答應，聲稱不把這個學生開除，自己就捲鋪蓋，所謂以去就力爭了。開除學生是件大事，要提到校務會議決定的。王校長沒有官官相護的習慣，把是非曲直弄清楚，就慢吞吞地說：「那我寧願換一個教官。」我對他的這種風度是頗為欣賞的，並不是因為他替我寫了一封求幫告助的信，才起了感激之情。事實上，就憑這點小事，也頗能反映出他的作風的。同學到祕書室要一份公函之類是常事，可能祕書知道我（我生病的名望很大），基於同情心，順便把要公函的事報告給他聽了，但是親筆寫一封八行必然是出諸他自己的主動，這就很難得了。

洋車長途一共走了四天，夜宿「雞鳴早看天」的小店。頭三天一路平安，到了第四天的下午，離開成都還有二、三十里的光景，吐血的毛病又發作了，於是停下來，到小飯店中討兩湯匙的鹽，和水吞下，這二、三十

里路是淚痕雜血痕走完的。住進四聖祠三大學聯合醫院,當然是最下等的病房。人聲嘈雜如茶館,護士態度如潑婦,大醫生只是在閱兵式的查病房時候曇花一現,實習醫生和快要當實習醫生的學生,大約是為了練習,輪番來問病歷,還有做社會服務工作的洋婆子每天照例到每張病床前問好。對實習的學生我是說了第五遍之後就掛上免戰牌,「今天說不動了,明日請早。」對洋婆子則用閉目養神的辦法對付,就這樣拖了若干天,病情依然不明,至少醫生沒有告訴我是什麼病,每天按時倒也有護士來令我服藥,當然也照過 X 光,做了一些實驗。如此又過了若干天,我對護士說必須要問問醫生了,再過一星期又要繳住院費,我恐怕繳不出來了,俗語說錢能通神,那是積極的一面,相反的一面,是無錢可以使神也著慌,第二天主治醫生來同我談話了。我的血壓時高時低,我的肺部照出來有幾處血管剛結疤,那是吐過血的現象,但是我的痰中查不出結核菌,所患不一定是肺結核。至於眼前的病斷定是黃疸,他掀開床單指著我的皮膚說:「已經褪了很多了。」最後他說繼續服藥之外,可以大量的吃糖。經常來看我的兩位老同學不斷地送糖來,於是有一星期我吃了不少的糖。還可能是多次喝了大盤濃得化不開的鹽水之後的補償吧,真是造化弄人了。不久,醫院的會計室來條通知在某日之前續繳住院費用,否則請自行離院。言下大有若不遵行就要動腳踢了,於是我對醫生說我要自行出院了,他亦無可如何,苦笑而已,但是他畢竟是醫生,多少有點感受到道德上的壓力,他要我繼續吃一星期的藥,黃疸病可以痊癒,另外的一些毛病就要靠攝生和住在地的氣候幫忙了。

我又回到樂山,又恢復不時吐血、不時服鹽水、不時坐了滑竿去考試的生活。但是到 1940 年的秋末冬初,有人告訴我一種中藥的祕方,後來證明竟然生了效,那時我是一種死馬當活馬醫的心理,反正再壞也壞不到哪裡去了。祕方是一種名白杰的草藥由冰糖一起蒸了服用,冰糖是為了中和難以下嚥之「苦」。這種藥真是「苦」不堪言,可是冰糖太貴了,我的經濟能力不堪這種奢侈,乃棄冰糖而取原味,每天午、晚兩餐,從此就加了一

道「原味白杰」。嗚呼，苦矣。「習以為常」這句話，不大靠得住，我吃了三個月對苦味還不能習以為常，但是吐血的事不再發生了。我又繼續吃了幾個月，有時還邊吃邊唱，把它看做是樂事，同學說我奄奄一息時，猶不失幽默感，時出妙語，也許正是這點幽默感救了我的命，我知道真有人是愁死了的。不管怎麼樣，到了四年級下學期，遇到天朗氣清之日，我已經可以走下山上兩堂課再走回來，考試也不再借助於滑竿了。過了 20 年，我又有了照 X 光的機會，醫生說我的肺中有幾處完全鈣化的痕跡，大約是指早年吐血的傷口，我沒有告訴他這可能是「原味白杰」的功勞，西醫不會相信中藥的神話的。

乙、「誤人」篇

一

我「誤己」是天性和環境使然，「誤人」倒是存心甚早，這種蓄意已久，實在該罪加一等的。我未進大學之門以前就已經決定進去就不再出來了，我的志向不大，只想當幾年助教講師，積點錢到劍橋住兩年，回來還是繼續教書。總之，我所學的只宜於教書，我的脾氣興趣也只宜於教書，「誤人子弟」是誤定了。

我最初教的當然是大一英文，稍後教過大二英文，那些都是外文系為別的系所開的課，實在是高中英文課的延長，教法最好也是模仿教高中英文的辦法，而我在高中就沒有好好讀英文。我最怕文法，最恨把一句句子解體來講結構，我欣賞的是文章的氣勢與句子的節奏，我在講臺上自得其樂的時候，可能正是最誤人的時候。有時我反覆讀某一段文章，要同學去捉摸那不可捉摸的氣勢，這對非外文系的學生更是不公平的，可是我只會這麼教，別的方法我不會。所以講誤人大約單憑教學法這一點，罪行就可確立。受我這樣誤過的有武大的和貴州大學的學生，倖免於難的是戰時的西南聯大和戰後的北大，前者是我神往昆明的氣候，不待對方的答覆，就逕自去了，見到聯大外文系主任陳福田教授，他頗有難受，答應替我另外

安排工作，才算免了聯大的學生受難，後者是我已受聘，看到北方局勢不穩，臨時打了退堂鼓之故。

在 1949 年以前幾年，我既沒有能夠教學相長，也未曾獲得什麼實際經驗，最難堪的記憶是準備了夠一堂課的東西，總是到了離下課還有四、五分鐘就講完了，問問學生有沒有問題，下面照例是一片沉寂。於是這四、五分鐘就很難過去，教書教老了可以扯些題外的話，初出茅廬的人總比較守本分，不敢越雷池半步，只有相對無言等鐘響了，有時實在難耐，就提早下課——這也是初出茅廬的人所不應為的事。

我們中國人學英文，一向是鄉音不改，所以北方人、廣東人、上海人都能在英文發音上就自報出籍貫來，毋待請教臺甫時順帶問到貴處。我到貴州教英文，更發現這比較落後的省分自成一格。遇到音節較多的字，你會以為他是在念五言絕句。我也沒有學過發音學，沒有做過瓊斯博士的徒弟，因此我不會畫圖教人的舌頭應該抵在何處，我的辦法是不厭其煩，一個字一個字陪著念，一直到不像念五言絕句為止。事先我並且略陳苦衷，恐怕這方法或有人要說損了大學生的尊嚴。這樣過了個把月，至少五言絕句的調兒減掉了不少，而且並未引起有損尊嚴的惡感。有位已經當過十年小學校長的老童生，還公開表示得益匪淺，那是在某一堂快下課之前我對班上的同學說，這種方法可能委屈了他們一點，那是應該在初中一年級的時候做的。這位老童生立刻仗義執言，大有 80 歲學吹鼓手猶未晚也的氣概。

二

我「誤人子弟」的時間較長，範圍較廣，是在 1949 年到臺灣之後。論時間，整整 13 年；論範圍，則先後侵犯到師範學院、師院附中、淡江英專、臺灣大學、政治大學；論身分是或兼或專、忽兼忽專。我在某篇文章裡曾經提到徐志摩說他一生的行徑有感情的線索可以追尋，而我是有經濟的線索可尋。我經常是不止做一份事，主要是為了生活上不虞匱乏，朋友笑我對「吃開口飯」這一行有癮，而又不全力以赴。我的解釋是：「以技養

藝」。我出賣別的技術，換取一家溫飽，才能有餘裕來培養我的藝術。夫有學養之人教書，乃是有本錢的生意，事屬尋常，而我學樣的不學之人也教書，那就是藝術了。

初到臺灣先是師範學院，不久師院附中一位老先生因為喉嚨不夠響亮，壓不住學生的糾纏，引起一點小麻煩。這校當局要我去幫忙，這一幫就是一年半，不但相安無事，而且還相處甚不惡，直到現在還有幾位學生與我維持交往。再不久就是淡江英專成立，那是在草創時期，連校舍都沒有，向淡江中學借了兩間教室。那時我是每星期三去一天，從上午八時教到下午四時，專任待遇，講錢數幾乎相當於公立院校專任教授的一倍，當然他們不供應宿舍，也沒有實物配給。我當時對一天的辛勞不以為苦，可能亦不完全是為了金錢上的所得。論辛苦可真不含糊。我必須黎明即起，七點鐘以前趕到北門火車站，到淡水還得走一長段路才到學校，然後就是馬不停蹄說到舌破唇焦。我說物質以外另有支持的力量，是因為那是我執教鞭以來首次在專業上受到挑戰。

我前面說過教大一和大二英文，自認教不好。言下大有若是教別的，可能會略勝一籌，這時考驗的機會來了。俗說「蜀中無大將，廖化做先鋒」，我在英專草創時期，是不折不扣的廖化，我擔任的三門課是：「英國文學史」、「英詩」、「名著選讀」，算得上是重頭戲。若是教不好，不但對不起別人，也對不起自己──因為找不到任何藉口了。「英國文學史」用的什麼教本現在已記不得了，想必就是臺大和師院用的那一種。那時臺灣做翻版書的生意，還沒有到風起雲湧的盛況，坊間可選擇的教材不多。「英詩」用的是那本 *Golden Treasury* 詩選，這門課可能是我教書生涯中如履薄冰準備最充分的一門課。原因乃是由於客觀環境。那時班上的學生全體都是臺灣人，他們至少有小學生的日文程度，似乎一半以上的人都找到了一本日本文學研究社註釋的這本詩選。日本人的英文發音可能糟到不可救藥，但是日本學者對英國文學的註釋所下的功夫，絕對是上乘，因此在感覺上，我最初一兩堂課體驗到至少有一半的聽講學生可以用以逸待勞的態度對付

這門功課，甚至於可以隔岸觀火，看我出錯不出錯。當年我亦年少氣盛，沒有服輸退卻的意思。大約有兩個月，我對這門課費了甚多的時間，推敲某幾行詩可能有的幾個層次的涵義。這一來，似乎單靠日文的註釋亦未盡夠用，師生誰都不配以逸待勞了。於是漸漸大家走上同舟共濟的路，他們偶爾也用臺灣國語把日本註釋說給我聽，相互印證了。有時碰到天氣特別好，他們就建議到校園的偏僻處，席地而坐，聽我講詩。這兩班的學生程度相當低，我那種好高騖遠地自得其樂，對他們並不一定有好處。可是那一段時間，我心理上總覺得闖過了一關，在夕陽中走回淡水的火車站，雖然經過一天的勞累，腳步常是十分矯健。過了幾年，淡江辦得相當發達了，在城區也有了校舍，他們曾邀我在城區部教了一年英詩。但是學生當中已經沒有帶日本註釋的詩選上課，對我好像缺少了一種挑戰，再也提不起精神來了。

　　教得比較有興趣，當然是濫竽臺大教席的幾年。第一，沒有人再問我文法上的問題了。他們得假定已經越過了某些基本階段，因為他們已是四年級，而我對文法上的名詞一向有過敏症，聽到了就生氣。第二，除了有一年教「小說選讀」是二年級的必修，其他的課程，我可以免掉給學生不及格那種不愉快的過程。我的理論是要嚴必須在一、二年級從嚴，到了快畢業，怎麼嚴也無濟於事了。於是我每逢新學年的開始，總要宣布一下我的三「不」主義，一不點名，二不給人不及格的分數，三不仿大牌教授遲到遲退，遇到我當時情緒好，我還會逐條說明並加補充。既不點名，當然可以逃課，我的課總是排在星期二、四、六的下午一點到三點，正是午睡的好時刻，但是既然來了，就是放棄了午睡的權利，不能在教室裡夢周公，那樣做給我的自信心是莫大的難堪，因為我自信我的講書是不具備催眠的功用的。幾年當中只發生過一次意外，我為了遵守諾言，堅請一位鼾聲大作的同學走出教室，當然我並未疾言厲色，我幾乎是打躬作揖勸他回宿舍就寢。至於不給人不及格的分數，似乎令人將信將疑。兩三年前在社交場合碰到一位某博士太太，接談之下，她說當年就是聽到三「不」主義

才決定改選的。「天下哪裡有這麼便宜的事！」可是後來方知道我說的並不是反話。三「不」主義中唯一未遭到波折行之有素的就是不仿大牌教授遲下課的習慣，那是我做學生時代對遲下課起反感，立志要做到而且容易做到的事，有時也難免做得過分，鐘聲一響，話才說了半句，就把下半句硬嚥下去了。

我初到臺大是教「新聞寫作」。那是因為一部分學生感覺到轉眼就要畢業了，實用的東西學得太少，希望系裡增添一點有實用性質的選課。其實這是相當矛盾的想法，文學系的課程設計，並沒有把訓練新聞記者或者文牘員算在賬內。系主任英千里先生的見解尤其一針見血，英先生對大家說：「你們先把英文學好，要寫一段消息或者封把信並不困難。英文寫不通，即使懂得公文格式、新聞用語也還是沒有用。」但是總不能無以慰莘莘學子的「喁喁之望」啊！於是開了一班「新聞寫作」。有一年我常用《紐約時報》做藍本，解釋分析一段消息或者社論何以該如此寫，然後找一些別的地方性報紙寫得未臻完美的報導，請大家重寫，當時還用了一句口號：「寫作的藝術就是重寫，重寫……」（The Art of Writing is rewriting and rewriting and……）他們究竟學到些什麼，我亦無從考核，後來倒是有幾位真做了新聞記者，那也還是因為如英先生所說的，他們是先已經把英文學好了的少數。

接著，我又教「小說選讀」和「翻譯」，我很想模仿二十多年前業師通伯先生的教法，但是我的火候差遠了，結果當然是「畫虎不成反類犬」，害了他們。大約在 1958 年或者稍後，教育部又修改課程，把「翻譯」列為必修了。系裡為了配合教育部的規定，將「散文與作文」以及「翻譯」兩門必修課，分成五組，每組二十五人左右，由五位先生各任一組。從此我就擔任這兩門課的 B 組教師，一直到 1962 年夏天我離開臺大為止。另外一門是選修「文學批評」，那原是英先生的課，某年他動了一次大手術之後，想減輕負擔交給我教了。這三門課中有兩門是要改練習的，所以並不輕鬆。尤其是分組並不是按成績，而是按學號先後，因此班上有程度很不錯的，

亦有很差的。我亦懶得去管他們之間的程度高下，要他們一體嘗嘗 20 世紀的名家散文。那時的臺大似乎不大講究組織，很少有委員會之類的玩意兒，任課教員在選擇教材上是各自為政的。我常覺得大學生在教室中接觸到的散文，盡是「古文觀止」，似乎應該也淺嘗現代人的好文章。他們可能並沒有領略到現代人文章的好處，反而少讀了幾篇「古文觀止」，這又是我行我素所造成的災害之一。至於作文，我唯一的要求是句子宜短，遇到思路原已不清又砌成八寶樓臺，我就毫不留情地大刀闊斧把它拆掉，這可能很傷了一些自負不凡的才子之心。

「文學批評」的教學進度與範圍，更可以由我「一意孤行」。我原可以循正統的方法，從亞里斯多德的《詩論》講起，一直講到「新批評」，但是我覺得李查茲的實用批評學亦有可作楷模的地方。另外，近幾十年有若干人把不屬於文學的知識應用到文學批評中去，創了不少新天地，至少不可小視，於是形成古往今來無所不包的一大盤雜燴，每周兩小時所能做到的當然也只是蜻蜓點水式的淺嘗即止。這一盤雜燴後來又帶到政治大學的西洋語文學系用了兩年。我和政大本無淵源，大約是在 1957 年政大請了在英國住了很多年的一位李老先生擔任西洋語文系主任，這位老先生初回國不免人地生疏，發現系中有好些課沒有人教，就去英千里先生處求救，英先生只好叫我們去幫忙。我至今留有印象的是，每當課上了一半，就有一位穿中山裝的先生在窗外按學生的座次點名。這算不上是干擾，他只是記一下哪一張座位缺席，一兩分鐘就可以畢事，但是我對點名一向缺少好感，他一站到窗口，我就「靜默三分鐘」，是無言的抗議呢？還是怕他聽到我不登大雅之堂的言辭呢？我亦不知道，總之那幾乎是一種本能的反應，我也就沒有特別費力去糾正。政大教了兩年就不再去了，臺人的三門課一直教到 1962 年 6 月。

三

最後是誤洋人子弟，那是 1962、1963 年的事，我起初以為可以繼續吃開口飯吃下去的，但是這邊碼頭上的規矩是「若非博士，免開尊口」。而我

年高德薄，既不能 80 歲重學吹鼓手，亦不能屈就初出茅廬的青年並肩，只好另圖謀生之道了。我的朋友們大約覺得一個喜歡胡說八道的人忽然守口如瓶，未免可惜，而且有損健康，於是安排我到紐約州立的兩所大學教暑期學校，暑期班是不必審查資格的。紐約北部夏天甚涼爽，對我說來等於避暑。因此在 1964、1965 年，我又教了兩個暑假。所以「誤人」的生涯，真正洗手，到現在也將近十年了。

　　一個人總難免沒有午夜捫心自愧的時候。如果說往者已矣，來世還有選擇的餘地，那我就要盡力避免重蹈「為人師」的覆轍。嗚乎，「誤己」猶可，存心「誤人」是不該的。

——寫於民國 63 年感恩節後二日

——原載民國 64 年 2 月《傳記文學》第 26 卷第 2 期

——選自吳魯芹《雞尾酒會及其他》

臺北：九歌出版社，2007 年 4 月

我的大學生活

◎吳魯芹

一

　　20 年前我在臺大外文系教四年級的翻譯以及散文與作文，每隔兩星期或三星期，總要做一次「練習」。這些作業，照例忝為人師的要批改一番，才算盡了為師的職責，至於發還給原作者之後的下落，是否連一顧都不屑，那就「皆所非計」了。我因為在大學時期，有過拿了作文到老師住處一面批改一面挨罵的經驗，而且覺得那種經驗大有好處，於是在自己教的班上也就婉轉陳詞，有誰願意枉顧當面批改者，盍興乎來？真的也就有了兩三位不時帶了文章來，從容受辱，大約經過幾次短兵相接，彼此已經有了相當的交情，我就很不客氣地說：「我們當年讀外國文字讀不好是情有可原的；以你們今天的環境，還讀不好，就不好原諒了。」

　　我所說的當年，是抗戰初期。我有時在改完作業，彼此尚有清談的餘閒，不免會向一兩位屬於不自認為是才華蓋世的青年人，敘述一些抗戰初期大學生的苦況。一般人的「想當年」，不外是當年如何英勇，如何豪華，抗戰時期的大學生，能說的只是多麼窮，多麼苦。不過我常對我的學生說：「我們當年苦得相當瀟灑，窮也窮得相當瀟灑！」下面一些小故事，是我 20 年前常說的，聽的人當中，也有走上「誤人子弟」歧途的，他們沒有必要把這些故事轉述給他們的學生聽，現在把它們寫出來，也只是「聊誌雪泥鴻爪」之意云爾。至於能否高攀《中華日報》副刊徵稿信中所懸擬的「教育性及啟示性」的崇高目標，也又是「皆所非計」了。

二

我是 1937 年秋天，也就是七七事變抗戰開始之後進大學的，第一年因為武漢尚未成為戰區，在珞珈山的大學生活，還有相當的格局，大學出版部有印刷廠，我們的講義都是鉛印的，頗為講究，中文是連史紙，西文是道林紙。出版部除了出版學術著作之外，還兼營零售，我入學的秋冬之際，還見得到陳列的若干原版書的存貨。到了第二年學校決定西遷四川樂山，情形就大變了。1938 年 5、6 月間，教授學生大部分都到了一座風景殊不惡的小城，圖書儀器包括印刷設備雖然也跟著內遷，究竟不如人那麼輕便。而且那時軍運孔亟，沿海的工廠也忙著內遷，大學的圖書怎麼也得讓一步，等著吧！巧婦無米難以為炊，教授也不能憑周圍的風景來論道解惑，20 年前我對我的學生說，你們要買書真是俯拾即是，我們當年不只一門課是「手抄本」；而且不少是在油燈黯淡的情況之下的產品。

二年級有一門「英詩選讀」，是入門的課程。因為以後還有兩年按時代順序，一年是從浪漫運動到 20 世紀，一年是從喬叟到浪漫運動的英詩。所以二年級的「詩選」只是淺嘗，系主任方重（蘆浪）先生第一堂帶來一本他自己的藏書《英詩選集》，不記得是甚麼版本了。他說他已圈出將近兩百首，準備一學年教完。印講義的設備尚付闕如，買書更是做夢。唯一的辦法是手抄，先只能一個人抄，抄上十幾首，然後就傳給兩個人，再傳就可以四個人同時抄，八個人同時抄，很快每人就可以一篇在手，不愁沒有講義的空談局面了。而且，他說抄一遍比讀上五遍還要強，所以「不便」亦有其光明的一面。我對英詩沒有下過甚麼功夫，但我們那一班人至少手抄過兩百首詩。這一點入伍訓練，是今天的大學生所不需要吃的苦頭，是可以省下來善加利用的時間。究竟是「善」用了還是「惡」用了，是我 20 年前當面批改學生課業時，常用來「質詢」的題目。

我們當年用「手抄本」，多少還養成了一點愛抄書的好習慣，一直到今天，我見到「愛不忍釋」的好詩，或者一兩段好文章，總喜歡把它抄下

來。壞習慣是抄了並不保存，隨抄隨丟。但是就在抄的過程中，畢竟多一層玩味的機會，多一層樂趣。幾年前《中央日報》副刊登了周棄子先生四首七律，那是他在東坡生日的一天，和幾位文士在另一位詩人張百成先生銀河村居縱飲劇談的述懷之作。詩真是做得好，我立刻就把它抄了下來，後來又抄過兩遍，寄給遠地看不到中文報的朋友，漸漸幾乎可以背得出來了。或有人曰：複印影印那麼方便，抄它做甚麼？這是不懂得「手工業」樂趣的人，只知道省時省事的不通見解。手抄一過，在我已是「積習難改」，而且其中自有樂趣，不足為外人道也。

說到讀詩，今天在臺灣讀外文系的學生，也比我們當年福氣多了。我們當年讀英詩，完全聽老師在堂上朗誦，得不到外界的助力。方蘆浪先生早年清華出身，後來在美國又讀了五年的書，國人中說英文說到他那樣程度的並不多。可是等到我有機會聽到名演員、名詩人讀詩的唱片之後，發現他們畢竟「非我族類」，真能把詩中的情感與詩的音樂性帶給聽眾，就連高手如方蘆浪先生也要瞠乎其後。讀音本來就不大準，同時也教詩的如朱孟實（光潛）、費鑑照兩位先生，就更不用說了。我在淡江英專初創時，曾去教過「英詩選讀」一年，後來因為往返淡水、臺北間路遠不便，告辭了。再後來，淡江有了城區部，校務又由居浩然主持。浩然是熟朋友，又拉到城區部教了一年英詩。那時我就在講解完畢之後，放唱片，讓同學欣賞一下詩的音樂成分。現在我相信比 1950 年代更方便，讀英詩當然不需要像我們在抗戰時期那樣靠手抄，而且很容易買到名演員、名詩人朗誦的唱片。相形之下，我們四十多年前的那種讀法，等於是土法煉鋼了。凡屬土法，必然是事倍功半，但是當年大家多做幾倍的事，並不以為苦。有人中途抄漏了一行，連累了幾位「後輩」，「後輩」亦甚少埋怨者，只是在教室中多了幾種名稱，首抄的一位是「欽定本」，抄錯而改正了的是「某某校勘本」，系主任亦笑說這是版本學的入門訓練。我在上面提到「我們當年相當瀟灑，窮也窮得相當瀟灑」，就是指這一類的事。

三

「窮得瀟灑」的事例，當然也不少，到了抗戰的第三年，凡是從戰區來的金錢方面的接濟已經中斷的同學，雖然有貸金可以吃飯，衣裳是沒有錢添置的，可以說漸漸進入衣衫襤褸的境界了。現在回想起來，大家似乎都不以為意；說得好聽一點，幾乎是「布衣傲王侯」的氣概。我初入學時，帶了一雙相當好的皮鞋，經過兩年的磨折，屹然無恙。幾雙襪子，兩年下來就全部「玉碎」了（抗戰時期的口號：「寧為玉碎，不為瓦全」）。因此從大學三年級起，我就是一年四季赤腳穿皮鞋，到了皮鞋也「玉碎」，就是赤腳穿草鞋。我的絲棉袍就更不雅，兩袖磨損到棉花出來了一部分，進退兩難。可是出入黌舍，招搖過市絲毫沒有寒傖的感覺。偶爾有機會走進館子，大快朵頤，胸前更弄得油跡斑斑，亦不去抹刷，詩人蘇曼殊是淚痕雜酒痕，陸放翁是征塵雜酒痕，我這俗人只是靠油痕來點綴點綴了。

另外一件至今難忘的窮得瀟灑之傑作，是我的那件毛衣。我 1937 年離家時，家姊為我結了一件毛衣。兩年之後，袖口的線脫了，一脫就不可收拾。起初我是把那拖出來的約莫兩尺長的毛線，圈在手腕上，也就對付過去了。可是每次穿上脫下，總不小心，又把毛線拖出幾寸，積年累月，就不止好幾尺長了，越圈越高，漸漸就到了「捉襟而肘見」的「肘」的部位了。我的右袖是完整的，左袖穿起來長度僅及半，掛起來，若一任這根毛線綿延，就長可及丈。川西霧重，十分潮溼，難得有大太陽時，我喜歡把衣物連人帶馬到院中曬上一番。這件毛衣的款式當然最引人注意。中文系的一位才子得句云：「左袖綿延萬丈長。」可是文字遊戲，只是好玩而已，對這件毛衣說來，仍然是「無補時艱」。幸而我常常讓它曬太陽，讓它「亮相」，才有了遇貴人高抬貴手的機運。寄語今天某些懷才不遇之士，盡量寫些明示暗示懷才不遇的文章，多作「懷才不遇」狀的亮相，遲早會有知遇來提拔的。

且說，某日未聞犬吠，太陽已出來了。我又把衣物連人帶馬拿到院中

曬上一番。此日想必是周末，宿舍中相當熱鬧，偶亦有女同學來約男同學
出遊者，故聽得到吱吱喳喳嬌滴滴的鶯燕之聲，頗有些「紅杏枝頭春意
鬧」的氣氛，正當本人閉目養神之際，忽聽到一陣大笑，一睜眼，看到兩
位女同學笑得人仰馬翻，女人哭笑無由，是很普通的事，但是當我聽到
「這是誰的呀！」知道本人的毛衣是引起大笑的笑種，也就難於回到閉目
養神的境界了，「是老吳的！」站在她旁邊的一位同宿舍的男同學說這話
時，順手指了我打坐的方向。這時老吳也只有挺身而出直認不諱，此姝不
但笑得爽朗，說話作事也很爽朗，「我想把它帶回去看一下，明天交給他帶
還給你。」他者，就是站在她身邊的那位男同學，他和她，他們和她們，
經過 40 年歲月的磨損，模樣已經模糊，名字是更不記得了。

　　抗戰時期大學生的苦和窮，有說不完的故事；可是如我所說的我們苦
得相當瀟灑，窮也窮得相當瀟灑，一點都不「窩囊」，這恐怕是今天在富足
的溫室中長大的大學生所無法想像的。

——1980 年元月

——選自吳魯芹《餘年集》
臺北：洪範書店，1982 年 5 月

「馬戲生涯」一年
一九六二年九月至一九六三年八月

◎吳魯芹

　　滿口胡言　　渾身解數

　　內行喪膽　　頑石搖頭

一

　　這是我在 1963 年 2 月間，也就是農曆新年，流寓在美國伊利諾州匹奧利亞城（Peoria, Illinois）房門上貼的一副對聯。橫披是「馬戲生涯」。雖然是打油詩一類的性質，但是打油詩可能比正正經經的詩，更需要詮釋，才能得其梗概。所以請先言背景。

　　1962 年 8 月我是以所謂「客座教授」身分到美國來作所謂巡迴「講學」的。我只在「講學」二字上加引號，是存疑的意思。因為我不相信那種滿口胡說，可以用莊敬的「講學」字眼來糟蹋。至於巡迴可不用存疑，我確實巡迴了一番的。「馬戲生涯」乃是巡迴的寫照。

　　我有一位老朋友常說他在報上讀到時人行蹤的消息，某些字句特別引起他的好感與欣羨之情。1937 年夏天政府在廬山召開會議，那時候他最喜歡的字眼，是某人「飛渡轉廬」；到了抗戰勝利之後，抵達「東京羽田機場」的字樣，會引起他各種旖旎的遐想；在 1950 年代的臺灣，「應國務院之邀啟程去美」，或者「應某大學之聘出國講學」，又是他相信「大丈夫當如是也」的遭遇。但是時也運也，他始終看別人「飛渡轉廬」，「飛日轉美」，自己還是株守在斗室中目送飛鴻。我屢次想向他說穿內情，轉而一想，又何必呢？一個人能對字面上的價值認真，總是好的，否則人生豈不

更黯淡？

其實知道內情的人，所謂應邀訪問考察就是那麼一回事，並不真是國務卿下帖子邀宴，大部分是科員政治按照交換計畫填滿配額，並不那麼高貴的。有些訪問考察的人，因為根基或者語言的關係，更是無從「問」起，「察」也不便。至多在名勝之前留影，「恐後無憑，立此存照。」至少吃吃中國館子維護固有文明，看看脫衣舞吸收西方的不文明，如是而已。

至於出國講學研究，也是三教九流。袞袞諸公之中，亦有無從「講」起，「究」亦未便的人物。有時礙於情面，非開口不可，不免胡說八道。我的上聯說「滿口胡言」，還同時附帶另一層意思。因為用的是「胡兒語」。胡語加胡說，豈不更令人傷心膽寒？至於聯中其他字句，在敘述一年馬戲生涯中，自然會交代到。這段「楔子」似乎應該適可而止，不能再拖長了。

二

話說 1960 年春天，有人給我看紐約州布佛羅大學（University at Buffalo）一位教育系教授格蘭博士（Burvil H. Glenn）擬定的一套「亞洲客座教授訪問計畫」（Visiting Asian Professors Project），並且問我有沒有意思把履歷送去做候選人。格蘭的這套計畫是聯合了東部和中西部八所還沒有「亞洲研究」課程的大學，從亞洲地區請八位教授來巡迴於「八大」（是「學府」不是「胡同」）之間，提高學生對亞洲研究的興趣。我看了這套計畫之後，覺得「意至善也」，同時想想已有八九年未去新大陸，能再去逛逛亦不惡，也就把履歷寄去了。格蘭的計畫原是定在 1961 年秋天開始的，但是到了 1961 年夏天還無動靜，我想大約是「吹」了。事實上年初我去星相家季百年先生處「覆診」[1]，看不出驛馬星動的跡象，所以也就沒有裝模作樣做出蒐集資料準備講稿的學人姿態。事隔將近一年，在 1962 年春天，忽

---

[1]「覆診」是夏濟安的話。他說第一次看醫生是「初診」，第二次以及以後都稱做「覆診」。我們的命早請季百年先生算過了。以後每年再去一次問吉凶，應該稱之為「覆診」。

然通知來了，敦請束裝就道，並附了一套合約之類的文件，權利義務、束脩大洋若干都說得清清楚楚。洋人作事，在牽涉到錢財方面的事，很少拖泥帶水。講學、唱戲、走江湖賣藝，都是商業行為，有一套合約，雙方同意了就簽字。我細察內容，活兒不重，銀子亦不太少，而且可以跑好幾個碼頭，我是喜歡遊歷的人，覺得可以到各處逛逛亦不壞，於是把「應聘」的回條簽字寄去了。

接下去就是請臺大留職停薪，奔走官府辦理出國手續，當然少不得要看看衙門裡俗吏的難看的臉色。但是自知理尚直，氣尚壯，朝中亦有熟人，故亦以難看的臉色對之，終於順利成行，「飛日轉美」了。在舊金山老朋友劉謨琳家中住了十多天。九月初，到紐約之日，照通知書上說會有人在國際機場迎接的。下機之後，東張西望，並沒有人前來請教是何方人馬，心中不免納悶。於是按照通知書上列的電話號碼，撥了一個電話，告訴接話人本駕已到了機場，而且知道如何進城，知道如何找地方落腳，可否明天再聯絡如何前往開會的會場。可是接待委員會的人，大約不願有一條魚漏網，苦苦哀求，千萬不要擅動，並且解釋這一天四面八方的來客，數以百計，現在接的人正在路上，不出十分鐘準到。美國機關中的女祕書或者航空公司訂座的女店員，電話中說話的藝術，是經過訓練的真功夫，可以使你要發的脾氣，頓時冰消，即使不耐煩，也會暫時稍安毋躁。果然不一會，來了兩位青年，問明底細，就非常熟練地提了我的大小行李，開車直奔離紐約市二十多里路的布朗斯威爾（Brownsville），莎娜勞倫斯女子大學（Sarah Lawrence College）的校區。

莎娜勞倫斯學院是一所有歷史有名望的文理學院，那時候還是只收女生的學府。近幾年美國的風氣，是打破專收男生或者專收女生的傳統。莎娜勞倫斯是不是也改了，不大清楚。不過在 1962 年還是女校，論名望幾乎可以與著名的「七姊妹」[2]相頡頏。我在出發之前知道要在莎娜勞倫斯學院

---

[2]「七姊妹」是美國著名的七所女子大學。她們是 Barnard, Bryn Mawr, Mount Holyoke, Radcliffe, Smith Vassar, Wesleyan，原來專收女生，和「常春藤盟校」（Ivy League）專收男生相頡頏。現在

的古色古香的校園住三天，心中是頗為高興的，但是事先沒有料到古色古
香的程度，包括宿舍的地板走起來格格作響，浴缸的水管生了鏽，放出來
的水是黃的。

我們住在那裡開三天會，是由美國主辦交換學人訪問的機構和幾個基
金會聯合主辦的，目的是讓大家認識美國高等教育的一般情形，知道一點
美國生活習慣。以及各人此行除了教書研究之外的促進人民友好的任務。
每天大人物演講在上午，小組討論在下午，晚間有娛樂節目。有一晚請來
的著名的民歌演唱家彼德賽額（Pete Seeger），我對此人慕名已久，聽來十
分過癮。

這一批從各國來的訪問學人，大約有五六百人。單是服裝與語言，已
夠五花八門，怪癖還不計算在內。所以這三天也真夠熱鬧。我們在「亞洲
訪問教授計畫」之下來的，包括中、日、韓、印度、巴基斯坦、菲律賓等
國，原先還包括泰國、緬甸，不知什麼緣故，臨時起了變卦不能來，於是
用了巴基斯坦的一位胡笙君和臺灣政治大學的一位李先生遞補。主辦這個
計畫的格蘭博士說這是草創的第一年，所以難免有欠完備的地方。說「欠
完備」，是婉轉地輕輕一筆帶過，事實是毛病滋多，很不完備的。

格蘭博士的這套「亞洲客座教授訪問計畫」的構想，是由他在印度做
了一年客座教授的經驗啟發醞釀而成的。他大約是專攻教育行政的人，在
印度一年，是在每一處住上個把月，約集中學小學校長教育局長開幾次座
談會，把美國教育行政的理論不管三七二十一介紹過去。教育文化交流和
國民外交有異曲同工之妙，結局總是皆大歡喜，不比正式的外交談判要一
個水落石出，既費力又不討好。格蘭在印度的時候，也曾到亞洲各地遊歷
過，這是他初履亞洲大陸，事事新鮮，當然不在話下，他靈機一動，覺得
他以一個月的時間介紹美國教育行政理論能成功，分別邀請亞洲各國教授
輪流講一個月一部分亞洲文化，也沒有不成功的道理。他憑這點理論基

男校也收女生。女校中有幾家也收男生了。

礎，遊說若干沒有亞洲研究的學府，也居然給他說動了，於是「亞洲客座教授訪問計畫」就有了胚胎。

　　格蘭博士其人，這時已是五十左右，大約做正教授已做了若干年，尚未混到院長一類的行政職務，但是已用不著像青年的博士為謀永久聘約，那樣必須窮凶極惡的發表著作求表現，在校園裡多少是屬於寂寞的老一代。這一代的人能有一個計畫在手中玩玩，就比較熱鬧一點，也活動一點。通常支持這些計畫的財源來自校外，歸學校行政當局管理，而動用的權限就在主持的教授。他為這項計畫可以雇一兩名助手，旅行或者請客吃飯就可以出帳。本來基金會的錢，必須用掉才是上策，能有人上說帖，拿得出一套言之成理的計畫，讓基金會的錢「師出有名」，也就真做到「有錢出錢有力出力」的分工合作。我們這個亞洲客座教授訪問計畫，由亞洲基金會出一部分錢，傅爾布萊特基金會出一部分錢，另外參加的八所大學也各自出一份，後面這一招，是向基金會要錢的訣竅之一，統稱為相對基金，基金會的有錢大爺知道別人自己肯掏腰包，就大為放心，相信這類計畫包準有價值，於是就樂於高抬貴手，引頸就義了。

　　行情大致有如上述，下面就可談細節了。在莎娜勞倫斯學院的三天，除去開大會以外，我們這幾位已到的亞洲教授，和主持人格蘭博士（**同時代表布佛羅大學**），以及另外七所大學的代表（**名義是計畫協調人**），也開了兩三次小組會議。七位協調人中居然有兩位是黃帝子孫。一位是布納德萊大學政治學系主任劉崇本教授，他在國內做過金陵大學的文學院長，已經是六十多歲快退休的老年人，但是對這個計畫非常熱心，自動請纓在他的系主任、外國學生顧問已夠重的職務之外，再加上這份事務性的負擔。另一位是西密歇根州立大學英文系羅郁正教授，他出身上海聖約翰，後來在哈佛、威斯康辛拿了英國文學碩士、博士，他那時尚未「轉系」（**現在是印第安那大學的中國文學教授，著有《辛棄疾評傳》。**）在西密歇根教莎士比亞，同時是一個推動亞洲學術研究的委員會主席，他做協調人是分內的事，而且做得極其周到。到了第二年五月快結束之前，大家在布佛羅開

會，全體訪問學人都說應該給他「最佳協調獎」。當然這批匆匆行路之人，也拿不出銀盾銀杯之類的東西來，最後是全體起立向他鼓掌致謝了事。至於其他幾位協調人，因為是非我族類，事隔十年，名字都記不清了。

在某次小組會議中，談到這個計畫可以取一簡名，說起來方便，洋辦法是把全名的每一個字的第一個字母，連在一起。我說那不夠傳神，不如用「亞洲馬戲團」（Asian Circus）（英文只要簡單的兩個字）。此語一出，來自巴基斯坦的一位青年教授凱達說，這是「絕唱」，不能改了，從此「亞洲馬戲團」就不脛而走，至少用了整整一年。過了兩年之後，我又去布佛羅教暑期學校，格蘭博士在寒暄客套中，說起我 1962 年對他的計畫有如何的貢獻等等。我說別的貢獻可能沒有，我們的孔老夫子說過「必也正名乎」，我對貴計畫的正名，是有過貢獻的。

上述的那位巴基斯坦青年教授，是巴黎大學的哲學博士，對歐洲文學有普遍的認識，他的本行大約是歷史，在莎娜勞倫斯學院那三天，和我交談得較多的是他和日本的河田博士。河田是一位老教授，來自東京帝國大學，據說在日本有相當聲望，他會說中國話，而且還會哼兩句中國小調，中國的地方到過不少，我疑心他當年是土肥原手下的人物。遇到不相識的人，他總是介紹我是臺北帝國大學來的，他是東京帝國大學來的，是兄弟輩。我每次得糾正他，我是國立臺灣大學來的。後來比較熟了，他就稱我是國家主義者，我就叫他帝國主義者。

馬戲團中的其他「動物」，現在已記不起他們的全名了。性別的比例是七雄一雌。雌的是一位來自印度的巴蘇太太，全團中似乎這位太太和日本的河田老教授，最難伺候。河田倚老賣老，到了之後，發現待遇菲薄，表示要臨陣脫逃，使得主辦這項計畫的人，慌張了一番。後來他雖然採取了既來之則安之的態度，還是不時發發牢騷。稍後他就用游擊戰術找點「外快」，遇到附近甚至於遠處的學校請去作一次演講，賺上百把塊錢酬勞，即使與正課時間衝突，他亦寧願犧牲正課，出去找點野食。那位印度太太，是對自我廣告特感興趣的人物，她唯一的要求是能有照片見報。所以她每

到一處,到大學校長辦公室作禮貌拜訪時,希望有攝影人員在場,她第一堂上課,也希望有攝影人員在場。她希望本地報紙和學校的報紙都爭相競載這件盛事,通常總是給更重要的消息擠掉了。她不得已而求其次,就要「協調人」把照片找來,讓她寄回印度去。大約在馬戲團中,除去河田老教授之唯「利」,巴蘇太太之唯「名」,比較突出之外,另外要數從巴基斯坦來的一位胡笙君之不知所云,他不是什麼學人,是一位做官的,好像是什麼建設開發局的副局長。他如何獲得交換教授身分,似乎是一個謎,這個謎底始終沒有揭穿。但是他的不學有術,很快就揭穿了。他每到一處,在教室裡放幾次有關巴基斯坦的電影之後,就算是交了差,不再露面,把時間用到結交當地的有名或者有錢的人士。後來引起合作的幾所大學向計畫主持人格蘭博士抗議,格蘭老兄還是那句老話,這是草創,難免有欠完備的地方。

三

　　我的「馬戲生涯」第一站是布佛羅大學,也就是計畫主持人格蘭博士的碼頭。布佛羅大學原是一所私立大學,1962 年秋季開始改為州立。我到的時候正是改制的第一個月,所謂青黃不接之時也。一到就得到警告說第一個月的薪水不能按時發,因為大學本身已無錢,支票來源是州政府的財政廳,先得造具教職員薪金的清冊送到州政府,衙門裡辦事效率,中外一體,且等著瞧吧。

　　到校後,格蘭博士派了他的一位助教來照應,住到一所有十幾層的大宿舍樓下的貴賓室。貴賓室除去價錢貴以外,一無是處,既無冰箱,亦無小廚房,要想喝茶,得走上一大段路到學生活動中心的餐廳。負責照應的這位助教,是位印度的留學生,一見面就表明礙難照應的立場。他在讀教育博士學位,獎學金不夠維持。他是帶了太太來的而且剛生了孩子。不上課的時候,他在學生活動中心的衣帽間工作,或者在書店裡賣書,找到他很容易,找他做事可就不容易。過了兩三個星期,他給我看一套表格,希

望每一位客座教授按他在每一處授課的情形，填了給他，他說希望各人能在感想一欄裡多發表意見。我平素最討厭填表，以為他是為格蘭博士這套計畫以後作報告用的，放在一邊沒有去理會，到我快離開布佛羅之前的一天晚上，他忽然來找我，說明這些表格的重要性，原本這就是他的教育博士論文，全文分四章，一、二兩章是計畫緣起和辦理的經過，從計畫主持人的檔案中拿出來照抄就行，第三章是施教的實際情形就是他給我們的一套表格，第四章是衡量計畫的得失，我們若能在每一站粉墨登場期滿之後，寫下兩三百字的感想，彙集起來，就洋洋大觀了。夫惻隱之心，人皆有之，人家萬里迢迢來受苦，就是為了這個博士，豈能不助人一臂之力？像我這樣臨「表」就要涕泣的人，都規規矩矩把表格填好並且略抒所感寄給他，別人基於人道的考慮，也一定會共襄盛舉的。他後來拿到了博士沒有，我未再打聽。至於美國學術界對教育博士另眼看待，略欠尊敬，其故何在，我亦沒有餘閒去盤根問底。

在布佛羅大學一個月，正業只是兩門課，每週一共六小時，課名是「亞洲文化與文明的面面觀」（Aspects of Asian Culture and Civilization）。大學部的大約有三十餘學生，研究院的有十五六人，大半是中學教員在讀碩士或博士學位的七嘴八舌的中年婦人。這些三姑六婆對亞洲的語言文字當然是一竅不通。所以必須「滿口胡言」，方能交通。至於渾身解數，是指表演的功夫。美國這個國家是重表演的國家，政客當選靠表演，尚是情理之中的事，學術性講演要靠表演功夫才受歡迎，這個民族年輕浮躁的程度就很可觀了。我到布佛羅不久，在英文系布告欄看到批評家布朗（John Mason Brown）要到校演講。我就問一位青年詩人巴斯納（David Posner），值不值得去聽講，我讀過布朗的文章，對他有相當好的印象，巴斯納說：「不管怎麼樣，他的表演功夫是很好的。」那一晚我真領教了布朗的表演功夫。我現在已記不起是哪一個團體請他的，後來知道他的市價是五百元到一千元。既然別人花了錢，就應該讓花錢的人得到某種程度的娛樂，所以叫座的教授，不一定是一肚子學問的鴻儒，往往是會說笑話的諧角。我

們是馬戲團中江湖賣技者流，入國問俗，當然也就使出全身解數了。

上面說過在布佛羅大學的正業每週不過六小時，但是客串的副業倍之。零星的亮相說話更不計其數。因為計畫主持人把我們的履歷送到各科系系主任的手中，請他們隨時來商洽徵調。我到校的的第三天，英國文學系系主任西爾佛曼（Oscar A. Silverman）博士就請系內全體同仁與我茶敘。這一次拋頭露面之後，有幾位教授為了禮貌或者為了好奇，不免要邀請到他們擔任的課程班講演一次。布佛羅的英文系至少藏書方面頗不惡，西爾佛曼老先生同時兼任大學圖書館的總館長。我第一次同他見面，他就陪我去參觀他們的「詩室」。「詩室」中收藏的各種詩集的版本很豐富，還有若干詩人的手跡，據說在全美大學中有獨特的地位。負責「詩室」管理的就是後來和我弄得很熟的英文系講師青年詩人巴斯納。

在英文系客串，猶在情理之中。到歷史系正式代課，不免是越軌行為了。這種事真是要令內行喪膽的。現在回想十年前舊事，體會得到某些身不由主逼上梁山的行徑，實在是湊巧的環境之下的無辜犧牲，也不必過分責備。我到校的第二天，一位歷史系的青年副教授來訪，開門見山，請求幫忙。原來他正開了一門遠東史，計畫這一學期講中、日、韓，而我們這個馬戲團在布佛羅上演的順序是中、韓、日。所以他拿定主義要我們代勞，把教學進度略改，這一學期就可以安然度過，利用多出來的時間，從事著述了。他說他的辦法是第一堂陪我去，作一簡介，「以後就全歸您哪！」我說這不行，我不是學歷史的。但是此人是不達目的死不罷休的革命家，而且肯說老實話，他說他的地域專長，「假定」是菲律賓，因為他發表過有關菲律賓的文章。他今年開遠東史是為了教學相長，想藉此逼自己去補習。「怎麼說，您知道的中國歷史總比我多。何況您的膚色口音都可以起先入為主的作用，叫學生相信貨真價實。」我無可如何，只好收下他準備用的教科書，教學進度表，客串了一個月的「中國通史」的不通教師。

在布佛羅一個月，可記之事頗不少。最令我高興的是不期然而遇到多年以前在臺灣教過的一位學生李兆治，他這時已從李海大學（Lehigh

University）拿到博士學位，在布佛羅大學土木系當副教授。他早從學校報紙上知道我要來，大約在教育學院辦公室的女祕書那裡打聽到我到校的日期和住處，我到校的第二天一早，尚高臥未起，他就來敲門，相見驚喜，不在話下。從此我要辦點私事，也就不愁無人開車。他的太太智怡，又是一位十分賢淑周到的女子，不時請我去他們家吃中國飯。我在布佛羅個把月，情緒不惡，很少發脾氣，李氏伉儷的照應之功不可沒。

然而脾氣還是發了一兩次的。一次是為了「貴賓室」實在不能安居。不知道是地勢關係，還是其他原因，這地方 24 小時嘈雜之聲不斷，造成我連夜失眠。某日中午和詩人巴斯納一起吃午飯，說到這一點。他說他住的樓下可能還有單人的房間出租，是租給研究生住的，房租非常公道，就是小一點，但是我只要走上樓，就可用他的客廳接見學生或賓客。他立刻陪我去找房東，果然尚有餘屋，我立刻就租下來了。回到辦公室通知格蘭博士我打算明天搬出貴賓室。他面有難色，說這是和宿舍管理處情商預定下來專為客座教授住的，現在剛住滿一星期就搬，而下一位教授還要隔三星期才到，他們無形之中等於損失了三星期租金。我說中西文化異同的例子真是俯拾即是，比方說你老兄是重商社會的背景中長大的，所以你立刻的反應是誰在錢的方面吃了虧，作客的人眠食安否，還在其次。在我們的生活習慣中，這種事情的輕重先後，根本不會發生問題。現在不談空論，明天一定搬家，今天就去結帳。他說他得陪我去，免得發生誤會，我說那當然可以，但是話得由我來說，因為結的帳是我的帳。至於你和宿舍管理處的公共關係是以後的事。到了宿舍管理處他還想挽回殘局，自我介紹之後，說我們的客座教授嫌那地方太吵，看看有沒有補救的辦法，我有點不耐煩了。「可否請老兄住嘴？」接著我就對辦事的人說我是來結帳的，請你看看有沒有簽過字的租約，答覆當然是沒有，格蘭老兄插嘴：「我們為他預定了四個星期的。」辦事的人查一下卡片說是的。於是我沉下了臉對辦事的人說：「現在一切清楚了，我同你們的關係是旅客與旅館的關係，你一定住過旅館，預定五天旅館，只住了三天就走是只付三天錢的，是不是？所

以請你結算一下我住了一星期的房錢，明天我上午 11 時搬出去。如果你們覺得吃了虧，最妥當的辦法是先請教一下大學裡的法律顧問。」這間宿舍裡的貴賓室，後來還是有不少麻煩，緊接在我後面的是一位韓國教授，他也不能安枕，有兩晚他跑到附近藥房買了安眠藥，也還是給各種嘈雜之聲吵醒。他一怒之下，去找舍監，不得要領，就在深更半夜打電話給格蘭博士訴苦。

　　另外不免要發點脾氣的事，是在公開演講之後的問答時間，或者私人酬酢之間的閒談，往往碰到對中國事情一無所知的美國人，大言不慚，為中國的病情亂下診斷，或者月旦中國人物，對這一類人過分寬大，姑念他們年幼無知，年老昏瞶不予追究；或者十分老於世故的一笑了之，都非上策，因為寬容就是無形中給他們壯膽，以後說起來就更放肆了。在布佛羅一月，閒來無事，我常在教訓與駁斥的修辭上做一點磨鍊工夫，漸漸能夠把幽默諷刺調配得很均勻，用政治上的、歷史上、體育上的譬喻也漸漸得心應手，能在舌戰中占上風，尤其使得置身異域的日子好過一些。最初面對數百人說話，開頭三五分鐘難免怯場，後來不但慣了，而且喜歡應戰，在氣概上也是「雖千萬人吾往矣」的境界了。有一位熟朋友說我的公式是：「批評中國的事情，月旦中國的人物，我吳某人可以，你們洋人可不能信口雌黃，遇有出言不遜者，立即痛擊到遍體鱗傷而後已。」但是發脾氣易使肝火上升，畢竟是無益之事。我很想修鍊到爐火純青，可以不動聲色一兩句話就駁得對方體無完膚，奈何我的道行不夠。過了年紀，不知為什麼，「鬥志」漸漸淡薄了。覺得這個世界上畢竟人少畜牲多，而且天下畜牲一般黑，憑一人之力，又能宰得了多少！這一來隱士的潛意識抬頭，一發不可收拾，奉行起「人多的地方不要去」的哲學了。這是後話。

　　布佛羅附近的名勝是尼加拉大瀑布，我在 1952 年曾去遊歷過，歎為奇觀。這次不免舊地重遊一番。而且說話不慎，無意中表示過自己「樂水」的程度甚於「樂山」。大瀑布本來就是住在布佛羅的人可以炫耀的名勝，貴客能「樂此不疲」，當然再好沒有了。一個月裡面我應邀去尼加拉大瀑布附

近吃飯，或者純粹遊逛，不下七八次。後來我就敬謝不敏了，我想「不識
廬山真面目，但願常在此山中」的人，真如願以償，恐怕也會修正他的意
見的。我畢竟是俗人，大約看行雲流水，美人名畫，看久了就累。看大瀑
布「不舍晝夜」的洶湧，連感歎「逝者如斯夫」的氣力都沒有了。

四

「馬戲生涯」的第二站是西密歇根州立大學（ Westen Michigan
University）。地點是卡拉馬鑄（Kalamazoo, Michigan）。這裡有一所大的製
藥廠、一所大的造紙廠，所以城區的市面還不錯。這時才是十月中旬，可
是密州的天氣已夠冷。我的寒衣是齊備的，只缺若干零件如圍巾、手套、
長靴。第二天郁正夫婦就陪我去添置這些禦寒的配件，不出一星期，就是
一場大雪，一切配件都用上了。十幾年未看到「黃狗身上白，白狗身上
腫」的一片銀色世界，別是一番滋味。

在西密歇根大約停留了五星期，也是住在宿舍中的客房。但是並不嘈
雜。吃飯是打游擊，附近有兩家館子，宿舍中有餐廳，另外羅府又常請去
吃中國飯，所以並不單調。最美的是有一間辦公室，文房四寶俱全，讀書
作文都便，尤其是上課前後不必廝守在四壁索然的臥室之中，接見學生也
用不著事先張羅何時何地比較合適。

在卡拉馬鑄五星期，有兩件事是適逢其會。一件是英文系裡辦喜事，
一位六十歲左右的老小姐下嫁給一位三十多歲的青年。他們同在一系教
書。英文系主任羅傑斯（Fred Rogers）博士夫婦，還特別舉行了一次宴
會。我在西密歇根本來是英文系的客人，遇到系裡辦喜事，當然也躬逢其
盛了。那一晚賀客盈門，頗為熱鬧，一位英國籍教授朗誦一首詩，對新人
的年紀極盡調侃之能事。夜歸不免想起若干年前熊希齡與毛彥文的 66 對
33 的趣事。所不同的是這次是少夫老妻。當然局外還少一個淒淒戚戚的吳
雨僧。

另外一件適逢其會的事是印度的著名室內樂隊到卡城表演。那些樂器

名稱我一無所知，只聽說四位音樂家在印度是鼎鼎大名的人物，他們到美國來巡迴演奏是由紐約的亞洲學社（Asian Society）資助和安排。細節我已記不清了，好像是亞洲學社先向大學接洽，由大學出一部分費用，並且在演出時盡地主之誼。西密歇根州立大學推動亞洲研究的委員會，似乎對亞洲的表演藝術特別垂青，後來臺灣的復興戲劇學校到了美國，他們也邀請到卡城演出過一次，那時我已到了 120 哩以外的另一所大學，還是兼程趕去捧了場的。我當時覺得西密歇根州立大學推動亞洲研究的興趣，無論在方法上或者在熱誠上，都值得稱道；但是事隔十年，似乎也還沒有可觀的發展。這當然應該歸咎於其他因素，並非是人謀之不臧也。

離開卡城就到了樂山（Mt. Pleasant, Michigan），是中密歇根州立大學（Central Michigan University）的所在地。我在布佛羅的時候，有人同我說，今天美國大學裡如果找不到一名中國教授或一名中國學生，那麼那所大學十有九是不入流的大學。以此標準來衡量，中密大的「入流」資格就大有問題了，此處既無中國教授亦無中國學生，而且樂山城也沒有中國餐館中國洗衣鋪子。這所大學城的人口是一萬二千人，其中六千是學生，另外六千是以學校為生的各行各業，包括誤人子弟的教師階層，今天的華僑是無遠弗屆，無行不與。居然能在一個地方做了個把月「唯一華人」，雖然是湊巧，至少對一事無成的人居然能用「一人而已」的形容，也是略帶安慰的諷刺。

中密大原是一所州立農學院，升格成為大學還不久，規模不大。而且小地方的大人物的架子也不大，比方說，有一晚歷史系主任請我吃飯。事先同我說好搭校長的便車去。到時候來接的竟是校長本人，他說他是有一名司機的，但是下班之後，不敢擅用，因為要出加班費，學校經費有限，出不起那麼多加班費，既然是純粹私人社交性質，他就更沒有理由要司機駕車了。同是州立大學校長，布佛羅與羅德島的兩位校長與中密州的這一位，在官架上真有天壤之別了。

在樂山，我和哲學系的一位老教授、歷史系的一位青年女教授共用一

間辦公室，但是無事的時候，我總是在英文系系主任海普勒（John Hepler）的辦公室中聊天。這位仁兄是名士派，和我一見如故。我到校的次日，他就走到我的辦公室自我介紹，第二句話之後就堅持彼此直呼其名，更妙的是一見面就堅持我是喜歡散步的人，從此每晚必來陪我散步，走上里把路到他家喝點咖啡，然後又陪我走到我的住處，再獨自回去。此人藏書不少，尤其喜歡收藏詩人作家的手跡，有時午後請我去他家玩賞，其情形一如國人請友人同觀收藏的古董字帖書畫。

樂山在文化上已是相當落後的地區，附近還有更落後的地區，所以中密大還負有方圓百里高等補習教育的義務。海普勒老兄每星期有一晚要到 80 里以外的地方，教兩小時美國文學，這是中學教員進修碩士學位的必修，是研究院學生與教授座談討論的性質，大家圍桌而坐，可以吸菸，可以喝茶。海普勒異想天開，一定要我去同教這門課。他的理由是我在樂山的生活太單調，往來於教室宿舍之間，吃飯也是吃的大鍋飯，每星期開一個半小時的車，換不同的小館子吃頓飯，可以打破孤寂；另外選這門課的中學教員，多少有點根底，不比「亞洲文化與文明」班上對牛彈琴缺少反應；第三個理由，他說是比較自私的，有了合夥人，一路有人談天，上課時可以相互啟發，相互詰難，多一層挑戰。這段時間我為了應戰，看了不少與亞洲文化無關的書籍，像是應付美國文學的學位考試。我們不但在課堂中相互詰難，有時在回程的 80 里途中還爭辯不休。這一來又引起他去做了另一件異想天開的事。事先並未和我商量，碰了釘子才來向我大發牢騷。原來他有了延攬之意，而且未加思索，就去和院長商量，院長問此人履歷如何，他亦答不上來，連忙去到歷史系系主任辦公室去調卷，因為在中密大負責協調招待我的是歷史系的主任。區區的履歷本不輝煌，著作亦未等身，再加上又無哲學博士的頭銜，在他說得如何天花亂墜，院長的答覆還是「應毋庸議」。後來院長某天特來約我喝茶解釋，說起並無私嫌，完全是因為學校初升格，又想辦研究院課程，教授陣容中博士不夠，會引起困難的。我說這完全是海普勒老兄的一時靈感，他第二天就改變主意了。

我當然不能告訴他海普勒說他老邁昏聵，以及其他更不敬的字眼。事實上海普勒那天碰了釘子之後的盛怒，也殃及我這無辜的池魚的。他匆匆忙忙地衝進室中，第一句話就是：「你真的沒有哲學博士學位？」我說這就荒唐了，只有人冒充博士，不會有人冒充非博士，東方人的謙虛，也不會謙虛到這種程度的。他說你現在把我的最後希望也戳破了，我來的時候就是希望你的東方謙虛在搞鬼，回去還敬老糊塗一杯。現在我是輸定了。過了一會，他意猶未盡，又回到原題，「你真的沒有？比方說別的國家。」我說我聽說有人花錢去買假博士的。我沒有那種冤枉錢，而且也不忍去侮辱祖先。同時看老兄的急躁，似乎能從街角上小藥房立刻買到博士證書，才能濟事。算了，算了，咱們還是吃飯去吧！

　　在中密大的這段時間，正巧趕上感恩節。我創了一個紀錄：四天沒有同人說話，更正確一點是：四天沒有同人說話的機會。我住的羅賓遜大樓是男生宿舍，一共住了 1,600 人。我住在樓下的客房。到了感恩節的假期，1,600 名學生都走光了。事先舍監來問我，是否出門過節，我說不想動了，因為幾乎每月都旅行，有一點怕舟車之勞。她為我安排了用宿舍裡一間小廚房自炊。於是上街買了足夠四天吃的糧食，把本校兩家同事的邀請也推卻，理由是不吃火雞，這也是實情。這四天一直下雪，所以連大門都不出，十足地閉門思過，每天忙三餐，看看電視，讀讀書，日子很快就打發掉了，而且很得到寂靜中的樂趣，尤其是窗外積雪盈尺，只見其美，不必嘗雪地行路之苦，完全是隔岸觀火的逍遙心理。過幾天恢復正常，又是熙熙攘攘的世界，同人同學聽說我四整天足不出戶，無可與言之人，不免吃驚，特別富同情心的中年婦人們，更懊悔事先沒有邀我去她們家過節，「可憐的傢伙，你這怎麼過的？」言下大有閣下未成神經病真是幸事。於是我得向她們解釋，誰請了我的，誰請了我的，我都婉謝了，不能讓她們過那種「早知道我們就請你了」不費本錢的乾癮。至於怎麼過的，那道理就深了。我們東方人可以坐定下來坐上一兩個鐘頭，不需無線電收音機發出的聲音，不需要手中有杯酒，方能鬆弛下來，更不需要閒來無事毫無目

的地出門開上個把鐘頭的車,或者在地下室做木工,才能維持心理平衡。我們靜得住,你們靜不住,我們是萬物靜觀皆自得。你們是沒事也得找事做,靜下來就著慌。一人慌了就醉酒或者闖禍,夫妻靜不下來就拆夥。

在中密大一直混到聖誕假期才了差。事先早訂好了飛機票,但是附近小機場給雪封上了,改從 60 里外的底特律搭機逕飛華盛頓。這又是十年前的舊遊之地,而且有不少老朋友,不免要敘舊一番。敘了兩三天的舊,覺得如此中午一飯局晚上又是一飯局,實在累了,於是直奔紐約。

五

紐約對我這種在上海長大的人,真是事事如意,賓至如歸。第一,在小城中想過窮人的生活是辦不到的,唯有在紐約可以過窮人的日子。我住進一家以每周計算房租的旅館,把必須去的幾處地道車往返和換車弄清楚,就開始三星期的自在逍遙了。「馬戲生涯」一年中真正享樂的日子大約就是這三星期。我每天一早起來就到附近報攤買一份《時報》,然後就到附近最經濟的地方吃早餐,餐畢,報紙一扔,就出發到某一畫廊看畫。紐約大小畫廊,真是不計其數。我對西洋畫是門外漢,就是在那兩三個星期看出興趣來的,近十年來看畫的興趣始終不衰,追本窮源,得歸功於那段時間的閒情。說到閒的好處,實在不勝枚舉,飲食起居無定時,就是其中之一。我那時很少有一定時間吃午飯,逛到飢寒交逼時,才想到弄一塊三明治填飽肚子。晚上通常是到中國城或者到內子的老朋友南茜家吃晚飯,然後就是看戲。幾乎每晚都看戲,從百老匯到以外地區,無遠弗屆,從阿爾比(Edward Albee)的《誰怕吳爾芙》(*Who Is Afraid of Virginia Woolf*)看到契可夫(Anton Chekhov)的《櫻桃園》(*The Cherry Orchard*)。坐熟了紐約地道車,真是幸事,髒一點擠一點,何足懼哉,一毛大洋,東拐西拐,準把你帶到目的地。某晚我仿惠特曼(Walt Whitman)的調調兒,寫了一首〈我歌地下鐵〉。當然不配稱之為詩,只是表達一點感激之情,寫完就扔掉了。

天下哪有不散的筵席，聖誕節、新年，轉眼就過去了，於是又束裝就道，飛往芝加哥。在芝城停了一天，老朋友赫伯德（Reese Hubard）大律師招待到闊人的俱樂部吃中飯，再到另一處闊人的俱樂部吃晚飯。我天生有一習慣是「大小不拘，貧富由之」，在闊的地方，只要事先知道不用自己掏腰包，是十分泰然的。與故人敘舊，吃名貴的法國烹飪，爐火熊熊，琴聲裊裊，忘記窗外是冰天雪地的世界了。

第二天到奧哈拉機場，換一家小公司的飛機去匹奧里亞，櫃臺的夥計，核對名單，說閣下的訂座沒有再證實，榜上無名，請等到最後五分鐘遇缺即補，我告訴他兩星期以前在紐約他們的代理的公司就證實過了。他堅持沒有收到電報，真是無理可講，到了離起飛五分鐘再通知說尚有空缺，請即上機。嗚呼，奧哈拉機場大得像一座小城，五分鐘如何走得到停機坪，更何況自己還要提大小行李三件。美國無論在機場還是火車站，想找一名戴紅帽子的腳夫，真如大海撈針。連跑帶拖，狼狽不堪總算趕上班機，坐下來的時候氣都接不上來了。這一股怨氣，第二天一到辦公室就寫了一封長信，一五一十把經過說明白，向公司的總經理用了最嚴厲的字眼抗議。過了幾天這家公司的公共關係處處長打電話給我說有意造訪，不知何時方便，原來總經理要他來解釋並且致歉。美國是商業社會，顧客得罪不起，顧客是他們的衣食父母，公共關係處的職責所在是小事化無，大事化小。

匹奧里亞是布納德萊大學（Bradley University）的所在地，伊利諾州的大城之一，而且是十分富有的城市。我到校不久，某晚布納德萊大樓毀於大火，燒得一乾二淨，本地工商界立刻認捐重建的經費，可見手面不凡。這次大火的有趣插曲，是一位通訊社的記者發稿時疏忽，引起全體學生家長痛哭失聲。原來布納德萊大樓是行政管理的中心，教務處註冊組全校四千多學生的成績紀錄都存放在那裡，大火把四千多學生的成績紀錄全毀了，通訊社的記者發消息的時候寫成布納德萊大樓焚於火，四千多學生全毀。把「成績紀錄」遺漏了，於是電話局的總機忙得不亦樂乎。

在布納德萊大學這段時間，正逢上農曆新年。新正開筆，作了一副打油對聯，以「馬戲生涯」為橫披，貼在房門上，對聯就是用普通紅紙寫的，多少有一點年意。說到年意，此地是年意殊濃，除去劉崇本教授一對老夫婦以外，另外尚有幾家中國人。劉氏夫婦年高德劭，像是大家長，我也因為是大家長的客人，沾光到幾家中國人的府上吃年飯。有中國人的地方，人情味特濃，匹奧里亞亦不例外。事實上這地方的洋人亦頗好客，同我共用一間辦公室的社會學系一位黑人教授、教工業美術的一位教授、圖書館館長，和社會學系教比較宗教學的一位教授，也都先後邀宴。這位教比較宗教學的尤其難得，他知道我是籃球迷，因為我一來就去體育館買入場券，但是最精采的一場大戰，早就銷售一空，他不忍見到我這位遠道的客人向隅，而他們夫婦是買了全季票的，大約他和太太說通了，某天他太太打電話給我說她該晚另有事，把她的票用來請我，堅辭不獲，我只好答應了。所以後來當地的報紙和電臺的訪員來訪問，問的我對匹城的印象，我說人情溫暖，就是氣候太冷。事實上將近有一星期，每天早上的氣溫是零下 17 度，我必須走七分鐘的路吃一頓早餐，這大約是我畢生經歷過的最冷酷的款待。

布納德萊大學在學術界的地位，我不大清楚，但是籃球是相當有名的。每場球賽，我是無役不與。通常在賽後常同結識的幾位球迷，一起到學生活動中心去喝咖啡，品論球賽過程中的得失。我讀書的記住甚差，但看球的記性則甚好，有一晚，我分析布納德萊戰敗的關鍵，在某一回合中幾號球員跑錯了位置，被對方中途截住來球，於是球風大轉，一蹶不振。我用桌上的杯子擺出當時的陣勢，指出第幾號應該跑到某一個位置接球，傳到籃下。大約我指手畫腳的神氣像教練，後來那位社會系教授告訴我，同桌之人以為我是訪問教練，他說在布納德萊被誤認為籃球教練，這光榮是非同小可的。

在伊利諾州過冬，三月初又東移到新澤西州的費萊狄金遜大學（Fairleigh Dickinson University）。這是一所較新的大學，第二次世界大戰

之後才辦起來的，大約由於財源雄厚，發展得非常之快，我去的時候，在新澤西州三個小鎮各有一處校園，學生總數已超過兩萬，現在當然更不止此數。這所學校走讀的學生多，住校的學生少，所以氣氛有一點像學店，大家似乎都匆匆忙忙，教授和學生每天都奔來奔去，深怕趕脫了一班車。論標準可能不低，尤其是文學方面，副校長戴克（Clarence Decker）是一位批評家，他對主編《文學評論》（Literary Review）季刊的興趣，遠超過他對學校行政的興趣。在我訪問過的幾所大學，禮貌上到校長、副校長、院長之類的人物辦公室走一趟，寒暄幾句，雙方都是苦事，唯有費萊狄金遜大學這位副校長，不等我去拜訪他，就先來拜訪我。他的辦公室就在教員餐廳的隔壁一座房子，他知道我每天中午到教員餐廳用膳，先是約我與張歆海老先生一起吃午飯，算是歡迎我到費萊狄金遜小住，後來遇到他招待過路的客人吃午餐，也必邀我作陪。這些人多半是文學藝術界的知名之士，也因此聽到不少妙語和高論。

　　戴克副校長過去曾經做過私立堪薩斯大學的校長。對促進國際友好合作，特別有興趣。在堪大的校長任內，為了促進墨西哥與美國的友好，同時送了名譽博士學位給杜魯門總統和當時的墨西哥總統阿里曼。1952 年他向堪大請假兩個月，做當時美國援外總署署長哈里曼的代表到東南亞旅行，研究如何推動美國對正在發展中的地區的經濟援助。他曾經到過臺灣，並且見過蔣總統，相當知道臺灣的處境。我快離開費萊狄金遜的時候，他送了我幾本他的著作，其中有一本是他們夫婦合寫的《一處有光亮的地方》（A Place of Light），記錄他擔任堪薩斯大學校長的一段生活。這本書名是採自一位英國政治家狄斯瑞里（Benjamin Disraeli）對大學所下的定義，狄斯瑞里說：「大學是一處有光亮，自由和學問的地方。」[3]他在書的扉頁上題了一句意味深長的話：「送給吳魯芹：他必須在不久的將來在大陸中國上造起他自己的『一處有光亮的地方』。克拉倫司・戴克。一九六三年

---

[3]Benjamin Disraeli: "A university should be a place of light, of liberty, and of learning."

三月新澤西州蒂納克。」

　　大約由於戴克的國際主義者的傾向，費萊狄金遜的教授陣容，也相當國際化，教員餐廳吃午餐的情景，幾乎是聯合國開會，最普通的英文是帶有濃厚外國口音的英文，有的桌上根本是用外國語在交談。戴克常說有些國家駐聯合國或者駐美國的使節，原是著名學者，他們有的因為政治原因或者別的緣故不願意返國，他就羅致他們到費萊狄金遜來。有一次波蘭駐聯合國大使到校演講，他在作介紹詞之後，忽然半嚴肅半開玩笑的說，如果閣下期滿不願意返國，我們歡迎到敝校執教，我們可以保證你不會寂寞，因為目前我們教授中就有五位是外國的卸任大使。

　　在費萊狄金遜的個把月，最妙的是所謂協調人只見過一面。他對這份差事似乎毫無興趣，對過路的客人，一律是恕不招待。第一天送來學生名冊和上課時間表之後，就各自東西，沒有再發生接觸了。這對我是求之不得的事。我的課都排在晚間，到紐約的公共汽車，又是如此之便，單程 40分鐘即到，因此我白天常去紐約，有時是為了到哥倫比亞的東亞圖書館看看，那是承夏志清老兄替我安排的，可以直入書庫無阻，有時是為了去吃一頓中國飯，參觀一處畫廊。其實我應該住在紐約，每星期有三個晚上到校上課就是了。可是不聞不問的計畫協調人事先沒有通知我上課的時間，我付了一個月的房租之後才知道情況，已經是悔之晚矣。

　　在這段時間，見到我多年未見的在臺大的弟子熊玠，他在哥倫比亞讀博士學位，對我這位老朽真是照應得無微不至。他那時新婚不久，住在皇后區，他的太太時琳是一位大家閨秀，接待賓客也十分周到，我經常進出機場，都由他駕車接送。「誤人子弟」原是在死後要下地獄的，而我在有生之年，還享盡「為人師」的好處，將來總結帳的時候如何算法，是否因為無功受祿，要罪上加罪，就很難說了。

　　我前面說過費萊狄金遜大學是一所通學生多過住校學生的學府，似乎大家都忙著趕路。我雖住在校區，但是常往紐約跑，所以對校內學術性的活動，也不大注意，記得只到過一次辯論會中聽講，聽得興趣盎然。我到

校不久，一位教莎士比亞的教授，約我到他的班上講課一小時。課後他對我說：「謝謝你的表演。你若是有興趣看我表演的話，這張單子上有日期時間與地點。」他指的表演就是一場辯論究竟有無莎士比亞其人的問題。這場會是由一個學生團體主辦的。當主席的是一位學生，他的職掌似乎是把兩位對手的履歷報告一遍之後，就負責計時，每人說話正滔滔不絕之際，他撳一卜鈴恭請住嘴。站在正面的就是這位莎士比亞的教授。他的對手是一位老太太，堅持莎士比亞另有其人。據說這位老太太很有來頭。她和她的丈夫都是律師，最初是從莎士比亞的教育程度論斷他不可能有如此高深的法律知識為出發點，寫過一厚冊的考據。否定了莎士比亞其人之後，就得找一替身，才能把這一大批不朽之作主權誰屬的帳目弄清。這位老太太找到若干巧合，斷定作者是一位有家世的貴族，官拜牛津郡的郡長。但是有些巧合是十分牽強的，對方豈肯輕易放過。他的態度雖保持溫和，措辭是愈來愈鋒利了。最後由一位教希臘文的白髮蒼蒼的老者作總結。這種總結，本來不像法官的宣判，一定要有一個誰是誰非，這位教授的龍鍾之態，尤其得體，他說話根本就說不清楚，聽眾也無從知道他的高見，只見他說到得意處，呵呵笑了起來，聽眾不明所以，也跟著笑了，於是在笑聲中散場。當然誰占上風，聽眾是明白的。那位教莎士比亞教授，不免以戰勝者的姿態，走到臺下與相熟的人握手寒暄。我同他說中國有句成語叫「衣食父母」，今天莎士比亞就是他的「衣食父母」，「衣食父母」的基礎是不能讓人來動搖的，所以非勝不可。他說這點意思應該放在總結裡面，至少讓輸了的老太太心裡好過一點。

六

我開頭說起巡迴於「八大」之間，事實上參加的大學是八所，而我們每人只到七所大學授課，比方說東伊利諾州立大學，就不在我的行程之內，當然其他七位，每人也要遺漏一處，原因何在，格蘭老兄沒有說明，也無人加以深究。

　　我三月中旬從新澤西州由熊玠送到紐約火車站，前往羅德島的金絲敦（Kingston, Rhode Island）。羅德島州立大學（University of Rhode Island）為訪問的教授租下了一處公寓，客廳、飯廳、廚房、臥室、浴室，一應俱全，是馬戲生涯中，住的方面略有一點格局的開始，也是我學做飯的啟蒙之地。這裡有臺灣來留學的中國同學十數人。他們彼此之間似乎交情也甚好，因此我也就得到集體的照應，他們有時請我到他們的住處吃晚飯，有時到我的住處陪我做飯教我做飯。因此幾乎每晚座上客常滿杯中茶不空。

　　除去中國同學以外，另外常來的是英文的教授顧來生（Thomas A. Gullason）。他是一位批評家，對克萊因（Stephen Crane）、康拉德（Joseph Conrad）與馬克‧吐溫（Mark Twain）三人，很下過一番研究工夫，正在主編克萊因的全集。他在英文系教批評與小說研究之外，還開了一班世界文學選讀，所用的教本我已不記得是誰編的了，總之裡面包括了魯迅的三篇短篇。他說在我尚未到校之前，他不但指定「世界文學選讀」班上的學生讀了，而且和系主任商量，印成講義，分發給全系的學生，要他們讀了來聽我的一次演講，並且作成報告，算是本學期作業的一部分。顧來生教授和我商量用半小時介紹魯迅在中國新文學中的地位，一小時分析這三篇短篇小說，留半小時讓聽眾發問題。

　　有了 400 名強迫的聽眾，加上若干好奇的人，這一晚頗為熱鬧。我在開場白中說了一段笑話。我說在過去幾個月中，每到一處不免有人請演講，我問他們要講什麼題目，答覆是隨便，這就像進了中國館子不會點菜，只有吃雜燴或者炒麵的份。羅德島州立大學畢竟不凡，居然懂得點菜，這就可不大好伺候哪！我這做廚子不敢說自己的手藝如何，不過可以保證今晚端出來的，至少不是一盤雜燴或炒麵。從發問的人問得像樣，可以斷定他們是讀了這三篇小說的，而且對文藝作品的衡量方法，也有過一點基本訓練的。可能我的答覆廢話太多，眼看壁上時鐘早已過了規定的半小時，臺下舉手的還相當踴躍，我只好向主席略一示意，他站起來宣布再答覆一個問題就散會，才算殺出重圍。

　　三月底到四月初有幾天春假，早就約好要去波士頓的。那時候臺大的同事好友侯健在哈佛，中學的同班同學師大教授吳匡在麻省理工學院研究語言學，原來濟安說要從柏克萊先到費城開會，然後在月底到波士頓與我們會師。我們四人在臺灣是常一起打牌的，所以劍橋之會主要是廝殺一番，後來濟安因事不能東來，大家很覺得掃興，似乎這場約會是在 1962 年冬天就商量好的，從羅德島到波士頓只不過 70 里路，我並沒有什麼重要的事可做，所以還是去了，侯健找了一位在哈佛執教的余先生，來湊成牌局。記得那次就是打了兩天一夜的牌，其他什麼事也沒有做，什麼地方也沒有去，回到羅德島，在車站接我的人，說我面帶病容，精神萎靡，不像是休假回來的。不知道我是通宵苦戰，鎩羽而歸。

　　羅德島的逍遙歲月，很快就完了。接下去就是去紐約改乘飛機飛聖路易，然後換小飛機到哥倫比亞城，密蘇里大學的所在地。密蘇里新聞學院出身的人在中國新聞界服務的為數不少。所以提起密蘇里，國人是熟悉的，而且一定聯想到新聞學院。不過我此去和新聞學院無關，到校後除去學生實習報紙派人來訪問過以外，也沒有和新聞學院打交道。招待我的是一位社會系的老教授吉斯特博士（Noel Gist）。但是事先一位曾經在 1954 年在臺大擔任客座教授的費翰（Marvin Felheim），寫信給英文系的兩位朋友，無形中我乃成為英文系的客人了。費翰這時已去了希臘當客座教授，他和西密歇根州大學英文系主任羅吉斯是好朋友，從羅吉斯夫婦的信中知道我要去密蘇里，特地寫信給克拉克（Donald Clark）和朱魯蒙（Donald Drummond）兩位教授照應我一番。他們對我說，費翰在臺灣當了一年客座教授之後，回到美國就不安於位，隔兩三年就找一個機會到國外去講學，這次是他第四次出國了。克拉克是專門教詩的。他可能不是什麼名教授，因為名教授中外一體，和發表文章的關係大，和教書的本領關係小。教書好的人，不一定長於寫文章，克拉克令我想起在武大時的系主任方重（蘆浪）先生，他們都是屬於長於教書的類型。美國學術界著重發表研究成果，長於寫書的教授，占盡了便宜，而且可以忽略教書的本職，只會教

書，不但升遷吃虧，有時連飯碗都岌岌可危。所以有人建議把教授分為兩類，一種叫研究教授，書盡可少教，索興埋首研究，從事著作，另一種是真正的教授，只要教得好，惜墨如金也可以原諒，這樣分工合作，各得其所，也未嘗不是上策。克拉克是屬於長於教書的人，他那時正在講艾略特（T. S. Eliot），每週三小時，我每堂都去聽了，受益不淺。

朱魯蒙教授是位詩人，為人十分瀟灑。二次世界大戰之後，駐紮在菲律賓的時候一次車禍中斷腿，步行要靠柺杖。他在美國詩人中的地位大約不錯。據他說就在前一年全國傑出書獎的詩歌獎，他是候選人之一。雖然落選，能擠到三本至五本的候選作品之一，也是不容易的。不知道是怎麼一回事，當他告訴我這件殊榮的時候，我想起中國的一副趣聯：「為如夫人洗腳，賜同進士出身。」但是中國文字諧謔的地方，譯成英文就不得要領。這裡面當然還牽涉到歷史背景，價值的觀念。最後他說你的譬喻我領略不到，你的動機我是領略得到的，你的動機是諷刺。我們每星期至少見三次面，見面必開玩笑。他開的課是「二十世紀」。我到校之後，他就和我商量到他的班上講一星期「英美文學對二十世紀中國文學的影響」，他並不是想逃課找人作替身，他每堂必到而且領著學生發問討論。

密蘇里大學已是我的所謂巡迴「講學」的終站，多少有點疲憊了。這其間又去一次布佛羅開檢討會，檢討這項計畫的得失；去一次威斯康辛大學講演一次，為了賺了一點外快。這時哥倫比亞已略有夏意，雖然才是五月中旬。本來看完密蘇里的考卷，就可結束馬戲生涯了。但是人生於世，很多事是身不由主的，似乎這一年是奔波勞碌的流年，尚未到停蹄的時辰。四月間華盛頓主持教育交換的機構轉來一封信，是研究亨利傑姆士（Henry James）的專家紐約大學英文系講座教授艾迪爾（Leon Edel）寫的。他是第九屆國際現代語言文學協會大會籌備委員會（The 9th International Congress of the International Federation for Modern Languages and Literature）的主席，他說從主持教育交換的機構拿到了名單，很希望我能參加這項在八月最後一星期召開的會議。如果我同意的話，他就發邀請

書，同時請傅爾布萊特基金會負擔我的一切費用。這次會議的總題目是「文學史與文學批評」，我看他寄來的全部節目，覺得躬逢其盛是可以得到一點益處，於是回信答應了。

　　可是我畢竟不是一個懂得計畫的人。遠慮近憂，一概茫然。五月初收到人家正式邀請開會的請柬，才體悟到拿了密蘇里大學的薪水之後，我的財源即斷，而開會遠在八月底，六、七兩月以及八月的上半月如何打發，勢將啃老本了。這是不上算的，頗有臨陣脫逃的意思，幸而這時「天無絕人之路」的老話顯靈，使我逍遙自在了一個暑假。這一年紐約州的教育廳在布佛羅、菠茨坦（Potsdam）、奧斯維哥（Oswego）三處州立大學辦暑期學校，受訓的是中學文史教員。主辦的人也來了一個亞洲研究節目，每處一星期，每天一小時。酬勞是每一處 300 元。除去布佛羅，另外兩處還供應膳宿，不另取費。其中的奧斯維哥的風景尤美，我住處面臨大湖，紐約北部夏天不熱，我上課之外，多半坐在室外露臺上看一望無際的湖水，某天忽發奇想，覺得要是想自殺的話，這地方倒是很理想的。當時我雖有若干悲觀忿激的思潮起伏，還沒有到毅然決然的境界，所以也就沒有聳身而下。

　　八月最後一星期的第九屆國際現代語言與文學協會的大會，是在紐約市華盛頓廣場紐約大學舉行的。公私都很熱鬧。公事是指開會的節目內容確實豐富，顧此失彼，忙不過來。某些著名的學者，過去讀過他們的書，這次居然見了面，有些是人不如書，有些儀表談吐與著作都是一流。私事的熱鬧，是不少朋友在此會師。陳世驤與夏濟安是從柏克萊來的，臺大的同事黃瓊玖教授也從臺灣趕到，並且在大會中宣讀了一篇論文。那幾天夏志清的地主之誼，是連朝歡宴，座無虛席，某一晚臺大的同事侯健和我還陪世驤夫婦等人在紐約大學宿舍中打了一場麻將，到深夜方散。以這次會議結束馬戲生涯一年，是喜劇性的收場，而且這一星期是從表演的動物身分，轉為觀眾的身分了，顧影自盼，還是依然故我，並未遍體鱗傷。馬戲勾當，書生末路。但是到了路途似窮而尚未全盡的時候，還得跟蹌地走下

去，身不由主，生命又展開了無聲無味的另一新頁。

——1972 年元月

——原載民國 61 年 4、5 月《傳記文學》第 20 卷第 4、5 期

——選自吳魯芹《師友・文章》

臺北：九歌出版社，2007 年 10 月

愛彈低調的高手

遠悼吳魯芹先生

◎余光中*

一、

　　上一次見到吳魯芹先生，是在 1981 年 9 月。那年的國際筆會在法國召開，他從美國，我從香港，分別前往里昂赴會，都算代表臺北。里昂的街頭秋色未著，高俊的喬木叢葉猶青，不過風來時已有寒意。他上街總戴一頂黑色法國呢帽，披一件薄薄的白色風衣，在這黑白對照之間，還架了一副很時髦的淺茶褐太陽眼鏡；加以膚色白皙，面容飽滿，神情閒散自得，以一位六十開外的人說來，也是夠瀟灑的了。他健談如故；我們的車駛過薩翁（River Saône）河堤，涼沁沁的綠蔭拂人一身，他以懷舊的低調追述夏濟安、陳世驤、徐訏等生前的軼事，透出一點交遊零落、只今餘幾的感傷。當時明豔的河景映頰，秋風裡，怎麼料得到，不出兩年就有此巨變？

　　那次去里昂開會的中國人，除了巴金一行之外，還有代表臺北而來自巴黎的楊允達，和代表香港的徐東濱。法國筆會把中國人全安置在同一家旅館，因此我們好幾次見到巴金。有一次，吳魯芹在電梯裡遇見 40 年前武漢大學的老同學，面面相覷久之，忽然那人叫道：「你不是吳鴻藻嗎？」吳魯芹叫道：「你不是葉君健嗎？」笑了一陣子後，對方說：「等下我來看你。」吳魯芹瀟灑地答道：「好啊，正好敘敘武漢往事。只有一點，你可別向我統戰，我也不勸你投奔自由。」這件事，第二天吃早飯時他告訴了我

發表文章時為香港中文大學中國語言及文學系教授，現為中山大學榮休教授。

們，說罷大笑。吳魯芹做人嚮往的境界，是瀟灑。他所謂的瀟灑，是自由，自然，以至於超然。也就因此，他一生最厭煩的就是劍拔弩張，黨同伐異的載道文學。這種態度，他與文壇的二三知己如夏濟安、林以亮等完全一致。在那次國際筆會的研討會上，輪到他發表論文時，他也就針對這種奉命文學毫不含糊地提出批評。

里昂四天會後，我們又同乘高速的新火車去巴黎。之後楊允達又以地主之誼，帶我們和徐東濱遍覽聖母院、鐵塔、凡爾賽宮等地。一路上吳魯芹遊興不淺，語鋒頗健，精神顯得十分充沛。只有兩次有人提議登高探勝，他立刻敬謝不敏，寧願留在原地，保存體力。當時羨慕他老而猶健，老得那麼閒逸瀟灑，而晚作又那麼老而愈醇，不料未及兩年，對海的秣陵郡竟然傳來了噩耗。

這消息來得突然，但到我眼前，卻晚了三天：我是在港報上看到有短文悼他，才驚覺過來的。吃早飯時我非常難過，嚥下去的是驚愕與惋惜，為二十多年的私交，也為中國的文壇。在出身外文系而投身中文創作的這條路上，他是我的前輩。中英文的修養，加上性情才氣，要配合得恰到好處，才產生得出他那樣一位散文家來。這一去，他那一代的作家又弱了一個，他那一代也更加寂寞了。但悲悼之情淡下來後，又覺得他那樣的死法，快而不痛，不失痛快，為他瀟脫的人生觀瀟灑作結，亦可謂不幸之幸。今年六月，我倉皇回臺灣侍奉父疾，眼看老人在病榻上輾轉呻吟之苦，一時悲愴無奈，覺得長壽未必就是人生之福。吳魯芹說走就走，不黏不滯，看來他在翡冷翠夢見徐志摩，也可算是伏筆。

現在他果然去了徐志摩那邊，當然也與夏濟安重逢了。如果人死後有另一度空間，另一種存在，則他們去的地方也頗不寂寞，而左鄰右舍也非等閒之輩。也許陽世眼淺，只看到碑石墓草而已。最巧的是，吳魯芹對於大限將至似乎早有預感，去年四月他發表的一篇散文，已經對身後事熟加思考。那篇文章叫〈泰岱鴻毛只等閒——近些時對「死」的一些聯想〉，當時我在《明報月刊》上讀到，就對朋友說，這是一篇傑作，也是吳魯芹最

深沉最自然的散文。在文首作者回憶他「去年初冬」（也就是 1981 年底，大約在我們法國之會後兩個月）急病入院，自忖必死，「可是過不了幾天，卻又安然無恙了。」他說當時他被抬進醫院，心情頗為恬靜，並無不甘死去之念。他說：「曾有人說，一個人能活到花甲之年就很不錯了。花甲之後的『餘年』是外賞，是紅利，是揀來的。」接著他對死亡一事反覆思維，並且推翻司馬遷所謂的「死或重於泰山，或輕於鴻毛」，認為此事只有遲早，卻難分輕重。最後他說：

> 至於我自己呢，對泰山之重是高攀不上的，但亦不甘於菲薄賤軀輕於鴻毛。所以對泰岱鴻毛之說，完全等閒視之。然人總歸不免一死，能俯仰俱無愧，當然很好，若是略有一些愧怍，亦無大礙。智愚賢不肖，都要速朽的。君不見芸芸眾生中，亦有一些不自量力求寬延速朽的時限的，誰不是枉費心機？誰不是徒勞？

這一段文字真正是大家之風，表現的不是儒家的道德理想，而是道家的自然態度，毋寧更近於人性。我尤其喜歡他那句：「能俯仰俱無愧，當然很好，若是略有一些愧怍，亦無大礙。」道德上的理想主義要人潔白無瑕，求全得可怕，令人動輒得咎，呼吸困難。只要不是存心作惡，則「略有一些愧怍，亦無大礙」，更是寬己而又恕人，溫厚可親，脫略可愛。

二、

初識吳魯芹，已經是 30 年前的事了。我交朋友有點隨緣而化，他，卻是我主動去結識的。那時我初去臺灣，雖然還是文藝青年，對於報上習見的八股陋文卻很不耐煩。好不容易有一天在「新生副刊」上讀到署名吳魯芹的一篇妙文〈談文人無行〉，筆鋒凌厲，有錢鍾書的勁道。大喜之下，寫了一篇文章響應，並且迫不及待，打聽到作者原名是吳鴻藻，在美新處工作，立刻逕去他的辦公室拜訪。

　　後來他發現這位臺大學生不但寫詩,還能譯詩,就把我在《學生英語文摘》上發表的幾首英詩中譯寄給林以亮。林以亮正在香港籌編《美國詩選》,苦於難覓合譯的夥伴,吳魯芹適時的推荐,解決了他的難題。這也是我和林以亮交往的開始,我也就在他們亦師亦友的鼓勵和誘導之下,硬著頭皮認真譯起詩來。這段因緣,日後我出版《英美現代詩選》時,曾在譯者序裡永誌不忘。

　　一般人提到臺大外文系王文興、白先勇、歐陽子那一班作家輩出,常歸因於夏濟安的循循善誘。夏氏中英文造詣俱高,在授英美文學的老師裡,是極少數兼治現代文學的學者之一。王文興那一班的少壯作家能得風氣之先,與夏氏的影響當然大有關係。不過夏濟安的文學修養和他弟弟志清相似,究以小說為主:我常覺得,王、白那一班出的多是小說家,絕少詩人與散文家,恐怕也與師承有關。

　　據我所知,當時提挈後進的老師輩中如果夏濟安是臺前人物,則吳魯芹該是有力的幕後人物。1950 年代吳氏在臺北各大學兼課,但本職是在美國新聞處,地位尊於其他中國籍的職員。最早的《文學雜誌》雖由夏濟安出面主編,實際上是合吳魯芹、林以亮、劉守宜、與夏氏四人之力辦成。純文學的期刊銷路不佳,難以持久,如果不是吳魯芹去說服美新處長麥加錫逐期支持《文學雜誌》,該刊恐怕維持不了那麼久。受該刊前驅影響的《現代文學》,也因吳氏賞識,援例得到美新處相當的扶掖。

　　此外,當時的美新處還出了一套臺灣年輕一代作品的英文譯本,主其事的正是吳氏。被他挑中的年輕作家和負責設計的畫家(例如席德進和蔣健飛),日後的表現大半不凡,也可見他的眼光之準。我英譯的那本青澀而單薄的《中國新詩選》,也忝在其列。書出之日,有酒會慶祝,出席者除入選的詩人紀弦、鍾鼎文、覃子豪、周夢蝶、夏菁、羅門、蓉子、洛夫、鄭愁予、楊牧等之外(瘂弦、方思等幾位不在臺北),尚有胡適、羅家倫等來賓。胡適更以中國新詩元老的身分應邀致詞,講了十分鐘話。當時與會者合攝的照片我珍藏至今。此事其實也由吳魯芹促成,當時他當然也在場照

料，但照片上卻沒有他。功成不居，遠避鏡頭，隱身幕後，這正是吳魯芹的瀟灑。暗中把朋友推到亮處，正是他與林以亮共有的美德。

　　這已經是二十多年的往事了。1962 年他去了美國之後，我們見面遂稀：一次是在 1971 年，我從丹佛去華盛頓，訪他和高克毅於美國之音，一同吃了午餐。另一次，也就是上一次和最後的一次，便是前年在法國之會了。與他神交多年的張佛千，驚聞噩耗，急謀飛美見他最初的也是最後的一面，竟不可得，真正成了緣慳一面。回想起來，法國之會的五日盤桓，至今笑談之貌猶在左右，也真是有緣幸會了。

三、

　　和吳魯芹緣慳一面的千萬讀者，仍可向他的作品裡去認識這位認真而又瀟灑的高士。他在文章裡說：「智愚賢不肖，都要速朽的。」這話只對了一半，因為一流作家的文字正如一塊巨碑立在他自己身後，比真正的碑石更為耐久。這一點倒是重如泰山，和他在文中瀟灑言之者不盡相同。

　　吳魯芹一生譯著頗富，但以散文創作的成就最高。早年作品可以《雞尾酒會及其他》為里程碑，尤以〈雞尾酒會〉一篇最生動有趣。據我所知，〈小襟人物〉雖然是他僅有的小說創作，卻寄寓深婉，低調之中有一股悲愴不平之氣，不折不扣是一篇傑作。吳氏遷美之後，一擱筆就是十年以上，甚至音訊亦杳。正當臺灣文壇準備把他歸檔為過客，他卻蹄聲得得，成了榮歸的浪子，捲土重來之勢大有可觀。《英美十六家》游刃於新聞採訪與文學批評之間，使他成為臺灣空前的「超級記者」。《瞎三話四集》、《師友・文章》、《餘年集》相繼出版，更使晚年的吳魯芹重受文壇矚目。

　　一位高明的作家在晚年復出，老懷益壯的氣概，很像丁尼生詩裡的希臘英雄猶力西斯。「憑誰問，廉頗老矣，尚能飯否？」我想伏櫪的老驥，一旦振蹄上路，這種廉頗意結總是難克服的。目前的文壇，我們見到有些詩人復出，能超越少作的不多。有些散文家迄未擱筆，卻慢慢退步了。吳魯芹復出後非但不見龍鍾之態，反而筆力醇而愈肆，文風莊而愈諧，收放更

見自如，轉折更見多姿，令人刮目。而正當晚霞麗天之際，夕陽忽然沉落。如此驟去，引人多少悵望，也可謂善於收筆了。

吳氏前期的散文淵源雖廣，有些地方卻可見錢鍾書的影響，不但書袋較重，諷寓略濃，而且警句妙語雖云工巧，卻不掩蛛絲馬跡，令人稍有轉彎抹角、刻意以求之感。後期作品顯已擺脫錢氏之困，一切趨於自然與平淡，功力勻於字裡行間，情思也入於化境。在他最好的幾篇散文如〈泰岱鴻毛只等閒〉裡他的成就可與當代任何大家相提並論。

梁實秋在〈讀聯副三十年文學大系〉一文中，說吳魯芹的散文有諧趣。我覺得吳魯芹的諧趣裡寓有對社會甚至當道的諷喻，雖然也不失溫柔之旨，但讀書人的風骨卻隨處可見。他的散文長處不在詩情畫意的感性，而在人情事故、事態物理的意趣之間。本質上，他是一位知性的散文家。

六年前吳魯芹在《中外文學》五周年紀念的散文專輯裡，發表〈散文何以式微的問題〉一文，認為在我們這大眾傳播的「打岔時代」，即使蒙田和周作人轉世，也難以盡展文才。他說：「儘管報紙廣告上說當代散文名家輩出，而成果實在相當可憐，梁實秋的《雅舍小品》幾乎成為『魯殿靈光』。」這句話，我實在不能接受。吳魯芹寫文章慣彈低調，但這句話的調子卻未免太低，近乎澆冷水了。不說年輕的一代有的是楊牧，張曉風等等高手，就單看吳氏那一代，從琦君到王鼎鈞，近作都有不凡的表現。更不提香港也另有能人。而最能推翻這低調的有力例證，就是吳魯芹自己復出後的庾信文章。

——選自《中國時報》，1983 年 8 月 25 日，8 版

記「立吞會」的緣起

兼懷吳魯芹先生

◎莊因[*]

　　7 月 31 號，星期天，大約夜裡 11 時左右，岳母林海音女士自臺北打來電話，說吳魯芹先生死了。放下電話以後，我跟美麗良久沒有言語。

　　這兩年來，我在這裡認識的前輩作家、學人，誼兼師友的，前有王光逖（司馬桑敦），後有許芥昱，現在是吳魯芹，竟有三位之多已成古人，真是令我難以招架的哀傷。而每一次得到惡耗都是一通電話，現代文明予人以大方便的東西如此，要是總起著這樣的作用，我寧可回到唐宋年間，甚或不知有晉的桃花源去。

　　可是我必須接受這一事實，儘管心裡如何覺得難以置信。

　　就在四天以前，公元 1983 年 7 月 26 日，魯芹先生夫人和我們夫婦曾在一個宴會上見過面（而且我們就在他們鄰座），還談笑甚懽的，這豈非「最後的晚餐」，真的應了「聚散真容易」那句話了麼？當時的感受，正可以借用死者去年為紀念他訪、他喜歡的美國知名作家約翰・契佛（John Cheever）逝世的文章中幾句話來形容，是「思潮起伏，想起若干瑣事，似乎死者的『音容宛在』，真的就這麼走了？」

　　約翰・契佛是去年 6 月 19 日作古的。那天晚上，吳先生夫婦在酒蟹居作客，與座中文士才女嘉賓談起，大家對如契佛者那樣一位講求文字的高手溘逝，不免唏噓。魯芹先生在駕車返寓途中，因他兩年之前訪問過的心儀作家之死而「思潮起伏」自是「想當然耳」，而我現在，卻在他寫了那篇

[*]作家，發表文章時為美國史丹佛大學亞洲語文學系教授，現已退休。

紀念文字的一年之後，引用死者懷悼死者——他心儀的作家的語句來寫這篇文章追懷死者——我心儀的作家，更是思潮起伏，感慨良深了。

我無意將魯芹先生的文章在中國文學史上的地位和約翰‧契佛的作品在美國文學史上的地位來加以比較，不但因為蓋棺論定非干我事，也因為他們的文學種籽孕育在不同的文化土壤中，正好像西紅柿（番茄）和苦瓜之間無從強說孰為味美一樣。但是，我有一種強烈的感受，那就是，近代及現代中國高級知識分子，包括學人、作家，他們因時代的不幸而為國為民族犧牲、而墮落、而變節、而殉節、而放逐、而自抑、而遭受迫害的慘痛，卻是近代及現代美國高級知識分子所不可能瞭然、也不可能想像、更不可能遭受的。約翰‧契佛可以隨心所欲寫他想要寫可以寫的一切，他可以把身上每一個細胞所能散發的能量和作用用之於文學，他可以自由的搭疊文學的積木，他可以自由的思索、自由的充實自己，然後像春蠶一樣自由的吐盡心中的晶絲，然後化成飛蛾，產下成千成萬的新卵，再生出新蠶，再吐晶絲，最後織成巨幅的亮麗的絲帛，裁成新衣，穿在千萬人身上。約翰‧契佛不必自我放逐、不必浪費時間、精力，和文學才情去自己動手從事譯介，更不會客死異鄉。然則，也正因為如此，在我們的時代和環境裡，像吳魯芹先生這樣的慎獨、愛好文學、知道愛惜文學的價值及其生命、具有高尚的中西學養和文筆，在可能的限度下，把他博通的文學知識和情愫，溫文爾雅地、不著火氣地、不故作驚人之筆、不強辭奪理、不矯造地在貧瘠而亟需努力培育的純文學土地上揮汗耕作、刻意灌溉，三十年來，具有這種條件的又得幾人？基於這一點，他的死，是很令人深度惋惜的和難過的。

我知道吳魯芹是誰，還是將近三十年前在臺大做學生的時候。當時吳先生在外文系開課，用的名字是吳鴻藻。我是法學院的學生，沒聽過他的課；後來轉到文學院，也沒有聽過。轉系需要補上的課多得可怕，而且必修課幾乎占滿每學期的學分，我本來就不是用功的學生，對旁系的課即使心有餘也是力不及的。但是，我看過他以「魯芹」署名所寫的文章，而且

極為喜歡。不過,我卻是在過了一段時間之後才終於把吳鴻藻和吳魯芹兩者合成一人的。所以,說起來,在當初我是「知其人而不知其文」或是「讀其文而不知其人」的。

到了幸識其人,卻是二十餘年後彼此同在江湖,同在(金山)灣區淹留,我到了他昔日臺大為人師的歲數,而他已是蘊藉遠奧的耳順之年了。

去年春間,在灣區文友喻麗清家的自助餐會上,有幸拜識魯芹先生和夫人。那天他們到得最晚,門開處,魯芹先生背著雨後清光立在那裡,霽色將他的一頭華髮潑灑動人。淺藍色爽挺的整套西服、藍領帶,配上一雙纖塵不染的黑皮鞋,清英雅淡中見其綽約,極是瀟灑。

介紹已畢,我向魯芹先生道出當年「知其人而不知其文」的往事,他以非常悠緩的表情推出謙和的微笑,說:「吳鴻藻真該死,你就把他完全忘記好了。」

於是我又表示,當年做學生時,對在臺學院派的師輩作家,我喜歡的且認為能寫高級散文的,只有梁(實秋)吳二位,如今六十以上我喜歡的並認為能寫他們那樣的高級散文的,仍只得他們二位。吳先生聽了,依然推出謙和的笑,並且勾出一隻手來壓放在我肩上,道:「老弟,你這是當面給我高帽子戴了。作翻案文章,務必小心從事,慎之!慎之!」

在印象中,當年在臺大執教的吳魯芹,以他那樣的身高來說,可算是矮胖型的。但是,吳先生總是穿著齊整俐落,腰板畢直,行動捷敏中度,予人奕奕煥煥而非臃腫之感。二十餘年後,江湖垂老,他還是穿著齊整俐落,且毫不顯胖。對於體重昔非今比一點,吳老引用約翰‧契佛何以當年縱飲無度而決心戒酒的例子,指著盤中餐──幾條青菜、小蝦三兩隻,和微量肉類,說:「這應該可以說明一切了。要想多活就少吃,要想多吃就少活。權衡之下,選擇前者。沒想到來了美國又發揮起克難精神了。」

大家都被吳老的幽默引笑起來。吃著喝著,話題就自然而然轉到吃上去。此時吳老忽然發現只有他自己端坐椅中,除了一、二位女士外,男士們都捧盤環立左右,於是大感不安,即請大家落座。我就此接過話題,說

日本有一種專門賣麵條的小型速食店，多散布在通衢驛站鬧區附近，牆面狹窄，通常是兩面牆上安放不到一尺寬的長條木板當作桌子，不設椅凳，客人面壁就板站立著吃，名曰「立吞」。吳老素來講究文字，對「吞」字大為激賞。吞者，大約是求省時省事，趕路方便，取其狼吞虎嚥之意。他認為「立吞」二字言簡意賅，傳神之至，此亦為文要訣也。一時興起，竟當場面邀座客並主人，約期在秣陵郡吳府「立吞」一番。

那次聚會以後不足半月，我就接到了魯芹先生的請柬。帖子是以「立吞會」名義發的，並且書明了 in your honor 字樣，這才恍然大悟，原來「立吞」一語經我提起，這無意中道及的事卻給了吳老靈感，竟以籌備主任或策畫人自任，組織起一個會來，未經民主投票提名選舉，竟然內定我為首任會長了。

5 月 15 號中午，立吞會第一次聚會如期在吳府舉行。是日也，天朗氣清，薰風和暢。到當然會員（上次聚會吳老面邀者）12 人：段世堯、陳秀美（若曦）夫婦、唐孟湘、喻麗清夫婦、金恆煒、張文翊夫婦、王敬羲、陳永秀夫婦、馬國光（亮軒）、陶曉清夫婦及筆者夫婦；貴賓二位：甫來金山州立大學講學的齊邦媛教授及殷張蘭熙女士，賓主共 16 人。立吞會者，蒙古烤肉饕餮大會也，並無麵條。吳宅前院，紅男綠女，人語蝶舞齊飛，醇醪美食溢香；文學藝術、時局世事、各人經驗、瀛海趣聞、天南地北上下古今，熱鬧非凡。

談說飲用之際，忽然聽到平劇皮黃之聲發自宅內，相詢之下，才知播的是《鎖麟囊》，由當年魯芹先生在臺時的名伶顧正秋所唱。魯芹先生生於上海，及長入武漢大學攻英美文學，在臺除在外文系任教外，並兼任美國新聞處顧問，1962 年赴美講學，未久即去美國新聞總署供職迄於 1979 年退休，可以說是一個自幼小以來長期與歐風美語接觸的人，但是他沒有一般滬上洋場作風與儇薄習氣，不故意賣弄其洋文知識，讀書達禮，其為人清雅、其談吐摯懇、其出語輕鬆風趣、其思想博通、其文章蘊藉，融和中西汲取菁華，不腐不窳，不猖霸、不釣譽，你可以在他身上看到涵蓋了傳

統儒與士的風骨行操及文人的雅約一面，和西方文化神髓滋育了他所展現流露的典麗優美細緻的高級知識分子風格的另一面。就拿這次立吞蒙古烤肉配以京戲的安排來說，充分表示了魯芹先生的細緻文化感：16 人離鄉去國，遠在天涯，他就是刻意要造成一種「堂會」印象，令你在一時渾然忘我中領受短暫卻是純正的文化歸屬感。

那次盛會之後，我們一直在籌計著第二次立吞會該在何時舉行的事，原則上定在秋後，但魯芹先生夫人自臺返美以後，一直因積勞未復，在山居靜養，未便驚擾。等到十月下旬雨季開始，也只好期諸來年了。

今年開春後，吳老患感冒不幸轉為慢性支氣管炎，久久不癒，舉辦立吞會的事又延擱下來。這一直到上月 26 號，彼此未曾謀面達八個月之久。

那天吳老抱病赴宴，仍是衣冠楚楚，仍不時推展出謙和的笑。他胃口很好，偶有咳嗽，故間時服用止咳藥片。他對我們說，前些日二女兒于歸，竟因病不克送女出閣（Give away），言下不勝惆悵感慨。我於是趕緊岔開話題，問他夏志清先生五月來西岸出席《紅樓夢》文學討論會後跟他相見的情形。他說，那當然是極為高興的事，不過夏公對於他山中索居頗不贊成，力促搬到紐約，重享都市生活。吳老從不諱言嚮往紐約多采多姿的豐富生活，我親耳聽見就有三次之多，這次亦不例外，他說他由衷喜愛紐約生活，別人總是數說紐約如何如何不是處，他都一再挺身為紐約辯護。他坦白承認自己不是甚麼志在山水之間的雅人，但是我們都知道他在文章中所表示的這層意思，有著對於旅遊趨於一種時尚的「俗」事後的反諷；那些自認風雅懂得行旅之趣的人，在吳老看來，實則俗不可耐的。除此之外，我自己還有另一層感覺，吳老對於美國，除了一二大城、若干有歷史性及文人作家故居以外，並未有其他記遊文字，他的旅行是在有文化傳統的歐洲。中國山川勝景吳老當然神馳夢縈，只是無由去之，相形之下，美國的這點山山水水，似乎很微不足道了。

他說他真想也真願意住在紐約。但是紐約居大不易，太貴了。當然，誰都知道紐約客分三、六、九等，真會享受生活的、具備享受生活條件的

屬於那一等人，盡在不言之中，魯芹先生的幽默就在這裡了。一言以蔽之，吳老是一個極講求精緻文化的人，這在他的文章、為人、談吐、應對、對事物的觀察及批評、甚至個人生活衣食住行諸方面都表現無遺。

那天大家正準備退席，吳老忽然得意的出示其方才到手的「老人證」（Senior Citizen Certificate），聲言可以「安於老」了。申請老人證的資格是壽高 65 歲，他說他今年 66，按照臺灣的翻譯，Senior Citizen 是「資深公民」，那他就是資深加一了。

歡宴在笑語中結束。

走出飯店時，吳老拉著我說：「這次見面，快慰何如。一俟咳嗽停止，就可以『立吞』了。」

我們當面許諾，只要他病一好，請即示知，就可立刻擇期舉行。

目送吳老夫婦登車，握別時，一再請他多多多保重。然後，看著汽車消失在霧重燈昏的柏克萊街頭。

誰也沒有想到，姑不論下一次立吞會何時何地舉行，身為大會的發起人、籌備主任、策畫人，且對本會用情最多的魯芹先生，卻永遠無法參加了。我願意以現任「立吞會」會長的身分（儘管由吳老一手任命），謹代表全體會員追贈他為我們的「榮譽會長」。下一次立吞會聚會，我一定會在一張請柬上書寫 in your honor 的字樣，焚寄天國仙鄉。先生有靈，嗚呼哀哉，尚饗。

　　　　　　　　　　　　　　　——1983 年 8 月 15 日、酒蟹居

　　　　　　　　　　　　——選自《聯合報》，1983 年 8 月 25 日，8 版

敬悼吳魯芹先生

◎張佛千[*]

一、

我每次看到報刊的好文章，而作者又為我所不識，便打電話給編者朋友，編者都樂於將「讀者的反應」告訴正被拉稿的作者，所以都勸我寫封信。我是個懶人，打電話很容易，寫信就麻煩多了，但以文會友，是吾願也，何況尚可為拉稿的微助。吳魯芹先生的文章，《傳記文學》刊出最早最多，通過劉紹唐社長，我乃與吳魯芹先生成為通信的神交好友。

在我的「神交」的朋友中，不，在我所有相識的朋友中，都以魯芹先生與我通信最勤，神交只藉書信溝通，我寫此文，便要摘述這些書信的內容，由此才可看出我們的情誼。

魯芹先生復我的第一封信是民國 66 年 6 月 11 日，我先給他的信，大概是五月底，沒有存稿，不記得確切日期，只記得很快就接到復信的印象。

魯芹最初給我的信，上款是「佛千先生尊鑑」，有一封更是「佛千前輩先生」。我一再請求他不可如此客氣，最後我只好建議：「跟臺北老少朋友一樣，就叫我佛老吧。」他一直客氣到第八封信才如此改稱，第九封信才將下款的「後學」改為「弟」。

他的信，多數是用毛筆，書法非常挺秀。有時也用原子筆，一次適逢

---

[*]張佛千（1907～2003），本名張應瑞，安滋盧江人。學者、作家、楹聯家。發表文章時為淡江大學中國文學系兼任教授。

過年，他用紅色原子筆：「新年快到，乃用朱筆作書，為公帶來一番喜氣。」

二、

我給他的第一封信，當然是談他的文章。凡寫人之文，材料太多與材料太少，都難寫，而他皆優為之，我特別讚美他能用極少材料的本領。他回信說：「先生說拙文『所用的材料太少』，乃是一針見血之語，我之所以勉強作無米之炊，亦是迫不得已，臺北的『兩報一刊』實在逼得凶，偶爾非硬擠一篇塞責不可。這種粗俗文字，獎掖逾恆，尤增愧悚，唯先生之謬獎，亦有與眾不同之處。先生所言，可謂無一句是『浮詞』，承受不敢當，讀之畢竟增益。」

信中又提到周棄子先生與殷海光先生，也是跟我一樣，初未謀面，因為看了他的文章而通信而相識。這一段話後來寫入《餘年集》的自序中。

我們是文字之交，我說他的文章好，他說我的文章好，這應該是氣味相投很自然的事。他看到我在「聯副」發表的〈我在天上飛〉，信中說：「寫景文甚難，而先生寫得極其從容，有 Dimension 亦有 Perspective，實在了不起。恕我用了兩個洋字恭維，海外棲遲過久，讀洋書的時間也較多，想不出適當的字，而英漢字典的解釋，又不能道出其真正涵義。」

有一次，我同他談到散文之病。他來信說：「先生說散文忌『散』忌『長』，甚佩高見。其實先生這段議論略加補充發揮，就是一篇好文章。不佞順手可提供忌『俗』忌『滑』兩點，請斟酌。先生有興時，大可寫一篇『散文十忌』，俾初學者有所警惕也。」

我回信說：「我不敢寫這類可能引起麻煩的文章。」不久，我寫信告訴他，已看到他在《中國時報》副刊發表他提到這件事的一篇文章。他回信說：「文章中提到的前輩先生，就是指您，先生居然見到，且有會心之感，令人雀躍。」

三、

　　魯芹寫的《英美十六家》，在《中國時報》副刊發表時，我曾寫信給他：「被訪者其人我既不識，被訪者其書我亦不能讀，但看大文仍津津有味，非讀完不可。」所以在成書之後，要我作序，我當然不敢答應，只好推說可為即將成書的《餘年集》作序。他在回信中說：他在《英美十六家》一書附錄中，「錄了兩封信，一是聖地牙哥加州大學比較文學教授鄭樹森博士的讀者投書，一是兄致弟信中的一段。他是這一行的專家，兄是另一行的專家，然兩位居然都能讀下去，是我最大的安慰，故不顧往臉上貼金之譏，附於書末矣。」

　　到了《餘年集》編好付印，他來信催我踐約：「擬請兄作一序，專論弟之文字，可由二十年前之文集檢討起，另請夏志清兄作一序，弟塗鴉三十年，能由你們兩位來總算賬，不虛此生矣。」

　　接著又來信說：「承允作序，喜不自勝，如此翰墨因緣又多一憑證矣。擬請葉先生（洪範書局負責人）將排好之清樣呈閱，出書之日可後延，俾兄可從容揮如椽之筆。」

　　我深覺寫序是十分麻煩的事，先要把原書讀三五遍，可以引用的話要抄下來，然後整理組合，有的不用，有的要補充，然後分類分段來寫。這比寫自己心中的意思要辛苦得多。魯芹雖一再說：「不許書局催稿」，但清樣出來之後，印刷廠也不能久等，我白天雜事多，只好熬了兩個通宵才能完稿。（我雖然是個夜貓子，但七十以後，絕不工作到天亮。）又因為趕時間的關係，不得不縮短篇幅，留下若干材料「割愛」未用。

　　魯芹接到序稿的清樣後，來信說：「您作序，熬了兩個通宵，弟之罪大矣。省下來不用之材料，千萬請妥存，有生之年，一定再湊成一本文集，再求吾兄賜序，唯必需從容為之，不可熬夜，出版社等上一年半載無妨，如不肯，弟即毀約，不出書了。」其實，熬夜是我應自己負責，既忙，又懶，又養成寫作的壞習慣，只有熬夜的效率最高。這不能怪出版書局。

他的信中又說：「尊序真是『庾信文章』，尤可驚者，吾兄目光可比 X 光，五臟六腑都給照透了，無可遁形。有些地方，弟耍了一點小 Strick，經你輕輕一點，汗顏無地。尊序，力作也，拙文瓦礫無狀，有了這項漂亮帽子，門面似頗可觀，磕頭磕頭。」

四、

我對所尊敬所喜愛之人，皆以嵌名聯表示微意。對魯芹更是如此，我寫信要資料。他來信說：「賤名鴻藻，魯芹乃是字；內子名葆珠，俱甚俗。來美後，更不為人所知，相識者只知 Lucian 與 Pearl 而已。作聯不知需否『受益人』之背景資料，不佞之學歷經歷，《傳記文學》諸文中均已道及；內子則係學圖書館出身，在國內吃圖書館飯有年，來美後即在美國會圖書館工作，今春與僕先後退休，俗字不易嵌，請勿勞神，改賜詩詞，亦將如獲至寶也。」

我的嵌名聯，「外銷」也很多，索聯者皆自行攜帶出國，凡住在舊金山、洛杉磯及其附近者，我都託華航運交。當魯芹見到裱好的木框對聯空運而來，大吃一驚，不過也給他添一個小麻煩。他來信說：「華航運來時，係捆成一大包。僅書賤名為收件人，取回拆開，始發現共有三付，二付贈愚夫婦，一付贈與《世界日報》馬全忠先生，乃先與他通話，翌日送往《世界日報》中國城辦事處，又與他通話，知道萬無一失，方始離去。辦事小姐見愚迂氣頗可笑，乃告此乃國寶，丟不得。」（佛按：魯芹這樣說，是他慣有的幽默，套用一句魯芹在《餘年集》自序中的話——「當不得真。」）

接著幾封信都提到贈聯：「一聯掛在客廳，一聯掛在書房，蓬蓽生輝矣。」「每聯都有上司（按：魯芹稱其夫人為「上司」）芳名，上司滿意之至，每有客過訪，輒指出作炫耀。」

我先贈魯芹二聯，後來又補一聯，只有一聯較好，聯曰：

超然「葆」真，儷「鴻」高舉。

燦兮「珠」美，文「藻」無窮。

上聯首句本《楚辭・卜居》：「寧超然高舉以葆真乎。」次句本《漢書・張良傳》：「鴻鵠高飛，一舉千里。」

下聯首句本《文心雕龍》：「搖筆散珠。」次句本駱賓王〈帝京篇〉：「馬卿辭蜀多文藻」。

上聯切合魯芹之為人，下聯切合魯芹之為文，用「馬卿辭蜀」之典，正切合魯芹出國而勤於寫作。「儷鴻」固兼指夫人，而「珠美」不僅喻魯芹「文藻」之美，亦以喻夫人之美兼內外也。

魯芹返臺後，我陪他遊天祥，晚間談天，他說曾自製一聯，以寫其所居小樓及其襟抱。（聯見其所著《臺北一月和》）在其娓娓清談中，我因成二聯為贈，第一聯曰：

開門見山，因樹為屋。

盟心友鹿，抱膝看雲。

聯中三句皆根據丘彥明小姐到魯芹家中的訪問記。一句是根據魯芹所說：「林中小鹿，也不怕人，我散步時，對它打招呼，它必斜首凝視，意態極美。」

第二聯曰：

富有小樓，文史足用。

妙賞大塊，風月無窮。

上聯次句本《漢書・東方朔傳》：「三冬文史足用。」

下聯首句本李白〈春夜宴桃李園序〉：「陽春召我以烟景，大塊假我以

文章。」又《莊子》:「大塊噫氣。」注:「大塊、天地也。」次句本蘇軾〈前赤壁賦〉:「惟江上之清風,與山間之明月,自得之而為聲,目遇之而成色,取之無禁,用之不竭。」

我向茶房要了一張點菜的紙條,寫下二聯,魯芹伉儷大喜極賞。同遊天祥的丘彥明小姐埋怨:「人家辛辛苦苦寫了幾千字,卻讓您用 16 個字把好處都講完了。」

在魯芹離臺返美後,我忽然想起:「風月無窮」既是引用蘇東坡語,何不改作:

> 小樓居安,文史足用。
> 東坡語妙,風月無窮。

魯芹看到改作後,認為以「東坡」對「小樓」,「真是神來之筆,匪夷所思。」改作之小樓「居安」,是在得到魯芹生病的消息後祝福之意,想不到他竟那麼快棄小樓而長往。

五、

搜羅名家手跡,要想「點子」,才能突出常規。我曾託黃天才先生在東京找到精印的詩箋,計劃第一步先分請夏志清、唐德剛、周策縱、及魯芹四位名家,各寫我的一首小詩。夏唐二公皆不善書,唯其不善書,其真蹟才可寶貴。唐公來信說:他把太太陪嫁的箱底毛筆找出來寫。夏公也是久不用毛筆,借筆墨寫了寄來。我預計周吳二公都善書,應無問題。俟夏唐墨寶到後,再向周吳請求。周公尚不知此事,吳公則已預聞,來信催我寄紙及詩。我先是等他回臺北,因他在臺北極忙,無暇靜靜寫字,只好等他返美再寫,不料此願永遠難償。

魯芹不僅樂於寫我的小詩一紙,而且願手抄我的整本詩詞集。他自臺北回美後來信說:「某次在計程車中,弟曾建議紹唐,出版《愛晚齋詩詞

選》，張佛千著、吳魯芹恭錄。《未埋庵詩存》，周棄子著、吳魯芹恭錄。棄子詩不留稿，恐不易搜集，公之詩詞有存稿，編成一集，應不因難。（抗戰期間曾見潘伯鷹手抄名家詩稿，甚美。）用連史紙、毛邊紙俱可，紙張大小行款，公比我內行，一切聽命。唯目前眼力不好，已不能寫蠅頭小楷，印時可縮小，故亦不是問題。」魯芹的美意盛情，我自十分感謝，但是斯人一去，遂使萬字成空！

　　我在紹唐處看到魯芹寫贈的立軸，我便抄錄我的「自製聯」多付，請他擇寫其一。我設計的一定尺寸的紙尚未寄去，他寫的聯已寄來，附信中說：「接到尊製各聯後，乃以劣紙練習，對此二聯特別喜愛，敢將『習作』寄上博粲，越想用心寫，越是寫不好，此二聯『粲』畢，即請扔掉，字劣不值得保存，反正以後還要再寫。」二聯寫得極好，即付裝裱，我現在所有魯芹的手澤，除了書信外，便只有這兩付對聯了。

　　他所特別喜愛的二聯，第一聯是：

直以友朋為性命。
多從翰墨結因緣。

　　這一聯實是集句，上句是周棄公贈人句，下聯我不記得是何人所作，也無從查考，因這句極合我意，故能一見不忘。魯芹並作長跋曰：

　　上聯寫：「吾與佛老為神交，每於函中被其熱誠相感，上聯語意真摯，吾能證之；佛老交遊遍天下，相知者皆能證之。」

　　下聯寫：「佛老宣揚文化，悉盡心力，嘗謂『文字不亡，國必不亡。』吾書雖拙，雅命難辭，亦以結此翰墨因緣為幸耳。」

　　第二聯是：

慷慨談兵，逍遙論道。
荒唐逐肉，縹渺追靈。

魯芹作短跋，上聯寫「上聯可約略見其氣概。」下聯寫：「下聯道古人今人所不敢道，石破天驚矣。」

其後魯芹返臺，我曾笑詢：對此聯何以「特別喜愛」？他說：「下聯不『莊』，而上聯極『莊』；於是變不莊為莊，是巧妙的配搭。下聯的上一句不莊，而下一句則極莊，也是巧妙的配搭。並且辭意互相映照、互相生發：『談兵』而能『論道』，則所談是最高的層次；『逐肉』而知『追靈』，則所求是最美的境界。」我驚歎：「這個『莊』字，用得極恰當，我這點雕蟲小技，卻讓您說得更好了。」魯芹又說：「我所謂『石破天驚』，是指人皆做而不說，食色性也，實在是稀鬆平常的事，不過要能有美好的回憶，倒也並非容易。」我笑說：「我之所指，也是少年時事，久已如李義山詩所謂『此情可待成追憶』了。」我之記錄魯芹對二聯的跋文，及他與我的對白，由於他的欣賞與喜愛，也可以見他的意氣與襟懷。

六、

我在《餘年集》序中曾說：「從書中僅有的材料，勾劃出來我尚未謀面的神交好友。」、「讀其文，即可知其人。」但，我們什麼時候才能歡聚暢談哩？好了，總算有了消息了。民國 71 年 5 月 20 日魯芹來信說：「晤談有日。瘂弦兄想是為了業務機密，尚未將此事奉告。『你我弟兄』就頗難守秘了。弟承他不棄，邀作《聯合報》小說獎評審，已定八月初返臺一行，『公事』辦完，還打算『自費留學』一段時間，總共前後可達四週，到後當偕弟婦前來拜見。弟有『面目可憎，語言無味』兩大武器，您等著瞧吧，可夠您受的啦！」

我接連幾封信，誠懇地邀請住在我家，兒女都出國了，家中只剩我夫婦二人，房子寬綽而清靜，交通又最適中，保證他舒適方便。但，請他回來的《聯合報》，已為他租了一個月的公寓套房，所以他來信堅辭了。

他在臺北一月中，我做主人請他一次，別人請他，我做陪客六次，利用機會到他的公寓裡閒聊四次，我請他飲中國茶一次，最能暢談的是《聯

合報》安排的天祥之遊，我與聯副的丘彥明小姐陪往。我們由臺北飛花蓮，乘車赴天祥，一路欣賞太魯閣、長春祠、燕子口、九曲洞等美景，住於天祥的中國旅行社，午餐後，在泉聲中睡足了，相偕出遊，一面閒步，一面閒談，魯芹與彥明都有相機，隨時攝影。有一事可記：我們走到一座吊橋之前，見孤峰聳秀，獨峙廣溪之畔，翹首峰頂有寶塔大殿，令人神往，我恐因一個老人而掃了他們的遊興，於是高興的說：「過橋試試上去吧！」我們走三五十步，就小休閒談，不知不覺到了峰頂，在大雄寶殿前拂石小坐，再走走停停的下山。等到過了吊橋之後，魯芹才笑對我說：「今天一大奇蹟，是我同上司居然走上了山頂而不感覺累。我們都怕爬山，因為不願掃您的興，才不告訴您。我幾次偷偷的問上司，她都說很好。」葆珠嫂說：「因為走幾步就休息，又聽您說話有味，便一點也不覺得累了。」我怕掃他們的興，他們怕掃我的興，都因彼此客氣。我說：「你們說不累，不再是客氣吧？」魯芹說：「我既向您坦白的說了，當然是真的不累。」

回到旅館的餐廳，吃過晚飯後，在客廳中燈下圍坐清談，魯芹的談吐，總是那麼幽默雋永，談文談聯之後，要我講小故事，三人聽得很高興。但我想下午已經創造「奇蹟」，亟需早點休息，所以一過十時，我就站起來跟葆珠嫂說：「Madam！下午讓您累了，現在應該跟您道晚安了。」

我們住的是一排三間獨立的小屋，幽靜而雅潔。11 時看到魯芹房中的燈熄了。我獨坐廊外，看星空下的山影，聽溪中潺湲的泉聲，午夜以後才就寢。

第二天黎明即起，清晨的空氣，更覺特別新鮮，令人心清身輕。早餐後小遊，即乘車到花蓮午餐，再飛臺北。我們都覺茲遊之樂而惜其短。

在回臺北的飛機上，魯芹與我並坐，他歎說：「我們又將遠隔萬里！」我引古人的話相慰：「交得其人，千里同好，固於膠漆，堅於金石。」魯芹說：「您交我，不能說『交得其人』，我常跟上司說，我與佛老真是有緣。」接著他又說：「我看過你悼周楡瑞的文章，我比他幸運多了。」他的話，引起我的感痛，我說：「人的一生，朋友實在太重要了。父母子女限於

血緣，父母是雙親，子女現在是兩個恰恰好，太太應該只有一個，而朋友則越多越好、無所不在，自少至老，都需友情，人間之所以溫暖，主要因有友情。我每讀古人詩，說到朋友的意氣交親，便感激奮發。像周榆瑞那樣才氣縱橫的人，我絕未想到他對我那麼好，我們只通了兩封信，他便作古人，真是我的最大的憾恨。我常常想人生交友的機會很多，不要輕易錯過。」魯芹緊緊握住我的手說：「我們要珍惜我們的友情。」

天祥遊後的第五天他就返美，行前將小照相機留贈，他說：「這是在美動身前買的，也是最新上市的，任何人都會用，我專為在臺拍照而買，現在已不需要，敬以奉贈，請勿嫌棄。」我只好道謝收了。我要到桃園機場送行，他先是堅辭，後聽我說，「只不過藉機會可多在一起幾小時而已。」他才同意。

他返美後來信說：「連累吾兄破費血本，浪費時間，然而弟還不能說『過意不去』、『甚感厚誼』之類的浮詞，說了就有見外之嫌。神交之人有一大危機，一見面而大失所望，神亦不能助，從此就難以為繼。吾輩何幸，同吃同遊，居然如李白之與敬亭山『相看兩不厭』，長談竟日，仍是新鮮，所謂快慰生平之事，大約不過如此了。」

魯芹去國 20 年，臺北一月中，天天忙於酬酢，朋友找他不易，我應是與他見面最多的了。七載神交，總算得償一見的渴想，最可恨憾的是不到一年，便竟幽明永隔。老天對我，厚乎？薄乎？

七、

魯芹返美三周後，來信說：「返寓後，發現有些症候不好。（與此行無關，弟已三年半未體檢了。）醫生乃小題大作，一再作試驗，探索病原，日子過得極不愉快。」

信中的話，說得很含糊，大是可疑，我生怕他得了癌症。又因為他在讀大學時曾嚴重的吐血，肺部是他的弱點，癌症可能侵入。他說「與臺北行無關」，我也相信，因為他在臺北忙，只是天天有人請他，但他不飲酒，

不打牌，吃菜也有節制，彥明在醫生處要了一瓶消化藥送他，一直到行前仍是原封未動。老友見面談話可能多一點，但我見他微笑而聽的時候多，仍然保持他那一份從容瀟灑。而住在臺北的朋友，很多都天天有應酬，並且飲酒打牌，似乎比魯芹作客更忙，所以我一直佩服魯芹對生活有節制。因而我更懷疑他到底生的什麼病，於是去信追詢，並表示我要飛美看他。他很快的復信說：「賤軀經過幾番折騰，結論是無大礙，仍需小心。辱承關注，幾乎要飛來探視，真令人感動。此事萬萬做不得，公之來玩，隨時歡迎，然不能選吾生病之時，吾不病，有人做司機，方可同遊；病時公來，只能相對唏噓，多麼掃興！」信中也未說何病，既說「無大礙」，可能不是癌症。於是我就把平時自己實驗得來的一套由內而外的周密和平的運動方法，寫寄給他參考。他回信說：「元月五日長函，並長達五頁之運動方法，讀後感激無已，親兄弟之關切，亦不能勝此也。」

今年二月周棄公寄給我一本武漢大學同學會所辦的刊物──《珞珈》，因為上面有魯芹所寫他生病經過的文章。我即據此函詢魯芹，他回信說：「《珞珈》所載，是記弟前年中耳炎頭暈目眩，半夜抬進醫院事，已是歷史。目前的麻煩，始於去年十月底，忽然發現爬樓梯上坡有困難，診斷是心臟有了問題。緣弟住在東部時，經常運動，搬到西岸三年多，一直沒有運動，遂影響到各種機能。現服藥數月，已大有改進。弟之肺胃俱無恙，目前日常生活，一切以『攻心』為上，包括飲食與柔軟運動。相信以弟之毅力，必可克服，務請釋念。」我最耽心的是癌症，只要患的不是癌症就好了。

兩個月後，魯芹又生了一場等於大病的小病，來信說：「弟自三月初，即患嚴重之支氣管炎，（今年流年似頗不利。）一動即咳，一說話即咳，躺下來亦咳，唯一合適的角度，是用六個枕頭撐著假寐，吃了各種藥與偏方俱無效，一共拖了六個星期之久，直至近日方好。」這封信是 4 月 21 日所寫。

5 月 20 日來了一封長信，先說他的病情大好：「賤軀目前是支氣管炎

已去，血壓正常，心臟因部分血管硬化，只能一方面服藥，一方面注意飲食，使其緩和，總之問題不嚴重，以弟在五月份之努力情形觀之，想可帶病延年。」接著說他大寫文章：「弟在四月底支氣管炎去後，即開始還文債，計洋膏藥一劑、為聯副；（佛按：即指「文人相重」。）記任鴻雋與陳衡哲，為野史館長獨吃。（佛按：朋友皆稱傳記文學社為野史館。魯芹的文章，有時由《傳記文學》，及臺灣「兩報」副刊之一，香港《明報月刊》同時刊出，謂之「三吃」；有時由《傳記文學》及三報之一同時刊出謂之「兩吃」。「獨吃」者乃由《傳記文學》獨家刊出也。）幽默諷刺小品一篇，為『人間』。（金君原住柏克萊，過去常來弟處，現調回接高君事，屢來函索稿。）另外還為《中華日報》蔡君（追我寫稿已一年）寫的一篇『讀後感』、舉王荊公〈讀《孟嘗君傳》〉為例，認為那是古今中外最好一篇，文甚短，希望公能看到。」接著他催我寄詩詞選稿及抄寫的紙給他：「公之詩詞稿、選就即請連同稿紙一併寄下，『恭錄』之役，是弟最想做的事。目前文債還清，擬『歇夏』二三月，練字實是最好消暑之道。」最後提到我請他為我自編的《九萬里堂叢稿》作序，他寫了一大段恭維客氣的話，然後幽默的說：「吾雖常作拆爛污之事，然『佛』頭著糞，不敢也。」

　　我從來沒有出過書，攛出版的朋友不斷相促，我大概規劃一下，竟有六種：一是雜文、二是方塊、三是一燈小記及花下散記、四是詩詞、五是自製新詞、六是製聯。魯芹當然是我請求作序的朋友之一，先要選擇部分資料寄呈魯芹。因為雜事太多，資料遲遲未選，因而信也遲遲未寫。正準備跟他陳述已想好的一番說辭：「我為你的書寫序，你為我的書寫序，不管人家笑我們標榜，只要我們說的是真話，『文人相重』不正應該如此嗎？」萬想不到，信還未寫，而凶問忽來。

　　這封長信結尾三句話：「文債還清，心情輕鬆，寫信也就得嚕嗦之樂。」我看到這裡，也就跟他一樣的「心情輕鬆」，不再耽心他的病了。這封長信開頭還有幾句話。「得 5 月 15 日手書甚喜，喜大駕明年將來美小遊也。就憑這件事，弟亦應養好身體，以便侍遊。」現在我重讀這幾句話，

真有無窮的悵惘與恨憾！

八、

當我在電話中乍聞魯芹「過去了」，這太突然了，完全不能令人相信。一位記者打電話要我說幾句話，我告訴他「我難過得說不出話來」，他聽到我一直在長長的歎息，也只好放下電話算了。我到老年，對生死已看淡看開，但對魯芹之死，一直有好多天不想講話，心裡像有一塊重重的石頭，這是很久沒有的事。

魯芹在病中，我要去看他，他來信以病好為由相阻；現在他死了，我應該送他最後一程——入墓。我立即辦理飛美手續，但我與葆珠嫂通電話，她泣告「後天即火葬」，我又因手續來不及而作罷。生既未能視疾，死又未能臨喪，生死之誼皆負，此心愧咎難安。

我在準備飛美之時，曾電告周棄公，我說要效古人之千里會葬，使梗塞心中之感情，得一發洩之機，他乃由勸阻變為贊成。我說：「公一定有輓詩，我將攜去，與我的輓聯，一併焚於故人的墓前。」棄子正苦於胃疾，不能作長文，但仍力疾成詩，寫好給我。（後來葆珠嫂採納我的建議，暫不購墓地，即將骨灰供於家中，棄子之詩與我之聯可懸於靈骨之左右。）輓詩前有小序，並錄如次：

> 吳魯芹殁於美國加州，佛千將飛秣陵郡，往會其葬。輒倩攜去輓詩一章，焚諸墓下：
> 廿年契闊忽班荊，草草詩篇復贈行。
> 再別料君應永訣，未埋遺我苟餘生。
> 文章晚節方騰譽，流寓羈魂尚苦兵。
> 終愧巨卿元伯誼，因風聊寄一驢鳴。

我的輓聯，竟然做不出來，於是先作哀悼之文，必先整理魯芹給我的

信，看了幾封，情緒便靜不下來，這樣寫寫停停，到了《傳記文學》的截稿時間，不得不熬夜完成，魯芹有知，又將責我。文成之後，據以成聯，與棄子之詩相比，直是黃鐘與瓦缶之別，亦聊以寄吾哀思而已。錄以為此文之殿。聯曰：

喜訂七載神交，遂即固於膠漆，公常笑言：命也緣也！

答問，厚乎薄乎？

幸得數朝歡聚，竟乃永隔幽明，天不

「老漢」、「好漢」難分 「散坐」、「包月」有別

◎丘彥明[*]

柯立芝，言：「詩是把最好的字做最好的安排，散文是把好的字做好的安排。」古往今來寫散文的大家，都有相當深的對人生的體驗、洞察力和獨到的見解；假如他文字很精練的話，就一定會成為比較好的散文……吳魯芹說。

臺北一日

「說它像那一個大城都可以，就是不像臺北——不像我們記得的臺北了！」

1982 年 8 月 3 日的清晨，散文家吳魯芹夫婦睜開眼，並肩站在公寓的陽臺上，舉目四望——櫛比鱗次的高樓大廈——果真回到了臺北？同樣是仁愛路，卻不復 20 年前蹤影；時間荏苒，世界似乎也換了一個。

相偕地走著大街小巷，突然發現一間豆漿店，坐了一室早起的人們，兩人相視一笑——久違了！豆漿、燒餅、油條。

熱騰騰的豆漿喝下肚，真真實實地走入臺北的生活。離開 20 年後回來，重新做一個月的臺北人，將有多少新鮮事？

坐上車，先舊地重遊一番吧！

仁愛路、復興南路、信義路，再右轉新生南路，記得明明白白的——

---

[*]發表文章時為《聯合報》副刊組聯副編輯，現為自由寫作者。

新生南路 133 巷，巷子底幸安國小旁，該是當年日式木屋平房舊居。

　　進了巷子，「巷子比從前好像髒了點。」吳太太張望著跟吳魯芹先生說。

　　巷底，平房不見了，建成四層樓的公寓，底樓紅門上懸掛著「張寓」。「上司！下車站到門口去。替妳拍張照。」

　　剃著平頭的一個男孩，騎著腳踏車過來，邊推開大門，邊狐疑的注視著倚在門旁的吳太太；吳太太笑出兩個深深的酒渦，興奮的對男孩說：「是你們家？以前是我們家呢！」

　　傾盆大雨，車子緩緩地滑入了臺大。依舊是傅園、依舊是總圖書館、依舊是行政大樓、依舊是文學院……記憶中的磚牆、高聳搖曳的椰樹，清清明明的掩映出過往的一切。

　　20 年了，不曾改變呢！吳夫人拍拍吳魯芹先生的手背：「想不想再回臺大教書？」「不想！」脫口而出。閒雲野鶴，逐山林而居，紅塵往事，去！去！休矣！

　　羅斯福路、中正紀念堂、重慶南路、衡陽路、西門町、火車站……打眼前飛過……

報恩主義

　　魯芹先生「返國一遊」，我曾經做了一點事務性的服務。沒料到，他一下機聲明不接受任何訪問，但特別答應我作一次絕對是「獨家」的專訪。他說，這是他「報恩主義」的作風。魯芹先生的美意，受寵若驚之餘，更是惶恐不安。

　　他表示，他贊成而且實行好友彭歌前幾年的一篇短文裡提倡的「報恩主義」，一個社會裡能夠有恩必報，一定是一片祥和之氣。

「老漢」？「好漢」？

　　吳先生風趣的先從「20 年」說了個故事，他說：

「從前捉到土匪強盜，驗明正身，綁赴刑場砍頭之前，總是先賜一頓酒菜，然後遊街示眾；這時強盜表示英雄氣慨，一路高呼『20 年後又是一條好漢』，我原非好漢，現在過了 20 年，是一條『老漢』了。」

滿頭白髮之外，他步履甚健，實難分出「好漢」、「老漢」的差別。

吳太太同行，魯芹先生逢人戲謔的介紹：「這是我的 Boss（上司）！」

「上司」對吳先生而言，執掌的「權威」有多大呢？

「不論小事、大事全由上司決定，不過『大事中的大事，小事中的小事』都由我來。」

「那，什麼是『大事中的大事，小事中的小事』？」

「像中共該不該進入聯合國，她就聽我的意見；出門車子該向左轉或右轉，都由我決定。」

吳太太一逕的由著他說，在旁淺淺的笑著，一臉的歡愉。

一位與吳先生神交已久的朋友，插話：「夫人才年過 40 吧？！」

魯芹先生笑道：「我們結婚已經 35 年了，如此折算她嫁我時才 5 歲，我豈不是『犯法』了嗎？」抗議之餘，又望了望太太，接著說：「1962 年，我一個人先去美國，身上帶著她和兩個女兒的合照，別人總問：『是你的三個孩子？她們的母親呢？』費唇舌解釋實在麻煩，我乾脆回答：『她們的母親是拍這張照片的人。』」

吳太太仍不搭話，祥祥和和的輕笑。我心想：「吳先生果然愛說笑，幾椿小事道來，全是他作主表達意見，倒不曾見『上司』下達命令呢？」

雖已當起外祖母了，吳太太確實毫無老態，她說「文人之妻、博士之母（小女兒已獲哈佛博士學位）、最年輕的祖母，我的頭銜真驚人呢。」我看到一個寧馨、滿足的婦人，一個懂得環抱幸福的女人，看不出她是在圖書館界服務過 30 年的圖書館學專家——吳葆珠。

「散坐」？「包月」？

魯芹先生退休後，家居之餘寫作散文。對於「生活」，他有獨特解釋：

「從前做公務員是『整賣』：退休三年了，做的是『零賣』。早年在大陸，拉洋車有拉『包月』、拉『散坐』的區別；『包月』是拉一人或一家人，『散坐』是停在班頭上聽人使喚。」

「我現在是拉『散坐』，洋車夫動腿，我是動口動手。好處是愛不拉就不拉，四川洋車夫有時拿起旱煙袋抽煙，你去叫他，他相應不理；我有時坐在院中，抽煙斗覺得自己有點像四川的洋車夫。」

「動手」當然是指寫文章了。

忍不住問著：「那麼『動口』是什麼？」

吳先生說，他有時做點諮詢、顧問的工作，「『拉洋車』，你不能只拉名媛雅士，大腹賈也得拉呀！」

他優雅的提起煙斗抽了一口：「我說的都是真話，別人卻說幽默，大約現代人說真話的太少了。」

年輕時期，魯芹先生除了睡覺煙不離口，現經「管制」，已養成午後才抽煙的習慣。

煙斗斜斜的銜在嘴角，一位朋友稱讚他煙斗在握的神情帥極了，吳先生喜孜孜的對太太說：「聽見了吧！我抽煙斗是有緣由的，可以從寬了吧！」

朋友見狀，趕緊表示：「不過，抽煙對身體還是不好。」

魯芹先生順口道：「有個人問他的朋友：『你喜歡抽煙、喝酒、與漂亮年輕的小姐一起，你的醫生怎麼說？』『哦！我的醫生先死了！』」

他豁達自在的又吸了一口煙。

魯芹先生有滿腹雋永幽默的小故事。他最近參加《聯合報》小說評審會議，事先把論點都密密麻麻的記在一張張小卡片上。其間他要找一份資料，卻翻不到備忘的部分，他邊尋找，邊招呼我說：「講個故事給妳聽。英國詩人白朗寧追求另一位女詩人伊利莎白・巴瑞特，寫了很多晦澀的詩給她。伊利莎白問他其中一句詩，究竟是什麼意思？白朗寧說：『我寫的時候，只有上帝和我兩個懂，現在只有上帝懂了。』」他眨眨眼指著卡片：

「我做卡片時，上帝和我兩個懂，現在只有上帝懂了。」說罷自己亦莞爾。

喜歡自我調侃，難怪魯芹先生的生活過得逸趣盎然。

對散文寫作的看法

吳先生是散文大家，了解他生活之餘，更希望藉訪問機會，聽聽他對散文寫作的一些看法。他很客氣說自己不是講學問的人，但拗不過筆者，在極疲倦之下，依然點起煙斗，泡了壺茶，提起精神接受「嚴肅」的訪問。

丘：請先談一談您對散文寫作的看法。

吳：我有一點偏見，我覺得文字可以是文學的文字，也可以不是文學的文字。寫散文對維持文字是文學的文字有點說明。沒有任何一位被認為夠得上是好散文作家的會去糟蹋文字，他一定對文字相當講究。一個民族的文字，如果墮落到不是一個文學的文字，是很慘的事。

寫散文，由於作家本身的訓練，可以達到文學的文字的層次。

現在歐美根本很少有人寫散文，散文已經成為快要滅種的一個文體；當然有很少的幾個人還是對文字很講究，但是一般人對待文字顯然馬馬虎虎、無所謂。

從前英國有很多散文家，那個時代有幾本雜誌是他們主要的發表園地。現在英美很少作家發表我們所謂的散文；沒有什麼發表的地方，也是使散文式微的一個原因。

臺灣的報紙副刊對維持散文水準，很有貢獻。我不久前為「聯副三十年文學大系」中的一本散文卷寫序，細讀卷中作品，發覺很多作者年紀只有二十幾歲、三十幾歲，而文字真是了不起，拿 1950 年代和現代來比，真比不上。看到年輕一輩在文字上下工夫，對我們這樣年紀的人是很大的安慰——有這樣的人，文字才不會淪落到不是文學的文字。

丘：您剛才提到現在歐美寫散文的人很少，其實一般人應該很喜歡看

散文的。為什麼寫散文的人逐漸減少了？

　　吳：有一個原因，我想就是現在所謂工業化的國家，人太匆忙，所以看兩種東西他們可以很快接受：一種是短篇小說，二是 non-fiction（非小說）。「非小說」當然包括很多，但有一個最基本的因素——對人有一點刺激，不需要經過什麼思考。

　　比方我們在喝杯茶，你品一下，稱為「品茗」。那個過程，幾乎不是現在社會所容許的過程；讀散文恐怕要閒一點，散文的味要稍微閒一點的人才能接受它，才能像喝一杯茶下去，欣賞一點茶的品質；這種悠閒在現代工業化社會沒有。工業化社會最好能夠有一點刺激的東西：「非小說」也好、小說也好。

　　我不願意判斷這是好還是壞，這是一個現象。

　　丘：有沒有復甦的可能？

　　吳：這就要看日常生活的速度，以及生活的大環境。

　　你可能讀過了美國寫自然的作家梭羅（Henry D. Thoreau）的作品，他住在新英格蘭。將來也許人覺得接近自然是唯一的路徑，也許他那樣的作品又會復活過來。

　　目前的傾向，散文成為暢銷書的情形恐怕很難有，因為好一點的散文，英國的也好、美國的也好，到嘴裡總要嚼了一嚼，回味一點；現在美國吃速食、漢堡、麥當勞，那種趣味要他去嚼散文，嚼不出來。

　　丘：這樣比較起來，臺灣是很難得。在臺灣一般出版界，散文的出版和銷售情況相當好，小說倒不太好賣。

　　吳：我常說最近這幾年臺灣社會富足、安定，多少對「閒」有幫助，人可以享受一點閒暇。有了閒暇，去吸取文化的欲望就跟常常出去吃小館子的欲望一樣，很容易發生。他覺得可以慢慢讀一下散文，嚼一嚼味道，不單是找一種刺激，找一本偵探小說看看案子是怎麼破的，有了怎麼樣的結局。

　　散文可以說是一無所有的東西，它是身邊的瑣事。我很佩服一位散文

家懷特（E. B. White），他寫的就是日常裡最不重要的事——非常瑣碎的事情；但是你讀了會覺得，除了政客瞎說八道、造原子彈、闖禍之外，人生還有很小的事情——聽見兩隻鳥在那裡唱的聲音，伐木人的一點回音……可以引起你一點感觸。這種生活情調沒有，那一種文章也就寫出不來。

　　丘：有人把散文分為周作人式、徐志摩式、魯迅式、夏丏尊式、許地山式……，您對這種分類的看法如何？

　　吳：文學史家這樣分類，是為了使讀者有一比較明確的概念；我覺得這樣很好。

　　丘：可是，這樣分類是否對寫散文的年輕一代比較不公平？因為很可能自然的把他們歸入其中一式，而事實上他們並未受其影響。

　　吳：我想，這不致於有什麼不好。楊牧曾經寫一篇談散文的文章，把散文歸類成幾個形式，交代得很清楚，這有用處，因為這幾年產生了不少散文作家、不少散文作品。當然嚴格的說那個人的散文一定屬於那一類，是很牽強；不過，做為一文學史家，多少要給人一點明確的概念——在散文方面有幾個開山始祖，他們多少形成一個流派，後面有些人無形中也走了那條路，或是同時走好幾條路。分的本身，我覺得有用，至少對年輕人去接觸過去 70 年裡頭的散文，看到那麼多人寫那麼多文章，而又各顯神通，文學史家如楊牧所作的分類，讓讀者認識散文可以有好多不同的寫法，這對後面的人研究過去幾十年散文的成果，有一點引導的作用。

　　散文分類是不是會把年輕人的創作限制住？這個危險不大。因為有才的人一定會走出自己的路；而且寫散文通常是很個人化、很 informal 的，個人的為人風格多少會反映出他散文的風格，所以沒有什麼危險。

　　丘：以小說而言，一些偉大的小說家，像托爾斯泰寫《戰爭與和平》、杜斯妥也夫斯基寫《卡拉馬助夫兄弟》、《罪與罰》，這些作品所以偉大，因為包含了悲憫、同情、對社會的關注而成為經典之作。散文是不是可以和小說一樣？

　　吳：這是個很大的問題。你剛才所說的是小說中的經典之作。散文可

以不負你所說的幾類的使命，它可能是一種無我的狀態；過去 70 年有名的散文，很難說有什麼「時代的使命」，它也許反映那個時代很小一件事情，那件小事情也可以助長你對人生的洞察。說它的貢獻有多大，也不容易。

寫作經驗

丘：您怎麼會在各種文學創作形式中選擇寫作散文？能不能談談您的經驗？

吳：我的文章實在不成東西。

你問我為什麼寫散文？因為我不會寫其他的東西。試驗寫小說寫不成，朋友編雜誌要我寫，我只能寫一些我個人的一時感觸，或者我忽然看到一件事情，聯想到一些什麼，我就順手把它寫下來。每個人說話有他特殊的節奏，散文也有它的節奏，有人喜歡我那樣的節奏，覺得這個人的文章還可以讀，這是個碰巧的事情。

我寫的時候，沒有存心去教育任何人，完全寫身邊一點點瑣事，或者寫一點點見到的感想；假如在多少、多少人裡面，忽然有一個人被它觸動，可以起一點迴響，這都是很偶然的事情；不是那篇文章有什麼功勞，是很巧碰到這麼一個人，他看了之後可以有一點反應。

我想寫這類散文的人，不會覺得自己負有多大使命感的。

丘：您通常有沒有記日記、寫些箚記的習慣？

吳：沒有，平常我沒有什麼雜記。我寫這類的文字，常常是見到一件事情、或興起一個想法，忽然觸動我一下，我想寫下來，就多少把它發展開來，慢慢成為一篇文章；不像小說先有構想、情節；我都是隨手寫下的。

丘：您每天有沒有固定什麼時間寫一段文字？

吳：絕對沒有。

丘：完全隨興之所至？

吳：對的。也有時候寫一、兩段覺得不成東西就扔掉算了，並不是坐

下來今天一定要有「克難成果」幾千字。通常是隨意所至，若寫不下去就算了，如果後來覺得剛想到的概念還有點意思，就再去「發展」它。

　　丘：剛才您提到散文的問題，至少文字要比較精煉，您還提到散文有一種節奏；那麼在文字、節奏上，寫散文和寫詩究竟差別在那裡？

　　吳：英國有位詩人撒姆爾・泰勒・柯立芝（Samuel Taylor Coleridge），他跟華滋華斯（Willam Wordsworth）是同時代的詩人，也是批評家。他說：「詩是把最好的字做最好的安排，散文是把好的字做好的安排。」換句話，你剛才的問題只是一個層次上的區別，當然寫詩還有其他的條件，但是在文字上，把好字好好的安排，詩和散文也只是一個層次上的區別。

　　我前天跟瘂弦談起，好幾位現代詩人的散文寫得都棒，像楊牧就是其中之一，余光中也是其中之一。因為他們本來的文字就已經精煉，換過來寫散文，也許很自然對字、句安排花的工夫比一個生手少一點，但是他們的本錢也比較雄厚一點。

對寫作散文的建議

　　丘：有一些比較年輕的朋友，對寫作有一種渴望，他們或許有個問題：如果想寫散文的話，到底要具備什麼樣的條件？

　　吳：第一，文字要通順，句子要造得比平常精煉一點。想要成為好的散文家，文字不通就過不去。第二，多少培養對人生很多小的興趣，很多看上去微不足道的事情，能觀察到，把它寫出來。

　　另外，宋朝有位詞人說「少年不識愁滋味，為賦新詞強說愁」；很多年輕人其實沒有什麼愁，最糟的就是寫得哭哭啼啼，不哭哭啼啼也好像總是愁，看到花落要愁，看到春去也要愁，這種「情操」，寫不出什麼好的散文，因為他本身這種感傷就太膚淺了一點，不切實際。我想文字是最基本的，非得弄通不可，運用時少走脆弱感情的路，步子稍微穩一點，這樣的文章寫出來比一把鼻涕、一把淚要站得住。

　　丘：那麼在閱讀方面呢？

吳：不能因為寫散文就只讀散文集子，那樣的話，天地就很小了。

體驗生活的趣味，是很重要的。如果把古今中外散文讀了之後，也開始寫散文，而你可能沒有一點那些人寫散文所具備的其他條件；文字儘管還不錯，但人生的觀照沒有一點洞察力，寫出來還是很膚淺的東西。

我想，古往今來，大概寫散文的大家對人生都有相當深的體認、洞察力，對大大小小的事情有一些獨到的見解。學寫散文，若有人生感觸筆之於書，加上文字精煉，一定會成為比較好的散文。

臺北假期的安排

丘：好了！非常謝謝您，我們「嚴肅」的訪問就到此為止吧！臺北這四個星期您想怎麼安排？

吳：你說我是「閒雲野鶴」，我看現在倒有點像「五馬分屍」。一些老朋友請吃飯，沒有辦法拒絕。我現在做得到的是人家要我演講，我可不答應，說：「叫我講什麼東西我講不出來，我沒有學問。」可是吃飯呢？如果人家說，你飯都不會吃嗎？我就沒話答了。朋友這麼多，而且大家熱情可感，只好看胃能夠挺多久。

電話響了，魯芹先生邊笑著邊提起電話，說：「拉『散坐』的，說不定又有人雇車了。」

——1982 年 8 月 16 日《聯合報》副刊

——選自丘彥明《人情之美》

臺北：允晨文化公司，1989 年 1 月

——2014 年修訂

《吳魯芹散文選》前言

◎齊邦媛[*]

　　文章傳世，須待後世陌生人的鑑識。散文在所有文類中似乎是最易成篇，最難傳世的。傳世的作品必須自身發光，它那小小的身軀纔能穿透時代的隔閡，呈現在後世讀者之前，而不被埋沒。在中國文學傳統中，散文的生命力一向是強壯的。抒情記事的小品，寓意深遠的諷勸，引經據典的議論，種種傑作照亮了後世的道路。白話文學雖只有 70 年歷史，已產生了甚多傳世佳作。臺灣光復至今 40 年，文學寫作自懷舊到創新，開拓的新局面更廣。吳魯芹的散文，無論就文字風格，立論見解和融合了中西文化的時代性而論，可以傳世是無疑的。

　　吳魯芹原名吳鴻藻，1918 年生在上海。在進新式學堂之前已從師讀古文，習書法且終身研練，興趣不減。抗戰初期畢業於國立武漢大學外文系。來臺後入美國新聞處工作，13 年後赴美，1983 年逝世於美國加州。他個人的經歷也具有一種典型的時代意義——他半生「學以致用」的是英美文學，對西方文化有深入的親身領悟。但是骨子裡的中國情操卻隨年歲而更趨成熟醇厚，在文字、感情和生活中終身思慕，終於回歸文化的故鄉。

　　1953 年，35 歲的吳魯芹出版了他的第一本散文集《美國去來》，寫的是他在美國國務院交換計畫下訪美三個月的觀感。對光復初期的讀者而言，海島外的國家仍是遙不可及的地方，《美國去來》若是旅遊見聞應可吸引更多讀者。但是作者志不在山水，他用中西文化互譯的「知者」的眼光經由現實的表面看進美國文化的實質。因此，這本三十多年前出版的小

書——30 年間由各種角度為旅美見聞的書何止千百冊——至今仍甚可讀。
除本集〔按：指《吳魯芹散文選》〕已選的〈閒人請進〉、〈民為貴〉之
外，尚有〈婦女與家庭〉一篇、〈政治篇〉兩篇、〈美國人〉、〈種族問題〉、
〈農村〉、〈我的同胞〉共九篇。作者在〈楔子〉裡自謙為「鄉下人進城」，
但所見所思卻何等深入，切中肯綮。三十多年來，由臺灣到美國去來的人
何止百萬，目的，遭遇不同，觀感自亦不同，但皆能同意文中所讚揚彼邦
對個人生命與尊嚴的尊重。這些年中，世局變遷與臺灣的繁榮都非當年可
比，但今日重讀這兩篇，並無陳舊之感。可見好的散文必有超越時空的魅
力。

　　真正使吳魯芹「成名」的是 1957 年出版的《雞尾酒會及其他》。書中
14 篇散文大部分是他與夏濟安、劉守宜等創辦《文學雜誌》的「副產
品」。也有幾篇是登載在《自由中國》、《論語》、《自由談》等當時最重要的
刊物上。在那些年裡，雞尾酒會和電話都不普遍，一般人的生活在清苦中
尚能保存一些閒適的情調。在〈雞尾酒會〉與〈置電話記〉兩篇中，吳魯
芹幽默地寫活了當年「抵抗」它們入侵的努力和妥協的無奈。這種幽默在
同集中〈我和書〉、〈懶散〉、〈請客〉，和 25 年後復出所寫的〈數字人生〉、
〈談俗〉、〈談睡〉、〈杞人憂天錄〉、〈旅遊只宜提倡說〉等篇中更見發揮，
可說是最典型的吳魯芹散文，典雅而瀟灑地融合了論爭正反兩面的對立
感。嚴肅與輕鬆的風格交替出現，全篇達到優雅的平衡。這種優雅大概即
是彭歌在〈哭吳魯芹〉一文中所說的「輕裘緩帶」的境界吧。

　　但是輕裘緩帶也好，在煙斗後微笑不語也好，吳魯芹並不總是一個肯
和平妥協的人。追慕古風，他好以「談」、「說」、「論」、「辯」為題發議
論。「談」、「說」時多是心平氣和，妙語如珠，「論」、「辯」卻常動怒氣。
一談到虛誇的文人，怒氣就會燃成火氣。例如〈論讀書人與懷才不遇〉，由
「最難伺候」開始論「讀書人的絕症」，滿篇是對熱中名祿的文人鄙夷之
情。他很公平地說：「屈原『入則與國王圖議國事，以出號令，出則接待賓
客，應對諸侯』這點活兒，並不是讀了幾本破書的人，人人都做得了

的。」吳魯芹認為不自量力的野心文人,「不遇」乃是萬民之福。此文實在
是早期〈文人與無行〉的續篇,可說是他最辛辣的文章。寫嘲諷文最忌偏
激刻薄,吳魯芹擅長舉例剖理,自然能化解呵責語氣的冰霜,而產生諷勸
的說服力。其實文人無行也罷,虛誇可鄙也罷,病根都在一個「俗」字。
吳魯芹認為任何人都可以俗,而自稱為讀書人則不可以俗。他秉持著傳統
文人的自重,堅信文人的風骨關係文化的品質。因此在他所有的文章裡都
看得到熱切的關懷。即使在標題醒目的〈不受干擾權的防禦戰〉一文中,
他所不惜一戰防禦的豈止是死亡的尊嚴!他隔海讀報,對自己同胞的俗,
簡直劍拔弩張地「生起氣來了」。

　　在談、說、論、辯之外,吳魯芹寫了更多記事小品,記他生活中的山
川、田園(不是旅遊所見,這一點他在〈旅遊只宜提倡說〉中敘明甚詳)。
景物入眼大約都是隨緣。也記觀劇、看畫、會友,都能用一份悠閒心情和
風趣筆調娓娓道來,最能反映這個時代居住海外中國人閒適的一面。但此
處所選四篇懷念師友的文章更見結構完整,感情醇厚,寫出了念舊的最深
的境界。〈記夏濟安之「趣」及其他〉確實寫活了知交為人處世態度和他的
舉手投足,言談笑貌。由宋人對聯「開張天岸馬,奇逸人中龍」聯想起,
到想像逝者可能來到老友深夜聚談室內,「搖晃著他手中的酒杯,讓冰塊撞
擊玻璃發出叮噹的聲響……聽我們在談論他,不發一言,暗自好笑。」由
臺北克難歲月合辦《文學雜誌》到海外各自發展理想處處能見苦中樂趣。
在此文中作者不言死別之悲,只說「濟安是一位極有趣的人,他去世之
後,大家覺得這世界更空洞一點更黯淡一點」。夏濟安得此一傳,雖死猶
生,確可不朽了。

　　同樣是記友情,〈報恩除是轉輪時〉與前文就全然不同。周棄子是位在
現代鬧市中堅持傳統文化的才子。他的白話小品文集《未埋庵短書》其實
是很入世的。但是他的舊詩詞更為受人重視欽佩。可惜為人為文頗為消
極,常作遁世悲戚語。吳魯芹既然說「賞析棄子詩作,非吾所敢」,在此所
記只有 20 年別後重逢的歡愉,已宣稱「人——不見人;名——不見報」。

瘦骨嶙峋依舊的詩翁見了故人，健談依舊：「別人插嘴，說不上三五句，標點尚未點穩，棄翁一個箭步，就收復失地，繼續他的高論了。」文中所引周氏贈詩，連所附短柬亦十分精采。此文載於《臺北一月和》中，書出於魯芹逝世後一個月。一年後周棄子亦去世，真應了他詩中讖語：「失友遂無聞過日，報恩除是轉輪時。」

重回臺灣文壇後，吳魯芹文章中常提「報恩主義」。報親恩、師恩、朋友們知遇之恩，乃至報刊雜誌「措辭極婉轉，而態度極堅定」的編輯先生。這個封建意味的「恩」字，在他心中已被現代化，一切可念的，可感的，可敬的人生際遇和人都有恩當報。文人報恩最高的形式當然是文字。《雞尾酒會及其他》出版後 13 年，臺北的《傳記文學》創辦人劉紹唐催出了他紀念陳通伯、章淪清、夏濟安的三篇文章，且於 1975 年編輯印行《師友‧文章》一書，收集了他新作 14 篇散文。此書一出，吳魯芹與臺灣的文緣重新牢牢繫起，才促成日後六本書問世，深受讀者歡迎，1982 年夏天他在去國 20 年後首次回來，為《聯合報》徵文作評審，在臺灣一個月，與新交舊友暢敘，又被「逼」出多篇文章。

〈記吾師章淪清先生〉描繪出一位近乎理想的中學教師，以其雍容穩定，溫煦和善的身教將正在人格形成期的少年引向求學做人的正途。章先生的幾句名言，如「百病可醫，唯俗病是絕症」；「為文多『嚼』幾遍再下筆」，和「打掉牙齒和血吞」等，影響吳魯芹極為深遠。他一生不為名祿奔走，不肯作多產作家，「在悲戚中傲然昂首」等種種態度，由此也都有源流可循了。這些為人原則成為他論辯文章中的基本精神。吳魯芹散文的特色在文字的精鍊。在他筆下，文言白話有不露痕跡的妥帖，融洽。特別是在奇峰突起的幽默語中，文白相雜的「天然湊泊」（周棄子語），最令讀者欣賞。由於章先生曾教他如何辨詩句中的四聲，他早即注重文字的韻律節奏，多年運用之後已純熟自然，不須雕琢便音韻與文意調和，自成一體了。

由「記」章淪清先生到〈哭吾師陳通伯先生〉，作者歷經了抗戰時期離

家漂泊的痛苦經驗。在中學時代有溫暖的家庭和穩定的教育，師恩教誨固是難忘，但在充滿溫馨的回憶中，心情是平和的。而受教於陳源（通伯）教授門下時，已是有家歸不得。在武漢大學遷駐的川西古城，貧病交加，通伯先生的溫慰關懷豈止是雪中炭！更何況這位老師是他入學前即已仰慕的《西瀅閒話》的作者和評論家。自此師生成了半世的文學知音。「輕裘緩帶」是陳通伯那一輩文人所常有的形象，吳魯芹半生用英文謀生，但思想與感情卻澈底保持中國方式。這種堅持不僅有文化補償作用，也是對師友恩義的又一種忠誠罷。

　　《暮雲集》中最後一篇〈泰岱鴻毛只等閒〉就是一篇偶有諧句卻立意莊嚴的遺言罷，結語說：「人總歸不免一死，能俯仰俱無愧，當然很好，若是略有一些愧怍，亦無大礙。智愚賢不肖，都要速朽的。君不見芸芸眾生中，亦有一些不自量力求寬延速朽的時限的，誰不是枉費心機？誰不是徒勞？」這種「允許」人生不免「略一些愧怍」的誠實寬厚態度，在本集所選的〈死‧訃聞‧墓碑〉一文中有更具體的發揮。寫到人活著時種種，吳魯芹的態度確是瀟灑的。在談到墓碑文字時，他仍能從容地作「華洋雜處」的奇妙融合。在這樣的墓碑前面，即使死神也會暫斂它的猙獰罷。

　　張佛千在《餘年集》序裡說：「瀟灑應該是最高層次的『閒』，因為吳魯芹無往不瀟灑，所以他的文章中的幽默，如泉湧地，涓涓無窮。」「閒」的境界得來何易？客觀的條件即使可以達到，心境的修鍊卻非一朝一夕的事。在〈散文何以式微的問題〉文中，吳魯芹稱我們今天所處的時代是前所未有的「打岔時代」，他認為「朱自清，周作人轉世，生在今日的中國，他們寫散文的衝動，不給這個時代的『巨輪』輾死，也會大打折扣的。」但是文字純正的，令他起一種「骸骨的迷戀」的散文，「並沒有完全絕跡，不過是出諸不同的形式而已。」譬如臺灣報紙的方塊文章，乾淨俐落，可以幫助青年讀者思路清楚，文字通順。在《臺北一月和》書前代序的訪問記裡，他說：「好幾位現代詩人的散文寫得都棒，像楊牧就是其中之一，余光中也是其中之一。他們因為本來文字已經精鍊，換過來寫散文，也許就

很自然對字、句安排花的工夫比一個生手花的少一點，但是他們的本錢也比較雄厚一點。」

與「骸骨的迷戀」相反的，是對有血有肉的現代文學的鼓勵。在同一訪問中他說：細讀「聯副三十年文學大系」的散文卷，發現很多作者年紀只有二三十歲的，「而文字真是了不起，拿五〇年代和現代來比，真比不上。看到年輕一輩在文字上下工夫，對我們這樣年紀的人是很大的安慰——有這樣的人，文字才不會淪落到不是文學的文字。」這是他對臺灣幾十年來文學創作的肯定，對我們這個時代寫不同形式散文的作家的期許。

臺灣光復後，吳魯芹是第一位將當代文學作品編譯成英文向海外介紹的人。當年書中所選的年輕作者，日後幾乎都發展不凡，成為臺灣文壇響亮的名字。余光中在悼文〈愛彈低調的高手〉中追憶他編譯的《中國新詩選》1962 年出書之後，吳魯芹「遠避鏡頭，隱身幕後……暗中把朋友推到亮處……」這位高手彈低調都是在談他自己的時候。他的自謙乃至自嘲在現代讀者眼中是舊式的，甚至是迂拙的。這是一個鼓吹自信的時代，而他明明是個充滿自信的人，否則那雍容瀟灑的風格由何處來？那麼他的自謙只是出於對舊文學形式「骸骨的迷戀」麼？還是由於他懸的太高而不輕易自滿？或者更可能是對虛誇自滿文人的反諷？對於令他佩服的人，他是很敬重的。他所有的文章中有一個共同的關切，就是文人的風骨。為了維護文人的形象，他寫了一系列「文人相重」的實例，「意在稍正視聽，並非完全是作遣興的遊戲筆墨也」。書出之日他已逝世兩個月。「文人相重」是何等心胸的臨別贈言！

吳魯芹 1982 年回臺灣時，出版界的朋友曾建議他編自選集。他雖以少產著稱，也累積了七本散文集。當時他重回臺灣文壇不久，還是手握彩筆，虎虎生風的「一條老漢」，誰知竟然瞬息辭世。我為編譯英文本《中國現代文學選集》，不僅詳讀臺灣重要作品，且曾多次為文評介，但是為吳魯芹編選集，卻是件意外的事。編選過程中，也感到是件極費思量的差事，難處全在取捨之間。《雞尾酒會及其他》、《瞎三話四集》及《餘年集》中文

章幾乎每篇都應選入。斟酌再三，加上魯芹夫人葆珠的意見，終於只好捨去多篇，而由他全部散文集中各選數篇代表作成集，紀念他一生寫作的過程與成就。所選早期各篇原文都未註明寫作年月，只有由它們初版出書的日期去判斷它們成篇的年代了。

——1986 年 4 月 5 日《洪範雜誌》

《吳魯芹散文選》洪範書店出版

——選自齊邦媛《霧漸漸散的時候》

臺北：九歌出版社，1998 年 10 月

雞尾酒會裡的人

論吳魯芹散文

◎張瑞芬[*]

> 我很願意一輩子在海外旅行，只要我能從那裡另外借一輩子留在家裡。
>
> ——吳魯芹，〈旅遊只宜提倡說〉，《餘年集》

臺大外文系背景的作家，小說傑出者似乎比散文要多，其中以散文名家的吳魯芹（1918～1983）與齊邦媛（1924～），恰好都是武漢大學外文系出身，在抗戰年間四川樂山求學，前後受過陳源（西瀅）與朱光潛影響，也同樣擅長譯作與文學評論，齊邦媛身為學妹，吳魯芹猝逝後為其《暮雲集》寫序，並編有《吳魯芹散文選》，盛讚吳魯芹的散文輕裘緩帶，從容坦蕩，「在他靜靜的潭水中，有懾人的力量」，絕對是可以傳世的。她也指吳魯芹雖以西文為專業，濡染舊學仍深，堪稱「古典文學與文人傳統的最後一代」。[1]

齊邦媛所謂「這一輩人」，大約指的是吳魯芹、夏濟安和林以亮（宋淇），他們年紀相近，私交甚篤，出身滬上，中英俱佳，有很深的美國關係。同以《文學雜誌》影響現代文壇，曾被余光中稱為「trinity」——「三位一體的上海幫」[2]。如今三人都已謝世，影響力稍減，僅吳魯芹仍在文壇

---

[*]逢甲大學中國文學系教授。

[1]齊邦媛，〈文章千古事——弦斷吟未止的吳魯芹散文〉，吳魯芹《暮雲集》序言；〈輕裘緩帶風格的文章〉，原載《中華日報》，1986年3月27日，11版，收入《吳魯芹散文選》序言。二文又見齊邦媛《霧漸漸散的時候》（臺北：九歌出版社，1998年10月）。

[2]林以亮創辦香港《譯叢》雜誌，夏濟安與吳魯芹則創辦《文學雜誌》，對當代文學影響甚鉅。廖之韻整理，〈夏濟安、吳魯芹、林以亮——當代作家看典藏散文〉，《聯合報》副刊，2006年8月17日，E7版。

上享有盛名。1984 年起《中國時報》與《聯合報》輪流舉辦「吳魯芹散文獎」，至今〔按：2005 年〕已 22 屆。得獎者包括楊牧、王鼎鈞、余光中、簡媜、蔣勳、周芬伶、鍾怡雯、蔡珠兒、劉克襄、阿盛多人，成為文壇獎譽的重要指標。2006 年，九歌與洪範不約而同推出吳魯芹舊書重印的《低調淺彈——瞎三話四集》與《吳魯芹散文選》，也可見出吳魯芹於臺灣當代散文「再典藏」的「經典」主流地位。

吳魯芹散文量少質精（齊邦媛謂為「吝產作家」），三十餘年僅得數本。1983 年去世前僅有《美國去來》、《雞尾酒會及其他》、《師友‧文章》、《瞎三話四集》、《餘年集》，去世後整理出版的是《臺北一月和》、《文人相重》、《暮雲集》、《吳魯芹散文選》。然而佳篇甚多，〈雞尾酒會〉、〈喝湯出聲辯〉、〈番語之累〉、〈置電話記〉、〈記夏濟安之「趣」及其他〉、〈談俗〉、〈談睡〉都令人難忘。

彭歌 1975 年跋吳魯芹《師友‧文章》，曾讚譽他優遊古今中外之間，絕無中國人的「頭巾氣」或夷狄的「方巾氣」：「從思想到生活，從談吐到著述，其實毫無洋派的氣息。有著一種說不出來的從容坦蕩的意趣，他在幽默之中仍然保存著東方讀書人的尊嚴感、責任感……很少以劍拔弩張的氣概與人有所爭論，但他的議論與評鑑都是嚴肅、公平，甚至有一種沉重的趣味。」足見吳魯芹將一種平淡的體式，不著痕跡的提升了境界，從簡單中見出趣味與內涵。是理性的閃光，也是藝術的實踐，真正落實了《文學雜誌》標舉「繪事後素」的理念。

吳魯芹散文，基本上涵融了「祖宗遺產與西方散文風格」，偏向民初「語絲派」周作人與林語堂「主觀」、「個人」定義的小品文或隨筆，是「狹義的散文」，也是我們所指的「純散文」。吳魯芹〈評散文〉（《餘年集》）即曾說：「今天所說的『散文』，大約範圍已縮小到西方文學中的所謂『informal essay』，這裡面就包含了小品、隨筆、素描、雜感等」、「它的『主觀』與『個人』意味，十分濃重」。〈評散文〉也說，為文重點在於「安雅」，主要是「文字講究」。而林語堂於 1930 年代定義「隨筆」、「小品

文」，〈論小品文筆調〉也認為相對於「載道文學」，「隨筆」、「小品文」是
「言志文學」，它是主觀的、個人的。「小品文」就是「個人筆調」
（personal style），與「娓語體」（又譯為「閒談體」）（familiar）。[3]

　　吳魯芹屬於五四傳統與大陸來臺自由主義人一系，他的散文是一種知
性「隨筆」（essay），雜學博通，下筆閒散，餘味無窮的「個人化的主觀知
識」。[4]雖則知性論理，卻文采斐然，顯露性情，特別見出「人格美」。如普
里斯萊（J. B. Priestley）所謂，是一種「談他自己，或他自己和外界一切的
關係」的文章。[5]重視散文藝術性的吳魯芹，文白夾雜，湊泊天然，且意境
文雅，深得幽默神髓，完全是當得起「小品文家」（Essayist）或「文體家」
（Stylist）稱號的。

　　吳魯芹本名吳鴻藻，字魯芹（常被誤認是冰心丈夫吳文藻之弟），在散
文表現上，可分為 1950 年代與 1970 年代兩個時期。1950 年代吳魯芹以
《美國去來》和《雞尾酒會及其他》奠下聲名，並與劉守宜、夏濟安主辦
《文學雜誌》。1960 年代赴美任教，並長住美國，任職美國新聞總署，自
此停筆多年。1970 年對吳魯芹的寫作是一大轉捩點，是年吳魯芹恩師陳源
（西瀅，字通伯）驟逝，吳魯芹揮淚提筆作〈哭吾師陳通伯先生〉一篇長
文，此後陸續寫了懷念師友的〈記吾師章淪清先生〉、〈記夏濟安之「趣」
及其他〉、〈記與世驤的最後一聚〉多篇，集成《師友・文章》（1975 年）。
而後吳魯芹筆力健旺，不久又出版極受好評的《瞎三話四集》（1979 年）。

　　1979 年吳魯芹退休，之後數年間創作量大增，至 1983 年去世前，竟
寫了五十餘萬字。包括《英美十六家》訪談錄、《文人相重》作家個論，散
文集《餘年集》、《臺北一月和》、《暮雲集》，成就了自己後期散文的顛峰。
1970 年代吳魯芹散文改易風格，談師友、論人生，〈數字人生〉、〈旅遊只

---

[3]林語堂，〈論小品文筆調〉，《大荒集》（上海：生活書局，1934 年），頁 230。
[4]楊照，〈華麗而高貴的偏見——讀董橋的散文〉，《聯合報》副刊，2002 年 6 月 17～19 日，39 版。
[5]普里斯萊（J. B. Priestley）曾於"Essayists, Past, and Present"一文，界定小品文就是「小品文家」
（Essayist）的作品。引自方重，〈英國小品文的演進與藝術〉，《英國小品文的演進與藝術》（臺
北：臺灣學生書局，1971 年 10 月），頁 2。

宜提倡說〉、〈談睡〉諸篇，幽默感更見發揮。齊邦媛就盛讚吳魯芹此一時期的作品，「典雅而瀟灑的融合了論爭正反兩面的對立感。嚴肅與輕鬆的風格交替出現，全篇達到優雅的平衡」，是為「最典型的吳魯芹散文」。[6]簡而言之，1950 年代一鳴驚人，1970 年代風格成熟。吳魯芹為人與為文都擅「低調」，從書名「雞尾酒」、「瞎三話四」的雜拌兒風格，到「餘年」、「暮雲」的謙抑自況，都帶著智者的溫厚。陳子善曾形容林以亮的文字為一種「理性的閃光」，[7]用來形容吳魯芹，似乎也相當適當。總體而言吳魯芹散文風格，輕裘緩帶，在煙斗後微笑不語，兼有六朝名士逸趣與林語堂、梁實秋風範。有人稱之「老派」，嫌其迂拙，卻也有認為其文更勝於梁實秋、思果、余光中者。[8]

　　吳魯芹 1950 年代寫作伊始，實非刻意。他曾自稱文章寫得慢，且生性疏懶，誠可謂「兩句三年得」。據〈「兩句三年得」的「票寫」生涯〉（《師友・文章》）與〈記雷儆寰與趙君豪的拉稿作風〉（《餘年集》）二文所記，早年作品都是編者逼稿成篇的成果。1950 年代吳魯芹散文極少，發表於《自由中國》、《自由談》、《文學雜誌》與香港《幽默月刊》上的戔戔數篇，幾乎都是主編軟硬兼施催逼得來。這些 1952 至 1957 年間的文章，集結成了使他聲名大噪的《雞尾酒會及其他》一書。

　　吳魯芹雖成名於《雞尾酒會及其他》（1957 年），但是《美國去來》（1953 年）才是他的第一本書。這本總為 60 頁的小冊子，緣起於應美國國務院之邀訪美三個月，走馬看花近二十州之所思所感，包括了〈閒人請進〉、〈家庭與婦女〉、〈政治篇〉（上）（下）、〈民為貴〉、〈美國人〉、〈種族問題〉、〈農村〉、〈我的同胞〉九篇文章。吳魯芹《美國去來》以流暢深思

---

[6]齊邦媛，〈輕裘緩帶風格的文章〉，《吳魯芹散文選》序言；原載《中華日報》，1986 年 3 月 27 日，11 版。

[7]陳子善，〈理性的閃光——宋淇（林以亮）早期佚文小議〉，《明報》第 33 卷第 1 期（1998 年 1 月），收入林以亮《更上一層樓》（臺北：九歌出版社，1996 年）。

[8]楊照，〈寫給成人讀的散文〉，《聯合文學》第 12 卷第 12 期（1986 年 10 月）；游喚，〈從洪範版《餘年集》論吳魯芹散文〉，《散文季刊》第 1 期（1984 年 1 月）。

的文筆，展現了對美國民主與文明社會的觀察，殷海光曾對此書中民主社會與制度的省思即深表贊同。然而由於吳魯芹任職「美新處」的背景，臺灣與美國「反共」的共同立場，《美國去來》不可避免的被指為過度親美，且美化美國社會，忽視當時美國社會的貧富懸殊與種族歧視情況。[9]

　　1950 年代吳魯芹《雞尾酒會及其他》一書中，已經相當能見其幽默天賦，中英俱通的學養，與文白夾雜的功力。做為一個好散文家的基底，幾已完備。在〈雞尾酒會〉中，吳魯芹用一個洋禮俗的聚會場景，道出中國人隨西俗的尷尬情狀與不知所措。酒會中，人人微笑侍立，「忝陪末站」，可稱「同罪」（共同受罪也），其中多有手持杯酒，卻「目送飛鴻」者。它的文字趣味，來自文白語句的渾然無間，也來自中西文化的反差，製造了極為耐人尋味衝突與幽默。

　　吳魯芹的散文節奏，是快慢相間，收放自如的。在文言白話交錯或典故運用時，有繁管急弦之狀，目不暇給之勢，在開頭或結尾，卻多半擅長放慢步調，徐徐圖之。常能造成一種錯落有致的美感與節奏，也是一種近似於美國散文大家懷特（E. B. White）文風的影響，是刻意經營，又要呈現自然的樣貌。在他後來《餘年集》中的〈訪史坦貝克故居——歸後胡說〉、〈喝湯出聲辯〉同樣用了這樣的技巧。〈訪史坦貝克故居——歸後胡說〉，在敘及諾貝爾文學獎得主美國小說家史坦貝克的一生、作品與後來的不同評價後，以一句言簡意賅的話做為總結：「唯一不朦朧恍惚的，是史氏故居午餐餐廳端出來的一碗蔬菜湯，那一點不含糊」。看似將話題岔開了去，卻意在言外，留下不少深思回味的空間，真可謂言有盡而意無餘。〈喝湯出聲辯〉亦然，言「喝湯可出聲」、「喝湯禁出聲」二派議論洶洶，各有立場。一位快人快語且即將出國的朋友，痛快淋漓的駁斥了「出聲有辱國格」說。結尾同樣是輕省的一句：「現在想想，他很可能是一個『喝湯出

[9]殷海光，〈評介《美國去來》〉，《自由中國》第 8 卷第 6 期（1953 年 3 月 16 日），頁 28～31。王梅香，〈初探戰後美援文化與臺灣現代主義文學的崛起——以「美國新聞處」、《今日世界》為觀察對象〉，清大「第一屆全國臺灣文學研究生學術研討會」論文，2004 年 5 月 1～2 日。

聲』的人」。

　　《雞尾酒會及其他》改造成語與一語雙關的妙趣，亦臻妙境。〈番語之
累〉中言英語稍佳之人，常被另眼看待，誠所謂「敬之所至，累亦隨之」。
吳魯芹也擅作反語，〈約會〉中即稱，在這個任何事都事先預定行程的世
界，「我們不但知道明天有些什麼事——除去意外，我們並且知道明天見些
什麼人」，真可謂「今日已知明日事，他生未卜此生休」。諷喻意味，不言
可喻。〈置電話記〉、〈請客〉二文，幾可與梁實秋〈電話〉、〈請客〉媲美，
〈約會〉、〈談說謊〉亦佳。〈文人與無行〉、〈番語之累〉由於密度太高，太
過文言氣，略嫌急促。許多人認為吳魯芹早期文字如《雞尾酒會及其他》
近似錢鍾書，想必據此而來。1970 年代復出後，吳魯芹的《師友・文章》
顯然更為圓熟，收放自如，轉折多姿，且露出較多「自我」的痕跡。嘲諷
中見寬容，所謂「諧而不謔」，西文與中語的巧妙結合，成為新一代散文典
範，流露出恬淡蕭散的雋永。[10]

　　師友文章，文人相重，是書名也是人生寫照。吳魯芹一生交誼甚廣，
早年見知於陳源、凌叔華夫婦，後知遇於任叔永、陳衡哲（莎菲）夫婦，
另有臺灣、香港、海外如莊因、陳若曦、齊邦媛、亮軒、喻麗清、殷張蘭
熙多人。在為人處事上，吳魯芹是持「報恩主義」的，他總是謙和自牧，
「暗中把朋友推到亮處」。余光中〈愛彈低調的高手——遠悼吳魯芹先生〉
就說，1970 年代美新處出版英譯本《中國新詩選》，此事原由吳魯芹促
成，酒會中胡適、覃子豪等眾名家雲集，照片拍出來卻無吳魯芹。其功成
不居，遠避鏡頭，隱身幕後，可見一斑。教學多年，吳魯芹戲稱自己誤人
甚多，但一生只認熊玠與葉維廉為其弟子。熊玠形容其師筆下含蓄，文字
簡鍊而含意深，如「涓滴細流，取之不盡」，同是弟子輩的莊因，也稱吳魯
芹一生「慎獨，愛好文學，知道愛惜文學的價值及其生命」。[11]吳魯芹以對

[10]夏志清，〈序〉，《師友・文章》（臺北：傳記文學出版社，1975 年 12 月）。森明，〈失友遂無聞過
　日——記吳魯芹先生與《臺北一月和》〉，《文訊》第 3 期（1983 年 9 月）。湯晏，〈「泰岱鴻毛只
　等閒」——紀念吳魯芹先生〉，《傳記文學》第 258 期（1983 年 11 月）。
[11]熊玠，〈水上天鵝——憶吳魯芹老師〉，《聯合報》副刊，1985 年 7 月 30 日，8 版。莊因，〈記

文學的執著與努力，詮釋了「文人相重」的涵義。其人其文，在寒涼人間，都像一溫暖的強心針，令人感念。

　　夏志清為《師友・文章》作序時，慧眼指出《雞尾酒會及其他》最晚的一篇〈小褹人物〉，吳魯芹已不再刻意幽默，而藉一個虛擬的故事，澆一己塊壘，把一個小人物的悲涼刻劃得入木三分，風格開始有了轉變。吳魯芹 1970 年代以《師友・文章》復出文壇，從人情回顧一生，多了年齡與歷練，他的散文更見精醇。《師友・文章》中最真情感人者自然是〈哭吾師陳通伯先生〉、〈記吾師章淪清先生〉。前者為名重一時的學者文人，於武漢大學院長任內，對肺疾體弱的吳魯芹有提攜照顧之情，後者則為一藉藉無名的中學國文夫子，卻奠下了作者一生的書法與文字根柢。章淪清「為文忌俗」的教誨，文章首重四聲、平仄與節奏，使吳魯芹一生受用無窮。《師友・文章》中，〈小說死也未？〉、〈「眉批」美國文「市」〉有倚馬萬言之狀，〈博士與博士銜〉、〈數字人生〉也都膾炙人口。然而《師友・文章》中的點睛之作，絕對要數〈記夏濟安之「趣」及其他〉。

　　吳魯芹〈記夏濟安之「趣」及其他〉傳誦一時，幾稱人物外傳代表。夏濟安（1916～1965）英年早逝，其學術貢獻亦未及彰顯，這篇長文卻從好友的角度見其人之真誠。起首先用反筆，說到夏濟安是一位極有趣之人，他去世後眾友咸感落寞，「主要是為此，文章還在其次，學問更其次」。夏濟安之趣，不在口舌爭勝，「他首先口齒就不伶俐」，主要在於其為人之真。夏濟安好請客，宴後送走客人還要檢討一番，正經八百的回想細節：「開頭的引子，沒有交代清楚，是一敗筆」。雖然不諳籃球，旅途中老爺車拋錨，眾人推車時，夏濟安為省力氣，竟用「假動作」矇混；幫吳魯芹小女寫作文，竟獲小學教員批「丙上」而抱頭鼠竄。夏濟安的博學、急智與個性，又從麻將桌上冷眼看小看他本事的同事去查英文字典，回以「我打牌之餘也認認字的」一語見出。吳魯芹的〈記夏濟安之「趣」及其

「立吞會」的緣起——兼懷吳魯芹先生〉，《聯合報》副刊，1983 年 8 月 25 日，8 版。

他〉，把一個心地靈巧，手腳笨拙，卻有著真性情的學者寫活了。

吳魯芹《臺北一月和（ㄏㄨㄛˋ）》（1983 年）記晚年回臺訪友，特別能見出他的文壇交遊。此書原於《聯合報》以〈「老漢」歸國日記鈔〉發表，並獲美國《世界日報》轉載，少見的以日記體的形式，寫回國一月任《聯合報》小說獎評審及種種生活細節。吳魯芹自稱「稀泥是和」，遂以之為名，用誌雪泥鴻爪之意也。從他與詩人張佛千的楹聯應和，與周棄子的老友重逢，頗見其友人性情與儒風古趣。

吳魯芹後期（1970 至 1980 年代初）散文《瞎三話四集》、《餘年集》、《暮雲集》三本中，以《餘年集》最佳。機智的光芒依然，卻多了優容的氣質，閒雅的風度，少了《雞尾酒會及其他》的緊張感，敘寫更為舒緩合度。在這個時期，吳魯芹在〈散文何以式微的問題〉也開始提出自己的散文理念。《莊子》、《左傳》、《史記》、明人小品、五四以後的白話散文與法國、英國 19 世紀諸家的作品，使他體會到「好的散文要靠文字的純正」，「無形中對舊時十分講究的散文起一種『骸骨的迷戀』」。在 1978 年受訪時，吳魯芹提及散文家中，較喜歡周作人、俞平伯、朱自清、林語堂以及陳源，並道出「一個寫作的人，最重要的原則應該是忠於自己，忠於藝術」。

吳魯芹 1970 年代後，如余光中所稱：「筆力純而愈肆，文風莊而愈諧」。他的幽默突梯，未減當年，用最省儉的文字，作最大的聯想與語意的延伸。例如說到此間對海外人士的厚愛，頗多口惠，至於「有僑皆領，無人不學」；形容趕路：「上次歐陸之遊，是租了一輛車子，豕突狼奔」；談生死大事，引朗費羅的名句說：「青年人可能死，老年人是非死不可」；打趣中國文人好為書齋命名，致「軒堂樓館，皆由圖章上起造」；請客時，主人集江浙名菜大成，蔚為大觀，賓客「逐一引頸就義」，都令人絕倒。

就文章言，《瞎三話四集》的〈談俗〉、〈談睡〉、〈杞人憂天錄〉、〈死·訃文·墓碑〉極佳。《餘年集》的〈翡冷翠夜夢徐志摩〉簡直有錢鍾書名作〈魔鬼夜訪錢鍾書〉的神韻；〈六一述願〉面對花甲之齡，大言「我已經過

了六十了，不能再這樣規矩下去了」;〈書與書房〉自嘲讀書半生，晚年只剩一「惡補齋」，像孔乙己伸開五指將碟子罩住，彎下腰去說道:「不多了，我已經不多了」。〈泰岱鴻毛只等閒——近些時對死的一些聯想〉大有面對生死，泰然瀟灑的達觀;〈喝湯出聲辯〉言中西文化之異，結尾奇崛，大有林語堂《生活的藝術》之妙趣;〈旅遊只宜提倡說〉更是妙語如珠，美景是值得看，「但是不值得特地跑去看」;「我願意一輩子在海外旅行，只要我能在另外借一輩子留在家裡」。

　　1979 年，吳魯芹退休後，享含飴弄孫之樂，遷居美國西岸加州舊金山，名家居為「待震廬」(由於不知何時地震光臨，遂「安以等它」)。之後三年，於書房「惡補齋」苦讀，並於十個月內，旅行三萬多里，訪遍十多位英美作家，遂成《英美十六家》。《英美十六家》[12]用力之勤，有認為可媲美邱吉爾《大人物小傳》(*Great Contemporaries*)及艾柏林《名人印象》(*Personal Impressions*)者。之後吳魯芹的《文人相重》記外國文壇作家情誼，以維吉尼亞・吳爾芙與凌叔華的文字因緣開篇，將學術史料用流暢文筆敘述，亦同為力作。這些工作都奠基於吳魯芹任職美國新聞總署時，長年撰寫美國文藝趨勢與書評的功力。

　　於《英美十六家》(1981 年)訪談錄中，吳魯芹曾讚譽散文大家懷特(Elwyn Brooks White)那種「親切的，個人的，沉思的」散文風格，已經把評論文字提高到成為一種藝術境界，也因此他多次訪懷特未遇，卻不以為忤。閱讀懷特，「是一種得到寧靜，聽一個陌生人說些與我不相干的事，說得那麼婉轉動聽的喜悅」。吳魯芹甚且說:「如果只准談一位當代我所喜歡的作家，伊・碧・懷特之外，實不作第二人想」。用批評家屈爾林(Diana Trilling)的說法，懷特散文的近親是梭羅(Henry David

---

[12]彭懷棟，〈吳魯芹《英美十六家》質疑〉，《聯合文學》第 18 期 (1986 年 4 月);〈何處惹塵埃——吳著《英美十六家》疑團未釋〉，《聯合文學》第 26 期 (1986 年 12 月)，質疑吳魯芹襲用《巴黎評論》，而後吳葆珠，〈浮世本來多聚散——〈吳魯芹《英美十六家》質疑〉的質疑〉、葉維廉，〈真象假象——從吳魯芹作家訪談的錄音談起〉，《中國時報》，1986 年 11 月 10 日，8 版，為之澄清。

Thoreau），遠親則是蒙田（Michel Eyquem de Montaigne），一言以蔽之，明白曉暢也。夏志清曾說，吳魯芹不僅文筆學懷特，二人連個性和處世哲學（謙沖容人）也頗相近[13]的原因。

「渭北春天樹，江東日暮雲」。與其說齊邦媛所稱吳魯芹《暮雲集》是「暮靄沉沉楚天闊」（柳永的離愁也太悲涼了），還不如說是渭北的杜甫思念江東友人李白。1950 年代麻將桌上「吳夏劉」（劉守宜、夏濟安、吳魯芹，諧音「吳下流」）創辦的《文學雜誌》，終於和《自由中國》於 1960 年同時結束，《春臺小集》同人聶華苓、司馬桑敦、林海音、何凡、殷海光、雷震、彭歌、琦君夫婦、夏濟安、吳魯芹、劉守宜、郭衣洞（柏楊）、徐訏、周棄子，如今皆已星散。

多年之後，或許有人記得吳魯芹的散文，誰還能記得《文學雜誌》名稱乃賡續抗戰前朱光潛編的《文學雜誌》而來？夏濟安任編輯，劉守宜當經理，宋淇負責海外約稿，吳魯芹掌財務，余光中也為新詩部分下過不少心力。這份刊物在反共年代的中心理念是「樸實、理性、冷靜」，「嚮往孔子的開朗的、合理的、慕道的、非常認真可是又不失其幽默感的作風」。路線上傾向西洋文藝理論的翻譯與引介，走的是「為文學而文學」的學院派路線。吳魯芹也將臺灣的文學與美術作品英譯，介紹過黃君璧、藍蔭鼎、鄭曼青、高逸鴻給西方世界的讀者，文學方面則編譯有 *New Chinese Stories*、*New Chinese Writings* 等，出力甚大，打開了 1950 年代閉鎖的文學風氣，並成為白先勇《現代文學》世代的啟蒙。

白色風衣，黑色法國呢帽，加一副時髦淺茶褐太陽眼鏡，[14]眾人口中的「服裝最佳教授」，筆下幽默同情，淚中帶笑。唯參透道理，能說話近情。那個雞尾酒會裡的人，是這樣站在人群中，又能體會塵世之外悲喜的。

——選自張瑞芬《荷塘雨聲——當代文學評論》

臺北：爾雅出版社，2013 年 7 月

---

[13]夏志清，〈最後一聚——追念吳魯芹雜記〉，《聯合報》副刊，1984 年 7 月 15～16 日，8 版。
[14]劉紹銘，〈瞎三話四說因由——追懷吳魯芹先生〉，《印刻文學生活誌》第 37 期（2006 年 9 月）。

《美國去來》

◎殷海光*

「鮑魚之肆，竟聞芝蘭之香！」

評者在朋友處偶然看到這本書，展閱之下，不禁脫口而出。

現在，街上有成堆成碼的出版物應市。這固然大有助於印刷業之振興，但也大有助於知識之荒蕪與情感之枯燥（黃色貨品例外）。在旱海中行腳的寂寞旅人，意外地看到一片綠意思，使人聯想到大地或有回春之時，寧不驚喜！

這本書共計 12 節。節節都是可讀之作。內容輕鬆而不失莊嚴，雋永而意味深厚，富於幽默感但卻不失於憤世嫉俗。在一筆一畫之間都深藏著耐人體味和夠人追求的道理，卻毫無說教氣氛。作者遊美不及百日，而能將所見所聞，如此輕巧而又深刻地勾畫出來，使我們依稀想到美國立國真實心理要素之所在。由此足見作者觀察力銳利，感應力靜敏。不知作者是否為一記者。如為記者，就記者應該具備的素質言，當為世界第一流記者。

我們且從第二節開始，看裡面說些什麼。「有一天，我有意去聯邦調查局參觀，依我的臆測，這地方總得由官方介紹了。於是我就去請教國務院一位辦理聯絡事宜的人。他說用不着介紹的，走進去就是。他們每隔半小時，就有一位嚮導人員帶路到各部門去參觀。這次我是同十多個互不相識的人，週遊了聯邦調查的大廈。我這位姓名身份不詳的人，還不甘緘默，隨時隨地提出問題，提一些杞人憂天的問題。例如『聯邦調查局日益強

---

*殷海光（1919～1969），本名殷福生，湖北黃岡人。學者、散文家。發表文章時為臺灣大學哲學系教授。

大，會不會於不自覺中，傷害了民主政治中最寶貴的個人自由』？我說杞人憂天，並非毫無理由。因為我已逐漸體味到在美國，凡有損於民主精神，有悖於民主原則的事，不會聽其成長的。我當時的用意，祇不過是給他一個題目做做。此人甚擅辭令，妙語橫生，我不免想難他一下。他的答覆，現在回憶起來，已甚模糊，似乎是聯邦調查局，祇是法律的耳目，聽命於法律，受司法機構指揮的。……」

聯邦調查局是負有特殊任務的機構。這種機構而可任人參觀，寧非不可想像之事？世人好稱某些國家為「鐵幕國家」。實則這個名詞還不夠表達真相。「鐵幕」係就其對外而言。其實在鐵幕以內，極權統治者又把整個國家分隔成許許多多小格子。這一個格子裡的人民與那一個格子裡的人民都不能自由交通。至於「政府機關」，那怕小如芝麻，都是不能自由進去的。至於負有特殊任務的機構，那就更不用說了。在以蘇俄為範型的國家，到處都是「祕密」。祕密，乃構成權力一大要素。在這類國家，負有特殊任務的機構，才是國家最後的統治權力。司法，不過是掩飾此一權力的面紗而已。這與美國之以聯邦調查局為司法的工具，成何等尖銳的對照！

作者在記述他華府與白宮之遊裡說：「我在華盛頓的時間不久，見聞不廣，但似乎未曾見到『閒人免進』的字樣。大約華府的公私建築物，都無拒絕入內的意思。……白宮每星期有幾個上午是開放的。我走進去同我走回我寄宿的旅舍一樣的毫無困難。值勤的警員，同我互道一聲『您早』，如此而已。」又說：「這一天逛白宮的人頗不少。大家極其悠然自得。有的在草坪上逗松鼠，有的在綠廳，藍廳，紅廳中看擺設，鑑賞歷任總統的畫像；有的與值勤警員聊天。（他可能在批評總統的不對之處，警員也祇有微笑不置答而已，絕無加罪之意。）……」

這是何等令人心嚮往之的境界啊！然而，在另一方面，史達林走的路老百姓都不許走哩！其他的空間，類似的人物（毛澤東為其中之一）所到之處，莫不戒備森嚴，令人望而卻步。同在一個地球之上為什麼二者相去若是之遠呢？無他，一個民主，一個極權而已。民主國家的人之心性，是

公開的心性（open minded），因而民主的社會是公開的社會（open society）。恰恰相反，非民主空間專愛管人的人之心性是封閉的心性（close minded）（封閉的心性者，見不得人的心性之謂也。）因而他們只有藉暴力，組織，和宣傳的力量將他們控制之下的社會造成一個祕密社會（secret society）。祕密社會一旦建成，人人便處於恐怖戒懼之中。所以，在民主的公開社會裡，人人天真活潑，坦白真誠。而在極權勢力籠罩之下的社會，則處處是陰鬱，沉默，猜忌，冷酷，處處是在做作，處處在勉強之下行事。俄共算是把這一點做到堪供「示範」的地步。

第五節論政治。這種論法，很值得望雲霓而色喜的人注意：「我對兩黨的政治競賽，有一粗淺而極基本的印象，覺得那簡直像兩個買賣人爭顧主，兩個孩子在父母前爭寵愛。」

「主顧何人？父母何人？老百姓也。」

寥寥數語，道盡了民主政治底基本要素。

極權政治與民主政治幾乎是事事相反的。在極權統治之下，主顧何人？父母何人？曰，統治階層而已矣！在極權空間，人民想苟活殘生，除了把頭削尖一點往上爬以外，不甘者只有乖乖順順規規矩矩，照嚴格規定的路子舉止動靜。至於「競選」，確有那麼回事，但不過做做樣子，「競舉」而已。

作者說得很真實：「我幼時讀書，讀到稱地方官為父母官，後來又在公民教科書上讀到官吏是人民的公僕，心中甚為茫然，因為他們兩者都不像。名士如袁枚作縣知事時，猶說『此地蒼生尚感恩』，儼然民之父母。以官為生者，當尤甚焉。看美國的政治活動，覺得『民為貴，社稷次之，君為輕』的原則，簡直是不折不扣。玩政治的手段，有可訾議之處。但大家看得清楚，老百姓是本錢，說得天花亂墜沒有用，必得老百姓相信而後可，因為那張票在他手裏。艾森豪威爾將軍，可能不懂政治，但他有一點本領能贏得人心，那就是誠懇。在七月四日美國國慶那一天，他的火車經過我逗留的愛和華州栖得賴城，在車站發表十五分鐘的演說。大家的印象

是此人誠摯，直率，可靠。這一類形容詞加諸叱吒風雲的人物如艾帥身上，未免平淡無奇，分量太輕。但是今年初冬，他若是能成為白宮主人，依我看來，就得力於這幾個似甚平淡的因素。……」

搞「政治」而要「誠懇」，在咱們東方人看來簡直是不可思議的事。咱們東方人搞政治的定律與美國人底可剛好相反。在咱們東方，歷來搞政治愈是詐欺愈能成功。詐欺發展至極，就把至多跟你我相像的人烘托成天神天帝。而東方的倫理形式主義和超人的聖人觀所產生的心理效應，則又大有助於這種烘托之成功。在東方而搞政治，就怕的是欺騙不倒。老子騙倒你，老子就跳到你肩頭上。你聽信了謊言而上了當，你活該。如果艾森豪的「誠懇」搬到東方來，保險他一敗塗地，還要落得個「大傻瓜」的美名！

東西「文化」不同故也！

又說：「儘管大家十分熱心於政治，大家並不十分羨慕總統這份差事。某次一位朋友要我猜在美國最挨罵的是誰。我怎麼也沒有猜中是總統。經他一點破，我才恍然。總統日理萬機，忙中的舉措有時不免有小錯。忙中的情緒，也不免會開罪於人。這些當然都招來不滿，挨罵了事。未被開罪的人，也還是要罵的。大約凡有不滿，最理想的去處，是往總統頭上一堆。罵得理直氣壯，或者不無理由的固然有。更多的是潑婦罵街。據說某次報上竟發現相等於我們罵人『狗養的』字眼，加諸杜魯門身上，結果居然彼此泰然相安無事。……」這種情形，在我們東方人聽來，簡直像在講天方夜譚的故事。

第六節談的是「民為貴」。咱們東方許多人，除了顛沛流離，憂役勞形之外，又加上恐怖迫害，這樣限制那樣限制，弄得早已忘記了真正的「人」是個什麼樣子的東西了。要想作個人，或者體味體味人的生活是怎麼回事，不可不細讀這一節。為了引起讀者底興趣，評者茲將其中最精采的地方徵引出來：

「『民為貴』這種精神，同時也直接幫助了民主政治中最關緊要的個人

尊嚴這一大原則的建立。我在美國旅行了兩個多月之後，漸漸體悟到一件似乎不可捉摸，而又似乎鐫在每一個美國人臉上的一個記號，那記號若必須用文字來概括其涵義，大約應該是『我和你一樣的好』。在財富上我可以不如你；在學識的廣博上，我可以不如你；在才能上我可以不如你；但作為一個人，我絲毫不比你差什麼。擦皮鞋的也好，報販的也好，一副怡然自得的神情，覺得自己的工作，同樣是為公共服務的一部門，與貴為卿相的人，在職責上有差別，是性質上的，其中並無高貴微賤等不通的意思。他們面對着高官巨商，談笑風生，毫無自卑感。本來什麼叫做高尚職業，低能的人自卑感作祟，想以頭銜身份來彌補的一種辦法而已。我看到擦皮鞋的與顧客互相說些俏皮話，彼此大笑不已；聽到飯館裏隣座向侍者要一樣什麼東西，先說對不起，再則連聲道謝的情景，總覺得那是我們東方人彬彬有禮的傳統，何以在東方反要漸漸失傳了。」這才是人的生活！

禮貌在東方漸漸失傳，即使殘餘一點，也只空有形式，毫無真情實意。之所以如此，原因之一，是東方人不懂科學；不講民主（「民本」並非民主。請弄歷史和談玄學的人別胡扯！澳洲的牧人有羊群作為財富之本，是謂「羊本」。但不能說是「羊主」啊！以紫亂朱，是最可惡的行徑。一國底文化，即使真是「世界最優美的」，也不見得無所不包囉！）不講民主生活，禮貌不是屈服的象徵，便流於虛套。不懂科學，便不知怎樣「利用厚生」。不知怎樣「利用厚生」，久而久之，社會底生活基礎和内容枯竭甚至於傾倒下去（有事實為證）。於是，禮貌等等，根本維持不了。「衣食足而後禮義興」。「人窮志短」是也（此處並非唯物之論）。這種道理本極淺近，可惜在半天雲裡高談「歷史精神文化」和「唯心論」及「理想主義」的人立腳點太高，高到忘記了。不食人間煙火，不知人是什麼者，雖力竭聲嘶，何補於時艱哉？

作者在前一節底末尾就談：「『民為貴』這種氣氛，特別使一個鄉下人如我者歡欣。我初到紐約時，一位新聞記者來訪我，問我對美國的印象如何。我說，如果有誰要我為百餘年前那位法國政治家堵哥所說，『美國是人

類最後的希望』作注解，我第一就得說，民為貴這種精神，在美國發揚光大到如此地步，可以給嚮往民主自由而獨在徐徐學步階段的其他民族一種提示。一切事在人為。在另一方面，又可給正在地獄邊沿上與極權掙扎的人們一種鼓舞。人不必一定要壓迫其他的人，才能顯示其優越與高貴；也無需欺負別人，才能生活愉快。舉世之人，何以視納粹，法西斯以及共產主義等極權集團如洪水猛獸，主要是他們不把人當人。芸芸眾生，不懂什麼主義；但是一旦有誰要把芸芸眾生當成機器上的零件，小螺絲，而不把他當做人，結果是『予與汝偕亡』。歷史上的例子有的是。凡不把人當人的，最後必如夏天的蛾子，撲向燈火，倒下了事。」

納粹，法西斯，以及共黨類型者，莫不以壓迫欺侮大家為優越。此所以劫數連天也！他們底政權取之不以其道──連騙帶搶搞到手的，並且建立於不義之上。人心當然不服。人心不服，而彼輩為欲鞏固其政權，於是必須壓迫大家，欺侮大家，行之既久，就形成了第二天性：壓迫大家，他們才生活愉快。這正像張獻忠底令堂大人一樣，不聞人血腥味，夜不安寢！

評者還是繼續徵引第六節裡精采之處吧！作者說：「不以頭銜，身份，財富，自絕於人，自然朋友也就多了。有人批評美國人交朋友，一見如故，親熱非凡，但沒有深度，不見得很能持久。這一觀察不無理由。但他們那種交朋友的習慣，頗叫人喜歡，見面不久，距離就沒有了，就不再用某某先生某太太之類的拘束稱呼。不論年齡上差異多大，或地位如何懸殊，大家都直呼其名，甚至互喚小名，稱兄道弟，偶爾聽到一聲某先生就覺得刺耳。拿我訪問過的栖得賴城為例。我到的那天，去拜訪市長，所謂禮貌上的拜訪是也。我當然稱他市長先生。寒暄一番之後，相安無事。當晚商會會長請我吃飯，市長是陪客，在我的隣座。我仍舊照例稱他『市長先生』，我實在沒有想到這有什麼不妥的地方。但他立即提出相反的意見了。『老兄，夠了夠了。你若再不直截了當叫我的名字，還這樣市長先生市長先生下去，就不是朋友了。』他又接下去加以解釋：『每當有人不直呼我

的名字時，我就得起一點戒心，我想他一定是對市政不滿，來提出抗議的；再不然，就是代表什麼團體向我募捐的吧。凡直呼我的名字的，我就可以坦然了。』」

這是何等新鮮可愛的風氣！喊「市長先生」，反而覺得也許是市政辦得不好，或不夠朋友，直呼其名才夠朋友，這也許又是與咱們底「歷史精神文化」不同之處吧！在咱們東方，一個「白丁」如果不稱呼一個做「部長」的人作「部長先生」，或直呼某市長為「老兄」，那才是自觸霉頭，你底事辦得通才怪哩！評者有幸，寄寓的地方可巧左鄰右舍不是「長」就是「官」。矮矮的牆頭之外，常有人問路：「某某主任是那一家？」起初，我很大驚小怪：為什麼人沒有名字，只有「官銜」？我就直截了當問他：「那個人姓甚名誰」？該問路的人等竟不置答，從來沒有一個例外。這好像人一作了「官」，姓名是不可說，說了便犯諱似的。我底本意，是想提醒這些過路君子：人底名字比官銜更香，更大方，更永久。但是，人是可根據歸納法而理解經驗的動物。經過的這種例子既多，我發現了一個通則：原來這樣稱呼，是經過現在的生活環境和訓練所形成的一個新風氣。這種新風氣，才真正象徵著實質上的進步。自有此重大發現以來，我就放棄了提醒別人之無益的努力。

妙的還在這裡：「另一晚，我們到荷姆士泰鎮一處俱樂部去晚餐。我發現廚司對市長也是直呼其名，稱兄道弟的。（東方的『歷史精神文化』則是『君子遠庖廚』——評者）他給我介紹那位名廚時，說他不僅做得一手好菜，而且有政治頭腦，有行政的才幹，『下次我競選時，要請他出馬當總幹事的』。大家相與大笑。此種毫無階級觀念作祟，才見出人的真價值。」這才表徵出貨真價實的民主。民主不是一塊招牌，而是人所應享的生活方式。

又說：「個人尊嚴，不是單行道交通，大人在上，臣罪當誅。這祇是在做戲，席終人散，誰的尊嚴都不存在了。」這幾句話說得輕鬆極了，但也莊嚴極了。這幾句話，道盡了古往今來一切奸雄，獨裁者，和極權者底後

果。你看那希特勒與莫索里尼之流，生前何等神氣，何等威風。他們底玉
照要到處高掛。他們底話要人奉若金科玉律。他們要被劫持的人民跟著他
們一樣想，一聲令下，誰敢不從？誰敢不恭維他們？表面看來，他們底戲
做得真是夠熱鬧了。然而，曾幾何時，「席終人散」，他們底尊嚴那裡去
了？他們底玉照那裡去了？誰再記得他們？一根草也沒有！只落得史家諷
刺幾筆罷了。惟有耶穌、釋迦牟尼、蘇格拉底這些人，生前受盡冷落或迫
害，但死後卻給人類留下無窮的惠愛，受到萬世的景仰。說到這裡，我聯
想起今日的史達林和毛澤東這一路的貨色。他們深住宮禁，「一言天下
令」，指頭一撥，舉世騷然，桌子一拍，千萬人身首異處。「得意」是得意
極了，「尊嚴」也尊嚴極了。但是，可惜有一點美中不足：就是他們底得意
和尊嚴要靠子彈來維持。子彈達不到之處，就是他們底尊嚴掃地之處，嗚
呼哀哉！

　　第七節論「美國人」。作者說：「美國人天性愛動，愛羣體生活。可是
有一點特別易使人注意的，是他們在羣眾中不失掉他的個性。他們好羣，
但不受羣眾的情緒左右。第一次大戰期間，主持英國海外宣傳事務的一位
布祥君，在描述美國人民的性格時，有兩句名言。他說在美國，某種熱
浪，可能一下子就波及全國，轟動一時，但不久就敵不過根深蒂固的個人
主義，而趨於平靜。他的結論是，美國人可以受領導，但是供驅使就辦不
到。『民可使由之』，祇是歷史上的陳跡。這說法，在現代世界上，祇有在
極權國家找立足之地了。」

　　「可以受領導」但「不能供驅使」這話底分寸拿得多麼穩。「受領導」
與「供驅使」底分界在那裡呢？二者之分別，猶黑與白之不同，絲毫不能
蒙混。受領導者，乃各個個別的人基於自由意志之所向及對某一情勢之理
性的了解，為要實現某項目標，自動並自願推舉大家公認為對某項目標之
實現最富能力的一個人或一團體底人，在其指引之下，向此目標趨進。羅
斯福之於新政乃是領導而不是驅使。50 年前若干人之對於參加辛亥革命者
是領導而不是驅使。華盛頓之對待為脫離英國之羈絆而作戰的美國人民，

是領導而不是驅使。反之，一大團亂糟糟的人，失去自由意志，對於某某情勢又無理性的了解，更茫茫然不知此身將欲何之，亦更不確知誰最有能力救大家出於苦海，少數或一團奸雄乘機而起，先之以煽動，繼之以組織與部勒，強使大家走向自己所規定之「路線」，或滿足自己之狂想，甚或滿足其個人情感之好惡，這便是驅使。秦始皇叫人築萬里長城，是驅使而不是領導。埃及金字塔是驅使數十萬人底遺跡。修阿房宮的人是被驅使的。毛澤東之聚集數十百萬人「治淮」是驅使而不是領導。⋯⋯領導與驅使之不同，若涇渭之分明，絲毫不能混淆。民主國家即使發生集體行動，都是受領導而行的。極權地區底集體行動是被驅使而行的。「驅使」，乃現代最大的人為罪惡。

　　「美國人對自己的批評，十分苛刻。而且我覺得他們比我們東方人好批評。小自市區內某一條下水道失修，大至國家的外交政策，他們都要鉅細無遺地痛加抨擊。美國人通常不喜歡官辦的事業；討厭政府用一批冗員。我到華盛頓不久，碰到一位商人，他聽說我是國務院的客人，就問我可知道國務院用了多少人，在華府有幾座大樓？我說不很清楚。他說，他也不清楚究竟用了多少人；但是他知道一共有二十六座大樓，裝得滿滿的。『老兄！不是我吹毛求疵，我是一個納稅人，我得打我的算盤。他們用那麼多人，是必要的嗎？』他們對官辦的事業，也從不讚美。這大約有兩種原因：第一官辦事業，多少妨害了個人發展的機會。在美國謀個人的發展高於一切。第二，官辦事業，聲勢浩大，很容易把私人企業的功績，淹沒乾淨。⋯⋯他們說國務院總是愛給遠道來的人看看 TVA 的偉大處，嘆為觀止。事實上，若以美國比做壁上的那座掛鐘，使這鐘擺的嗒作聲的，不是一個 TVA。『而且，你若是懂得技術上的盈虧』，他接着說，『我可以告訴你，TVA 是年年虧本的。』」

　　這裡告訴我們，民主國家經濟的內容是什麼。在真正的民主國家，個人經濟之自由發展是高於一切的。官辦的企業，是不受人歡迎的東西。如果官辦的企業，在美國尚且年年虧本，何況在其他地方？美國許多人不喜

歡華府那一座座裝滿大批「冗員」的大樓。這種感覺，正是民主的感覺。假若一個地方，凡屬高樓大廈，幾乎都為官家機關占用。交通工具，幾乎全部為官方控制。滿街直衝橫撞的幾乎都是公家車輛。工廠與資源又莫不是公營。這就像一匹牛，頭長得特別大，角長得異常長，而身子卻瘦小得可憐。你想，這頭牛還能真正健全發展麼？

　　第 11 節「箚記」字少，但輕靈可喜。其中幽默的話頗多，例如：「有人說華盛頓的進口貨物以紙為大宗。華盛頓運出去大約以廢紙為大宗。——那一面有字了。」華盛頓尚且製造廢紙，非華盛頓之處更不用問了。的確，有些人天一亮就往外面跑，忙著把大堆大堆的白紙變黑。這固然有益於造紙工業，但何有於「國計民生」？芝麻大點小事，表格填不完，似乎嚴重得很，像煞有介事的樣子。豈不浪費生命？我建議多設立幾個圖書館。

　　這本書，只有短短 60 頁。但評者覺得它比許許多多 600 頁的書所包含的還多。它裡面所包含的，不獨有美國生活方式底基本原則，而且有很健康的教育意義。我們之所以反共，最基本而且顛撲不破的理由，分析到最後，就是要作個像人的人。共產黨不許我們作人，他們要驅策我們作政治權力底工具，所以我們反共。這點最起碼的低調，至少應該能適用到教育上。如果從事教育者尚把年輕的一代看作是人而不是政治工具，並且希望他們發展成一個正常的人，那末就應該讓他們讀些有益於心身的書。像吳魯芹先生這本著作，就是其中之一。評者認為這本書最適合於作中大學生底課外讀物。

　　這本書底字句錯落不少。標點符號尤未注意。這是美中不足之處。希望作者能於再版時著意修正一番。

——選自《自由中國》第 8 卷第 6 期，1953 年 3 月

《師友‧文章》序

◎夏志清[*]

　　19 年前，劉守宜兄一人兼辦文學雜誌社和明華書局，著實出了幾本好書。先兄濟安同劉老闆極熟，按道理每出一種新書，寄我一冊，也很方便。但濟安知道那幾年我在美國「充軍」，1957 年從酷熱的德薩斯州充到最冷地區——紐約偏北小鎮波茨坦（Potsdam），每周作業至少有三、四十本大一作文要改，忙不過來，連他自編的那本小書《小說與文化》（其中有我的文章），也不寄我一本（後來臺大中文系高材生楊慶儀來哥大進修，藏有此書，我毫不客氣地把它沒收了）。濟安寄我的書只有兩種：姜貴的《旋風》和吳魯芹的《雞尾酒會及其他》（文學雜誌社，1957 年），意思是說：我教英文雖忙，這兩本新出的中文書非讀不可。我當時看了《旋風》，立即在我《近代小說史》加了個附錄，表揚一番姜貴的成就。讀了《雞尾酒會及其他》後（有些文章在《文學雜誌》看過了），覺得魯芹兄寫小品文這樣到家，一定下過苦功，熟讀美國小品文名家。書中表露的學問，也相當驚人，同我哥哥一樣，是深有「武功」的人，無怪他們二人在臺北同事多年，成了莫逆之交。書中壓軸大文〈小襟人物〉，形式介乎小說和散文之間。寄沉痛于幽默，讀來更感人。可惜我算是搞小說的（其實我對英詩下的功夫較深，反而擱之一旁，也可算是造物弄人），一直沒有把我讀《雞尾酒會及其他》後的感想寫出來。現在魯芹兄囑我為他新文集《師友‧文章》寫序，趁機會也把《雞尾酒會及其他》重讀了，這樣對魯芹二十多年

---

[*]夏志清（1921～2013），江蘇吳縣人。學者、評論家、散文家。發表文章時為美國哥倫比亞大學東亞語文系教授。

來寫散文的成績，可以有個概觀。

魯芹兄雖以散文聞名於世，他中英文底子好，也是翻譯能手；有好多年在臺大開「文學批評」這門課，對中西古今文藝理論讀得很熟，當年若有雄心，真可以寫兩篇唬人的重文，變成臺灣批評界的權威。但當權威必有霸氣，魯芹覺得 1930 年代的三位名家——朱光潛、梁宗岱、李健吾——就有些霸氣，「好像他們硬要我們穿義大利製的皮鞋，法國製的小帽，並不太顧到我們這雙腳和這個腦袋的尺寸。」其實他們三人所代表的西洋批評傳統，還算是比較溫柔敦厚的，魯芹當年若要建立他的權威，非寫得更嚴肅、更科學的論文不可，這樣有違他的本性，不如不寫。魯芹自己沒有把「洋理論移植」到臺灣來，但他苦口婆心，至今仍期望做「移植」工作的年輕一輩，不要「太霸道」。事實上他走出學院門牆已 12 年於茲，享盡清福，像我這樣關在學院裡作研究的人，每有新的理論倡行，只好迎頭趕上，免得「落在『時代巨輪』後面吃灰塵」（魯芹妙語，見《雞尾酒會及其他》集）。前一陣想一知「結構派」（Structuralism）文藝理論之究竟，讀了兩本入門書，叫苦連天。魯芹少年時不愛數學，「結構派」理論，簡直有些像微積分，比我們中學裡讀的代數、幾何，難上幾倍。

近二、三十年來，英美兩國寫小品文的愈來愈少，緣由何在，我在〈談散文〉那篇訪問裡略加說明，雖然也說得不大清楚（請參閱《純文學散文集》附錄）。現在想想，小品文之衰弱，與其未受當代英美批評家之重視，也有些關係。「新批評」家認為「隱喻」（Metaphor）才是文學的要素，強調作品的有機體組織；因之他們討論詩、詩劇，最得心應手，分析小說、話劇也尚能應付自如，唯獨小品文家信手寫來，不可能像寫詩一樣講究嚴密的組織，努力加強其文章裡隱喻、明喻，和一切象徵性東西的密度。「新批評」家對小品文避而不談，造成的印象真好像是小品文是文章之末流了。「神話派」、「結構派」都著重文學的神話性，而且所謂「神話」都可追溯到上古時代的野蠻故事（如伊狄潑斯弒父娶母，米地亞殺子之類），小品文家卻非常文明，即使談到「怪力亂神」，總帶些譏嘲的態度，覺得人

類為甚麼還是這樣野蠻。他們可能很愛好上古的神話,寫出來的文章在精神上卻和「神話」是背道而馳的。所以那些比「新批評」派更新的文評家,情願花氣力研究 Bram Stoker 小說 *Dracula* 之類的「吸血殭屍」文學(因為它的「神話」成分太豐富了),也不去討論約翰生博士、蘭姆沒有「神話」味道的小品文。19 世紀的幾位大散文家,如卡萊爾、羅斯金、亞諾德,當然仍是研究的對象,但研究重點乃是他們的思想和生平例如羅斯金的性無能同他的藝術評論有甚麼連帶(關係),而不是他們的文章。臺灣情形和美國一樣,「大一英文」這門課才著重散文,讓學生作文作得清通些;大二開始,文學研讀的對象是詩、小說、戲劇,和批評;散文這樣東西不夠「有機」,不夠「神話」,研究起來當然不夠味道。

我國一向詩、文並重,民國以來的教育制度顯然更著重文,中小學生不斷讀古文,講授詩詞,倒要看國文老師的高興。像魯芹恩師章淪清先生這樣的全才,既教學生「應用文」,又教他們寫詩,實在可說是絕無僅有。魯芹這一代,從小背慣了古文,初讀英國文學,當然很容易被幾位大散文家所吸引,他們的氣勢這樣盛,文字音樂性這樣顯著,讀起來實在比唐宋八大家更引人入勝。那時「新批評」還沒有抬頭,用不到顧及「意象」,「象徵」,「隱喻」這些東西,把文章朗誦本身就是一種樂趣。魯芹認為「文章先得寫好才能談其他」,而所謂「好」與其節奏大有關係。《師友‧文章》全書充滿自嘲,唯對寫文章此道,認為沒有「自誤」,跟章淪清先生學詩,真學到了寫文章的訣竅:

　　我承認詩沒有學成,但是辨四聲這點小技,真是一生受用不盡。一九五〇年代我在臺灣偶爾寫一兩篇散文在刊物上發表。某一天我的一位學生恭維拙作容易讀,似乎有一種特殊而自然的散文韻律。我知道他過獎出於真心,並非應酬的俗套,也就難免大言不慚起來了。我說你若是仔細推敲,就會發現某一句最後一個字必需是平聲才站得住,我決不用一個仄聲。這都是一九三〇年代最初兩三年受章先生教我如何辨四聲之賜。

　　直到如今，不論作文，還是寫出一封短柬，似乎對聲音總特別敏感，深
　　怕一個字平仄之不當，使全句受窘。

　　但我想，魯芹「對聲音總特別敏感」，顯然同他多讀英文散文也有關
係。本書大半文章可謂已自成一體，但在《雞尾酒會及其他》裡多少可看
得出模倣英國小品文家的語調和節奏。

　　魯芹這一代專攻英國文學的人愛讀、愛寫小品文，可能也受了林語堂
先生的影響。他們讀中學時，林語堂創辦的三種雜誌──《論語》、《人間
世》、《宇宙風》──正大行其道，1930 年代初期在上海發行的文藝刊物雖
然多，大半是左派辦的，像魯芹這樣「少無大志」，視革命為畏途的文藝青
年（包括先兄在內，還有苦學自修的思果（蔡濯堂）），還是覺得林語堂的
刊物比較對胃口，至少在文章裡聽不到口號，也看不到蘇聯文評家莫測高
深的理論。林語堂提倡的「小品文」，一方面借鏡英國散文家「幽默」的傳
統，一方面繼承晚明散文家直抒「性靈」的餘緒。「幽默」和「性靈」當然
是分不開的：我們從小住在都市裡的人，年輕時遭了戰亂逃難之苦，不可
能像袁中郎那樣的遨遊江湖，逍遙自在；保持自己的幽默感變成了衛護我
們做人的尊嚴，培植我們的「性靈」最起碼的要求。「幽默」是一個非革命
家對一切繁文褥禮，一切虛偽、野蠻、不合理的現象的一種消極抵抗。他
自知是個「小人物」，沒有能力改革社會，搞革命，他也更知道有些人類的
惡習──如好出風頭，好擺架子，怕上欺下──任何革命也革不掉的，只
好一笑置之──自己心裡輕鬆一下，他的聽眾和讀者也可從他幽默的觀察
裡，得到一種安慰，一種「會心的微笑」。

　　魯芹自稱是非常「懶散」的人，這並不是說他讀書不專心，寫文章不
考究章法，替朋友辦事不熱心，只是社會上有許多集體行動，不得不參
加，又沒有勇氣逃掉，只好「從俗」，心裡雅不願意而已。做學生的時代，
他怕上總理紀念周，聽名人訓話。其實既有紀念周這項節目，做校長的請
名人來點綴場面，自有他的苦衷。魯芹當然深明此理，但從小懶散慣了，

不可能發出大慈大悲的心腸，從校長的眼光來看到「紀念周」的重要，而欣然聽訓。在臺北時期，魯芹的應酬相當多。但他覺得同友好二三關在家裡打牌（因為同好友在一起，做任何甚麼事都是有趣的），比參加「雞尾酒會」好得多！

> 從什麼時候起，在我的生活項目中，多了一項雞尾酒會的點綴，已無從稽考，但總之是件十分不幸的事。點綴云云，是聊備一格的意思，是指次數並不多。然而「區區此數」，已足够令人煩惱和不快，偶爾有個把月，未見到「五時半至七時半酒會候光」的傳票，心中不免有如釋重負的感覺，好像這世界光明多了。

把「請帖」寫成「傳票」，是這段文章破題點睛之處。既是「傳票」，能夠不被傳到，當然可以感到「如釋重負」，「世界光明」。〈雞尾酒會〉文第二段緊接著發揮「傳票」二字的命義：

> 或有人要說，既如此，你又何必去自投羅網呢？我自己也曾如此問過，結果我還是去了，明知此去凶多吉少，受罪無疑，居然從容就義，那精神是很有「赴湯蹈火，皆所不辭」的氣概的。

「自找羅網」、「凶多吉少」、「從容就義」、「赴湯蹈火，皆所不辭」，同前文「如釋重負」、「世界光明」一樣，皆是用濫的成語，但在全文 mock-serious 的 context 裡，這些成語讀來我覺得非常妥貼。而且成語的涵義一個比一個嚴重，充分寫出作者拿到「傳票」後和赴會前的「煩惱和不快」。

這種幽默，我想是英國小品文的正寫，雖然我多年未讀英國小品名家，不知魯芹學的是那一家。一篇英國式的小品文，道出主題後，一定要舉一兩個實例，證明作者並沒有誇大、撒謊。下面這段對白是全文最有「戲劇性」的場面，也證明魯芹學英國幽默實在學到了家。有一次酒會

上，某「紳士」以為吳魯芹（名鴻藻）是大名鼎鼎社會學家吳文藻（謝冰心的夫婿）的弟弟，自動搭上來找話說：

「我在燕京時唸了××先生的社會學的。」紳士說。

「呵。」我不知道紳士希望我答甚麼，說「師承有自」當然還確當，但紳士並不像把「師承」看得有多少重量的人。

彼此沉默了一分鐘，很難堪的沉默，像是足足有十分鐘。

「××先生講課時的神情我至今還記得。」

「您真好記性。」這句話我覺得十分得體，可是我無以為繼，我又重覆說了一遍，這其間隔了有一分鐘，已經頗為不得體了，我想藉故走開，但是紳士的眼睛瞪著我。

又是一段難堪的沉默。

「你知道令兄的下落吧？」紳士說。

「家兄？」

「是的。」

「早去世了。」

「真的？」

「我在三歲時他就去世了。」

紳士像受了什麼打擊，神色十分頹喪，漸漸由頹喪而變為不屑。

這種一本正經冷靜的幽默，中國讀者不一定都能欣賞，因為到底是舶來品。魯芹兄把自己尷尬之狀，和盤托出，但自嘲以外，畢竟「嘲人」的成分更大。意思是說只有想巴結名人或名人的弟弟的人才覺得赴這種酒會有意思。那位紳士神色上由「頹喪」而「變為不屑」，因為這位毫無來歷的吳某人糟蹋了他好幾分鐘寶貴的光陰，相形之下，魯芹自己與人無求，當然覺得雞尾酒會索然無味了。

自嘲不免嘲人，這是《雞尾酒會及其他》好多篇文章的特色。魯芹實

在討厭「紳士」之類的人物，雖然寫文章力求筆調輕鬆，不動肝火，仍不免把他們諷刺了一番。但有些文章，自嘲而不嘲人，講些自己的興趣嗜好、和日常生活，幽默中更見性情，風格似較高。這類文章我國自古有之，在西方則溯源于本章《雞尾酒會及其他》裡一再提到的法國散文家蒙田。魯芹畢竟是道地的中國讀書人，寫這類文章，不必再賣弄「幽默」，而幽默的味道顯得更醇厚。自嘲看來好像是假謙虛，其實是說真話。在〈我和書〉裡，魯芹自稱是個「俗人」：

> 但我之愛書，是若即若離，還不到成癖、如癡的程度。因此對西方書痴「麵包可少而書不可少」的崇高境界，以及《北史·李謐傳》上「丈夫擁書萬卷，何假南面百城」，那份不可一世的英雄氣概，甚少起感情上的共鳴。說老實話，我手邊的錢，若僅够糊口，一定先買大餅，次及典籍。我生來大約就缺少詩人的氣質，起早通常是為了趕路，不是為了看花。雖然也喜歡坐在院子裏看月亮，到該睡的時候，還是蒙頭大睡，並不捨不得室外的清光；總而言之，是個俗人。

讀到這幾句，我想絕少有人不點頭稱善的。人畢竟是餓了想吃、累了想睡的動物。書和月光當然是人生不可或少的點綴（中國社會一向沒有雞尾酒會這項節目，生活照樣過得很好），但肚子餓時不去買大餅而去買本書來讀，此人非痴即愚。這段文字對西方書痴，對李謐，並無多少不敬之處，魯芹只自歎是「俗人」，比不上他們的崇高。而小品文的一貫傳統，是為俗人、真人說話，態度上是反崇高的。

但啃大餅充飢而已，與買到自己想讀的書的樂趣當然不同。魯芹雖自命「俗人」，大學時期在書鋪裡見到自己想買而買不起的書，簡直是夢寐求之，情形同蘭姆在一篇名文裡所記載的經驗一般無二，充分道出「寒士偶有餘力能買本把心愛的書，那層興奮與狂喜」。

但這種唯有寒士才能享受到的「快樂」，魯芹接著寫道，「到了買書能

隨心所欲，就不存在了。」這句話真道出一個顛撲不破的道理。我自己是
過來人，讀到這裡，不免感到中年人的悲哀。大學畢業後三年（1942～
1945），住在上海，交不到女朋友，買書變成我最大的 passion，收入的大
半都交給了上海法租界幾家舊書鋪。剛出國，能買到自己一直想讀而在國
內讀不到的書，心裡仍充滿狂喜（記得我初次在美國買書，買的是艾略特
（T. S. Eliot）的《評文選集》（*Selected Essays*）和燕卜生（William
Empson）的《曖昧語之七類型》（*Seven Types of Ambiguity*）這兩本書上海
工部局圖書館未備，北京大學圖書館也沒有）。現在我雖仍屬於無車無房產
階級，買普通書當然能「隨心所欲」，書房裡、辦公室裡，書架面積不夠，
早已有「書滿」之災，有些書束之高閣（Closet），多少年不去看它。加上
哥大圖書館藏書這樣多，除了必備參考書外，自己簡直無買書必要，買書
的興緻真的也淡了。

　　《雞尾酒會及其他》集裡最用心寫、最動人的一篇，當然是〈小襟人
物〉，「中國現代文學大系」僅選了魯芹〈我和書〉、〈懶散〉二文，而未選
此文，我認為是莫大遺憾。〈小襟人物〉江宗武可能確有其人，也可能是作
者憑想像與累積的經驗創造出來的。是個舊時代的犧牲品，一個難忘的悲
劇人物。他出生於破落的「書香門第」，自云比「中華民國痴長八歲」——
作者寫的是 1940 年代初期的事——頭有點禿，背有點駝，早已四十出頭
了，雖然尚無能力給自己添個妻室之累。剛進社會當教員，脾氣太鯁，被
校長辭掉。後來一直當小公務員，因為沒有大人物為他撐腰，不斷地「捲
鋪蓋」，換事情。人早已變得十分幽默通達，像「一篇趣味雋永的小品
文」，「不敢也不屑有向上爬的志趣了」。照道理這類「小襟人物」，老公
事，文筆好，總可以捧住一隻飯碗。但他剛升任「主任祕書」不久，他的
上司偷了一大筆款子，跑了，上面人官官相護「讓他跑掉的」，小襟反而
「鋃鐺入獄」關上了半年，出獄後，住在旅館裡即病倒，他同魯芹通信，
實在沒有心情幽默了：

小襟在文字語言裏，帶悲愴氣味的，還是初次。一二十年為生活低頭的磨折，並未毀了他，他鑄成了一種逆來順受的哲學，他也有一套喜笑怒罵的本領，他一面以小襟自況，一面也不過於委屈自己，有時隨興之所之，偏不低頭，來一個拂袖而去。閒來一碟五香豆，四兩白乾，可打發掉一個惱人的黃昏，抖掉一天八小時埋在案牘中的庸俗。可是牢獄中的陰濕晦暗，那啃噬人靈魂的寂寞，小襟對付不了，而且「人對人會殘酷到那種地步，」小襟在信上說，「你想像不到的。」這，無疑地，使小襟的精神解體。

我於是立即滙了一點錢去，請他進醫院，如果可以行動，就搬來和我同住。過了十天，我收到醫院拍來江宗武病危的電報，等我趕去，已不及見他一面了。

我為他立了一塊墓碑。

那是民國三十三年間的事。

作者總結小襟為人和處世哲學這一段文字，寫得精簡之極，真可謂一字不可易。小襟小傳到此原可以結束，但他一生在政府機關裡服務，受盡上司的虐待，身如轉蓬，隨他們當皮球踢來踢去。最後也死在他們手上。魯芹從小在章淪清先生那裡體會了「打掉牙齒和血吞」的做人道理，「當然我處的是所謂文明社會，並不真的動拳腳，但是我是靠『打掉牙齒和血吞』的精神，在悲戚中傲然昂首。」魯芹本書裡好多篇回憶錄，調子力求輕快，記載以「趣」為主，所以「在悲戚中傲然昂首」這句話顯然非常突兀，和全書氣氛不調和，但這也可能代表了魯芹做人最嚴肅的一面，在文章裡故意避而不談的一面。小襟無辜遭殃，「精神解體」，身體也搞垮了，他的悲劇即在他再不可能「在悲戚中傲然昂首」。不僅如此，他死了「大襟人物」還要占他的便宜。全文最後一小節，緊接上面那段引文，幾筆淡淡的諷刺（Irony），寫盡了小襟身後的淒涼。他墓地上「荒煙野蔓」的景色，我們在〈祭石曼卿文〉裡也讀到過，但歐陽修的摯友雖然一生不得意早

死，落土後那裡再會受到任何官長的辱侮？

> 過了三年，我又到了雲南，某一天，我獨自跑到小襟的墓地，漫步在累累荒塚間，怎麼也找不到小襟人物的墓碑了。原先每座墓前，都有碑石的，這一天，但見蔓草荒塚，和遠山樹叢中縷縷炊煙。
>
> 問了附近的農家，才知道，一年多以前，某某長造別墅基石不夠，下令就近將墓碑折去一部份，小襟人物的大概正巧也在內。

〈小襟人物〉是 1957 年 9 月間寫出的，不久《雞尾酒會及其他》就出版了，顯然從最早的那篇〈雞尾酒會〉（1952 年）到最後的一篇，魯芹的風格在變，他不再經心學習英國小品文家，刻意幽默，而轉寫自己生平經歷和難忘的人物。《師友・文章》甲、丁兩輯裡的大塊文章皆屬此類。

魯芹卜居美國後，有好多年未寫文章，新換環境，心情不夠「懶散」，也無意動筆。最近五年來，文思大發，主要原因，大女兒出嫁了，小女兒進了大學，魯芹在家廝守著老伴，種花看書之餘，寫文章實在是最好的消遣了。加上《傳記文學》發行人劉紹唐兄有眼光，明知魯芹無功黨國，對社會貢獻極微，又不是所謂「旅美學人」，逼他寫稿，實在是珍愛他的文章。魯芹在盛情難卻之下，長文一篇篇寫出來，文章氣勢之盛，遠勝往昔。

本書所集的當然不盡是最近五年寫的，也集了兩篇舊文：〈小說死也來？〉（1958 年）和〈博士與博士銜〉（1961 年），前者是篇小型的學術論文，很見功力；後者是道地的小品，挖苦一下社會人士太看重博士學位的那種不正常現象。〈數字人生〉（1974 年）是最近寫的一篇小品，歎嘲自己生活在「電腦化」的社會，不得不「被一種數字支配到俯首稱臣」，毫無辦法。魯芹要寫這類文章，道出寄居美國的滋味，不知有多少篇好寫，但顯然他對寫幽默小品的興趣已較淡。平時手不釋卷，雜談讀書心得的文章倒寫了三篇：〈「眉批」美國文「市」〉、〈眉批美國的黑人文學〉、〈《維吉利

亞・吳爾芙傳》讀後記〉。皆見其「內行」和博學。

我改行教中國文學後，英美文學新作，不知有多少想讀，因為沒有時間，只好看些書評，表示不甘落伍。至於黑人文學，更少接觸，但從〈眉批黑人文學〉文中，似可見到魯芹欣賞一兩位黑人作家，完全是佩服他們的文章，並不一定同情他們的革命態度，不像一般美國批評家，研究黑人文學總是帶著先同情再捧場的心理。〈「眉批」美國文「市」〉講的是白人文學，我比較還在行，精采之處，更能激賞。如下面一般針對臺灣出版界而發的牢騷，我頗有同感：「美國文『市』常常對一兩本書亂捧一陣，別國的出版界不明底細，有時也跟著亂捧一陣，真是何苦來哉！」文中有好幾處也稍露一下自己的真功實學，如特別把湯姆斯・伍爾夫（Thomas Wolfe）表揚一番，認為他和海明威、福克奈同樣是「不世之才」，真有見地。此外我們還可以提一提杜斯派索斯（John Dos Passos），他在「左傾」時期，同海明威齊名（那時福克奈名字還不夠響），後來看穿了國際共黨之陰謀，大覺大悟，思想轉「右」，從此文名不振，給「左派」、「自由主義派」罵倒。其實他是真正愛自由，為美國國家前途設想的作家。在這裡我們也不妨再提一提林語堂先生，他的三本書——《吾國與吾民》、《生活的藝術》、《京華煙雲》——美國文「市」當年加以大捧，暢銷不衰。正在大紅的當口，林語堂回國一趟，寫了一本歌頌國民政府抗戰，嘲罵延安的書（可能是《啼笑皆非》），那時史諾《紅星照耀中國》已出版，美國「自由主義」派早已中了毒，林氏新書一出來，《紐約時報》、《紐約論壇》星期書評，翻過臉來，加以痛罵，從此，林語堂在美國不再吃香，以後寫的書也不再可能暢銷了。（事見反共記者烏脫來（Freda Utley）的 The China Story。）

〈《維吉利亞・吳爾芙傳》讀後記〉是鉅型書評，英國 19 世紀即開此風，也可算是散文中的一種格式，當年卡萊爾、麥考萊評過的幾本書，早已沒有人去問津，而他們的書評卻至今還有人誦讀。《紐約客》書評還保持這個傳統，威爾遜（Edmund Wilson）、奧登（W. H. Auden）生前寫的長評可讀性都非常高。魯芹因為恩師陳通伯先生同英國 Bloomsbury Group 有交

情,大學讀書時,即對這一夥人大感興趣。現在回憶這一夥人的新書層出不窮,魯芹在阿靈頓山居夜讀,真不知讀到了多少祕史豔聞。我很早中了李佛斯(F. R. Leavis)的毒,此人想是貧苦出身,對這一夥的紳士、淑女作家特別痛恨,所以這一派的作品我讀得較少,吳爾芙夫人的小說一本也沒有讀過。但我愛讀文評,早在上海時即把吳爾芙夫人的《普通讀者》(*The Common Reader*)兩冊讀過了。她文字靈活,見解脫俗,即以批評家而言,她導引了很多年輕小說家走出了刻板寫實主義的死弄堂,功勞不小。

《師友‧文章》裡最出色的文章當然是回憶錄,追念師友的幾篇。魯芹特別感激章、陳兩位恩師,因為他們「用笑來教育」,「比道貌岸然來訓誨」更收實效。他受了他們人格的感化,所得到的不僅是寫文章、做學問這方面的啟發而已。

有時我私下同魯芹兄較量「武功」,覺得最吃虧的地方,是我冤枉多受了幾年小學教育,在中、大學期沒有得到良師指導。我一開頭讀「人手足刀尺」,魯芹跟塾師念「人之初性本善」背了不少古書,國文根柢究竟不同。我從小也愛習字,但小學功課繁瑣,習字時間究竟不多。每次魯芹興發寫封毛筆信來,看到他一筆好字,心裡又妒又羨。對天性稍近文學的人來說,童年時期不好好背書、習字,而去啃幾本淺近無味的教科書,實在是時間的浪費。我完全同意魯芹的背書無害論:「我聽過不少人痛斥背書的不當,還有聽來頗為肉麻,文藝腔甚濃的『戕害兒童心靈』之類的術語。我是吃過背書苦頭的人,至今覺得那不完全是壞事。」我中小學都在住家附近走讀,貪圖方便,先兄至少在蘇州中學讀過高中,該校可和魯芹的上海中學媲美。我跟了父母跑,中學在蘇州、南京、上海,換了好幾個學校,都是毫無名氣的,師資很差,讀書自知用功,無良師指導,也是枉然。大學讀滬江,幾位洋老師教書很頂真,但他們不是做學問的人,才氣智力當然遠比不上陳通伯先生。我大學畢業後,讀書才上軌道,那時全靠自修,當然吃很大的虧。回想起來,值得我由衷感激的中大學老師,可說

一個也沒有。魯芹謙稱大半生在學校裡「誤人誤己」，我從小無福上私塾，那真是「誤己」匪淺。現在後悔已遲，真覺得應該有人在臺灣辦個實驗小學，一年級即背古書，小學畢業四書五經、《資治通鑑》、《史記》諸書皆已讀得爛熟，四年級即開始讀英文或拉丁文，為國家「文化復興」作準備。否則幾位碩果僅存的國學大師物化以後，真可謂後繼無人了。

　　魯芹一生災少樂多，是個非常幸運之人。他婚姻美滿，教養兩位聰明美貌的千金，大享天倫之樂。當然是他前世修來的福氣，但最主要的，他素性達觀，非常樂天，大學時期生了一場大病，若非「奄奄一息時，猶不失幽默感」，我想再苦的「原味白杰」也救不了他。他的紀念文章，只有〈哭吾師陳通伯先生〉的第一節調子稍為悲愴以外（因為寫文章時，剛聽到噩耗），其他皆記師友之真情真事，讀來是非常有趣的。正因為魯芹是個至情之人，他能寫出師友為人獨特之處，而不陷于傷感之俗套。有些人以為寫紀念師友之文，感傷之辭愈多，其情必愈真。事實上並非如此。痛悼之餘，把恩師故友的好處寫出來，讓大家知道，這才是寫紀念文字的職責所在。讀者沒有必要分擔你自己感情上的重負，他應該分享到的是你當年同故人交遊時的那種受惠無窮的樂趣。

　　〈記夏濟安之「趣」及其他〉刊於《傳記文學》後，臺港報章競相轉載，真可謂是傳誦一時。先兄中文文章寫得極少，交遊圈子也不廣，英文著述在臺港絕少有人看到，大家欣賞這一篇「趣」文，並不是對先兄的生平有甚麼好奇，實在因為魯芹文章寫得好，一讀上口，簡直無法釋手。即使先兄在學術界是無足輕重的人，有了這篇記載，我想他的真情真趣也可留給後世人去欣賞了。在魯芹看來，濟安之「趣」同他的「真」表裡相襯：

　　　　濟安之「趣」與一般要貧嘴說俏皮話就自以為是風趣，別人也以其人有
　　風趣視之，實在是大異其趣的。他首先口齒就不伶俐，要想在說俏皮話
　　或者刻薄話上爭勝，本錢就不夠，而且也不屑為的。我們不是學究冬

烘，但有時也憂慮人心不古，世風日下，把尖刻冷傲之語，看做是幽默與風趣，曾經是我們引以為憂的世風。濟安之「趣」，是從他為人之「真」產生的。大約當今之世，真面目，真性情，愈來愈稀少了。不帶幾分假，就很夠有趣，何況他妙語如珠之外，在動作上和辦事務的風格上，又常會奇峯突起，出人意料？

濟安在臺大教書，生活雖清苦，行動說話是比較自由的，尤其在「吳記飯莊」吃飯、打牌或者替魯芹的大女兒代筆作文的時候，是他身心最 relax 的時候，因之最能見其真拙之趣。濟安見到自己想追的女孩子，神經緊張，反而不能 relax，終身吃虧，可見會說俏皮話，學會一套討人喜歡的「幫襯」功夫，有時也很有用處的。濟安離開臺灣，的確是「逃名」，至於後來患腦溢血症去世，「是不是潛意識中逃名的妄念又在作怪」，只好姑存其說了。濟安潛意識裡一直想做江湖「隱俠」，但在洋人面前露了幾招，自己也不免感到「得意」，加上他「武功」之「帥」，同行莫不叫好，在這種情勢下，真有欲隱不能之苦了。

魯芹自己一直是個「選抵抗力小的方向走路的人」。這樣走了半生，真正達到了「歸隱」的目的。現在偶而寫文「自娛」、「娛人」，一無心事，真可謂是神仙中人。丁輯三篇回憶錄，完全是夫子自道，讀其文即如見其人，實在沒有評論推荐的必要。尤其是〈「馬戲生涯」一年〉、〈我的「誤人」與「誤己」生活〉這兩篇長文，娓娓道來，妙趣橫生，真不愧是直抒「性靈」的「幽默」精品。讀《雞尾酒會及其他》裡好幾篇小品，我不免覺得魯芹修養功夫還不夠深，「嘲人」的味道較重。退隱山居後的魯芹，真可說是與世無爭，超然物外。回憶錄裡可笑人物當然不少，如同在「亞洲馬戲團」裡獻醜的那位唯名是圖的印度太太，唯利是圖的日本教授，經魯芹幾筆素描，原形畢露，但對他這兩位同事顯然毫無敵意，毫無惡感，實在覺得他們代表了人世不可多見、彭強生（Ben Jonson）式的純「幽默」（humor 古義），非寫進文章裡去不可。魯芹寫自己，則充滿了「自嘲」，

但這種「自嘲」，絕無一點「憤世嫉俗」的意味在內，對他來說，活在人世是一種福氣，一種享受，懂得幽默之道的人雖不算多，但世人大抵是善良的；自己懶散半生，但結局並不能算是壞，而且應該自己認為非常滿意的。即使大學吐血的那一年，服鹽水止血，「吃盡鹽中鹽」而不改其樂，這種經驗，回憶起來，實在是非常可愛的。魯芹式的「自嘲」，實在是幽默家歌頌人生必然採取的一種語調。只有毫無幽默感的俗物，會一本正經吹牛，說自己多聰明，地位多高，著述多勤，朋友多闊，因為他把自己看得太重了（可惜有些算不上「黨國要人」的要人，寫起自傳、回憶錄來，也非常一本正經）。魯芹寫回憶錄，有些地方寫得興高采烈，生趣盎然，簡直可說已達到「忘我」的境界。但有些地方，「自嘲」之中仍帶有些「自謙」的味道，不免有些嚕囌。魯芹當然知道人物文章不論大小，只有真「趣」偽俗之分，為人既真摯而饒風趣，寫的文章也一如其人，實無自謙的道理。本書的出版，不僅可使他敬愛的幾位師友不致「速朽」，他自己的文章、才學、幽默，也可博得更多性情中人的激賞。

　　　　　　　　　　　　　　　　　　——1975 年 8 月 1 日完稿

——選自《傳記文學》第 162 期，1975 年 11 月

《瞎三話四》之餘

◎林貴真*

　　文章若有陰柔和陽剛之分，那麼吳魯芹的文字無疑地必屬後者了。不管是他的《瞎三話四集》（九歌出版社），或《雞尾酒會及其他》（傳記文學出版社），都犀利、尖銳、諷刺、幽默兼而有之。雖然題材平常，譬如：〈談說謊〉、〈談睡〉、〈懶散〉、〈約會〉、〈雞尾酒會〉、〈死・訃聞・墓碑〉，但絕不拾人牙慧，透過人生的觀照，常有異於俗人的獨到看法。

　　也許受了時空的阻隔，知道吳魯芹的名字還是近一兩年的事。每天打開報紙，副刊上的文字和作者真如流星過眼，偶有「深得我心」的文字，卻是歷久常新的。〈省時間──省了又怎樣？〉和〈致富新由〉兩篇聯副上發表過的文字（現已收錄於《瞎三話四集》），使吳魯芹的名字在我心中生根。

　　美國小說家戲劇家海克特有一個比喻：「時間就像一個馬戲團，隨時在打行李捲舖蓋去趕下一站。」想想人生一場，無非在「趕」，和時間競走已是現代生活的特色，即使吃飯，「從前準備一頓晚飯是『藝術』，其過程近乎是藝術製作的過程，今天已經進步或退步到『科學』的境地了。自從有了『微波』烤箱之後⋯⋯從冰箱到烤箱到垃圾箱，一轉眼就可了事，藝術沒有了；一家數口圍桌而坐細嚼閒談的情趣也沒有了。是的，你省下了時間！」

　　在今天，快就是進步，省時間就是好事的觀念下，沒有人會問：「省時間──省了又怎樣」的問題，但吳魯芹一語道破，他說：「現代人祇知道做

*發表文章時為南門國中教師，現為爾雅書房讀書會活動帶領人。

事不趕快，行路不趕快，時間上就損失，他並不知道如何去用省下來的時間——除去殺掉它。」所以酒廊如雨後春筍，賭場達旦通宵，反正工商業社會，利之所在，自然有人動腦筋替你想出若干殺時間的方法，任君選擇。「想想，辛辛苦苦不顧一切省下來的時間，最後竟然是一殺了之，何其殘忍也哉，何其愚蠢也哉！」這並不是作者想開倒車，反文明。的確在高度文化了的現代生活裡，若干觀念、問題，是否更應重新探討呢？

「自來作官與致富是兩點之間的一條直線，而且這兩點之間的距離甚短，幾乎可以說是『捷徑』了。」天生婦道人家，對「官」字不感興趣，但從美國總統競選之激烈，以及增額中央民意代表角逐的熱況看，吳魯芹的話當不無道理。當然，我們不能一竿子打翻一船人，但由「官商勾結」這名詞的由來，就不無一粒老鼠屎，壞了一鍋粥的嫌疑了。

當然，綜合 1970 年代目睹之怪現狀，和許多 1970 年代的新官場現形記，不由得使吳魯芹感慨系之。

「今天大家引頸以待的兩本回憶錄，一本是泥皇帝垮台『人人說他犯罪，他獨排眾議』，書尚未成，已經致富的大著。另一本是他的類似諸葛亮軍師，從政八年而得到『善終』的紀錄。」當然聰明如你，誰不知前者指的是尼克森，後者指的是季辛吉。所以作者預言道：「如果現任總統的九歲愛女，說她每天記日記，願意在她尊翁任滿之後出版，準有出版商像蒼蠅般的圍住她，預付比她擺攤子賣檸檬汁高幾萬倍的定洋。」此無他，吳魯芹鋒利的筆告訴我們：「好奇成『瘋』，使得長舌婦說張家長、李家短成為受尊重的職業。」

昔日犯罪「誅」及九族。自從尼克森闖下水門之禍觀之，今日犯罪可「惠」及至親，這真是水門事件發生之後，著書可以致富的新真理。因此吳魯芹用簡單的方程式得到如以下的結論：「大約落後地區做官等於致富（做不法之事，發不法之財），進步國家做官致富要略為轉彎點才行，正經一點的是做官——著書——致富，如果做官——犯罪——坐牢（或逍遙法外）——著書——致富（做不法之事，發合法之財）」這是 20 世紀 70 年代

的致富新由。我們多麼希望 1980 年代起，道德淪喪不致如此，而吳魯芹的
見人之所未見，言人之所不敢言者，就不失為暮鼓晨鐘了。

——選自《聯合報》，1980 年 12 月 27 日，12 版

從洪範版《餘年集》論吳魯芹散文

◎游喚

一、序緣

　　吳魯芹第一本散文結集叫《雞尾酒會及其他》。時間在民國 46 年。最後一本散文結集當屬《餘年集》，其間相距 25 年。這 25 年，吳氏不過寫了四冊散文，產量不多，但質量深厚，樹立散文界的穩健傳統風範。維持二十五年如一日的一貫風格，聲譽清卓，始終是論者不敢漏列的重鎮。

　　惜乎現代文學中，論作家與作品，最弱的一環，恰是散文。以故，無人為吳魯芹散文作性靈詮釋，予以內面考察。論者日夥，響之者唯唯，而未解其故，反之者，又取證乏善，不免徒呼奈何。此吳氏散文未獲歷史定位，批評家不逮之處。本文希望從多層面，多角度，本之知識判知，兼輔性靈感受，持散文批評質素，獨立論析散文，為吳氏散文做一番考察。

二、尋找吳魯芹散文的根源

　　現代散文的根源，約而言之，取於二大源泉。一是古典散文，一是西洋散文。這二根流，離之而立，受其薰陶啟示者，由於才情稟賦差異，乃顯立二種風格面貌。師古典散文之風者，如許地山，夏丏尊，豐子愷，劉大白諸輩，允為一時之選，造為一代之風。其最人價值，乃在發揮古典散文為人生之道的理想，堅持中國人文精神，傳承文化信念。而其面臨之最

本名游志誠。發表文章時為靜宜大學中國文學系副教授，現為彰化師範大學國文學系教授。

大困境，則是由文言過渡到白話的調適問題，蓋所操媒介工具已變，代之以語言為基礎白話文字表現，則，試問？寄寓在不同文字語言間的共同信念，是否猶能下筆琳琅，絲毫不減吾人之期許？

此中困境一直未能突破，一代作手，不得不另叩門徑，尋找另一股泉流，師歐西散文之聲，於焉騰踔。此中作手，即能立刻越過文言包袱的束縛，以冉冉澎湃的口語渲染，恣意轉移歐西散文，嘗試白話文字的各種表現。所謂「中國文字其表，歐西旨趣其理」，便是此派散文之濫觴。

吳魯芹到底如何取法？如何歸宗呢？請看吳氏的自白，他說：

> 也許和我年紀相近，受過所謂「通才教育」的一輩，當年有幸（或者是不幸）讀過《莊子》，《左傳》，《史記》，唐宋八大家，林語堂提倡的明人小品，以及五四運動以後的白話散文，加上法國的蒙田，法朗士（Anatole France, 1844〜1924），英國十八世紀、十九世紀諸家的作品，無形中對舊時十分講究的散文起一種「骸骨的迷戀」。
>
> ——《瞎三話四集》（臺北：九歌出版社，1979 年 10 月），頁 130

這很清楚地透顯了吳氏散文的根源，根本是刻意用心的「綜合派」。其所處時代，教育背景，文學思潮風尚，激使他有這自覺這見識。本此信念，力而行之，秉賦殊異，靈性敏銳，終使吳氏幸運地堅守這信念，且以身作則了。如今，細讀吳氏散文，一貫風格風貌，字裡行間，正是這段話的澈底實踐。

吳氏甚至不諱言這趟實踐的艱辛歷程，他說：

> 散文家則以英國的名家為主，似乎尚能意會，在作文課習作的時候，有時還蓄意模仿
>
> ——同前書，頁 143

　　據此，吾人可說，吳氏早期散文模仿的影子很濃，讀《雞尾酒會及其他》，便見英國名家散文淵源甚廣，諷寓幽默兼而有之，刻意安排警句，妙語疊見，卻隱隱可探蛛絲馬跡。吳氏要到晚年之作，尤其《餘年集》，才真正見出融合中西，混合一氣之境界，情思自然，下筆平淡，措詞用字，功力已臻化境。

　　至此，吾人始肯定吳氏散文已同時具備二大淵源，且充分發揮二大淵源之特色，截至目前為止，可謂是調合此二大淵源最成功的散文家。

三、吳魯芹散文的思想

　　《餘年集》繼續承襲這兩大淵源，綜合融鑄，形成相當獨特的「主觀意見」，個人意味甚濃。於是乎，吳魯芹式的人生哲學，終告確立。吾人且尋章摘句，歸納可得者如下：即悠遊從容的生活態度：此見之於〈六一述願〉一文，自謂半生「懶散」，四十初度，既未作壽亦未作詩，一如平日渾渾噩噩就過去了。五十之年，忽然而至，也還是一仍舊貫。因此，六十之際，題曰餘年，且謂「像我們這一代人，飽經戰亂憂患，還能有六十之後的餘年，實在是份外的紅利」。這是正宗的吳氏幽默，自嘲嘲人，相當個人，極盡率意。另見於本集〈書與書房〉一文，更充分地渲洩這套生活哲學。他說：「不過書房算是有了，壁上有一橫披，是書法大家高拜石先生寫的大篆『求放心』……有時室中獨坐，文章寫不出來，書亦讀不下去，就對這幾個字發呆，心中思慮毫無，往往會昏然睡去，那真是千金難買的仙境。」這種文字的渲染力，全靠思想性，個人意見才能妙語如珠，大大增強閱讀興味，蒙田散文之開宗始義，於此得到最佳註腳。同時，也印證了霍夫曼（C. Hugh Holman）給散文（The Informal Essay）所下的結論（Summary），霍氏說：「這類散文首先要使讀者感覺趣味性，藉此表現作者的幽默，高雅，以及坦蕩蕩，光明開放的胸襟。」（據霍夫曼所編 *A Hand Book to Literature* 一書之"essay"這條術語暫譯）案霍氏將散文分成「泛散文」（Formal Essay）與「狹散文」（Informal essay），而吳魯芹所宗

尚的英法散文正是狹散文這一系，以故，呈現如斯文字思想。（參〈評散文〉一文，《餘年集》，頁 251）

四、吳魯芹散文的題材

散文中的題材，才真正是決定散文優劣的主要因素。近代散文凡可堪成一家言者，總以題材為其當家標幟。吳魯芹自亦不例外。可貴者，吳氏所入之文之題材皆受其思想之役使，思想是題材組合之呈現，之具體化。吳氏散文最善於把握題材思想的關係。

觀《餘年集》一書，最常見之題材，有諸下列：

1.屬於事類者：幼年習詩作文經驗，應酬遭遇，師友交往，散步，旅遊，讀書閒談與經驗，書法，文壇趣聞掌故，杏壇感慨歷程，藝術欣賞活動。

2.屬於物類者：書，筆，車，屋，稿，畫。

3.屬於批評議論者：如〈又是些不中聽的話〉與〈救救英文〉批評當前教育之弊。〈論讀書人與懷才不遇〉與〈不受干擾權的防禦戰〉二篇則針砭社會現象。

細察這些材料，與個人日常生活有密切關係。根據散文隨筆小品的要素，所謂散文，包括個人嗜好（individual tastes）與經驗（experiences）、幽默（humor），自足自適之境界（confidential manner）。吳魯芹援這些題材以入文，恰好都適合這些質素（qualities）的條件。題材影響文字風格之例，於此又得一證。即使不愛搬面孔訓人的吳氏文字，在《餘年集》中，卻占相當重的篇幅，而這些文字，也是相當個人，相當主觀的，再探其立論基線，也因反習俗因襲（unconventionality），才構成吟誦再三的反諷文字。我們才說吳氏散文中的題材合乎散文要求的質素，由而奠立其散文風格之典範，真正的中國式散文，當自此求之。

五、辭藻與韻律

前面說到中國式的散文，首先必須考慮三點現象：1.歐西散文風格與質素，緣於文字語言特性之異，社會文化背景之殊，乃表現不同之散文面貌。2.中國式散文除了認真移植歐西散文之外，亦必取源於中國固有的古典散文。3.文言與白話的調適，致使現代中國散文中的辭藻與韻律。

就此而論，現代散文家面對的二大難題，就是：

（1）白話文的純與雜問題。

（2）白話文是否足以重現中國文字形聲相益之特性的問題。

面對這兩問題，吳氏已提出卓越的意見，其於一，則吳氏也主張白話文的純正，而純正與否，並不避文言引據，巧妙轉化之功。（此論見於〈評散文〉，《餘年集》，頁 251）其於二，則本集中珠圓玉潤的句讀、以反雙式句夾雜白話語句，巧用文言字詞，極乎妥切，正好提供最佳的回答。這類文字典範，本集中，隨處翻檢可得。如：

> 因此踽踽人生旅途上，垂六十年，竟然拿不出一張衣冠楚楚端坐在壽帳之前，兩旁紅燭高燒的壽影，也沒有做出自嘆命薄的壽詩，真是「事如春夢了無痕」了。若不是電腦有靈，恐怕我連花甲之年，也「無跡可求」，不知不覺地過去了，奈何今日之電腦無情，到時候甚麼事都率直奉告——包括名媛淑女最痛恨的年紀。
>
> ——〈六一述願〉，《餘年集》，頁 4

再看一例：

> 上次歐陸之遊，是租了一輛車子，豕突狼奔，說換得某種經驗則可，娛目騁懷，則未見得也。這次是買了歐洲火車通用券，只要知道今宵夜宿何處已有安排，前進後退，左拐右拐，都可以隨興之所至……吾既無需

> 再作「遠足記」，也就不必再關心兩旁的電線桿是否像骨牌往後倒了下去，可觀窗外景色，可醒，可睡，沒有責任，無牽無掛。
>
> ——〈非遊記〉，《餘年集》，頁 196

吾人細讀加圈旁的語句或字詞，當可體會吳氏之用心所在。

六、比較與突破

　　以上從內面研究，大抵可肯定吳魯芹散文之地位，並知其所以成一家風格之緣由。特此以較近代散文之流變，吾人發現類似吳氏之企圖者，頗不乏趨新競騖之士。自周作人開近代小品流派以來，此風益熾，論者乃歸吳氏入此類。殊不知，知堂旨趣不免失之顯露，刻意堆置異國事類，過分仰仗知識，失之掉書袋。至於魯迅之潑口謾罵，識者早已不取，吳氏洞見甚弊，絕不輕易訓人以言。若梁遇春已臻完全模仿，入之而不能出，虎犬終非一似，畢竟「中國的藍姆」是雅稱，而不是讚譽。目前，堪與吳氏散文鼎足而立者，厥有三家，即思果，梁實秋，余光中。再細細判其「鶴鳴雞樹」，較其得失，則思果純則純矣！且樸實敦厚。一如吳氏，體類質素一一顧到，並為純正中文之雙璧，但思果散文究少有吳氏獨特之雋永語趣。雖然，梁實秋散文，已達機趣幽默之境，而《雅舍小品》，篇章率短小，格局氣魄，不及吳氏之開朗。至於余光中，韻律辭藻，變化跳脫，以詩入散文，固執意象，一切均屬實驗文字，終不如吳氏之穩健醇正，何況余光中左手繆思之下，乃得散文，其文字成就多方而不專。恐怕體類的歸屬是另一個問題。而吳氏終其一生僅以散文名家，唯精唯一，得正變之道。

　　總此，吳氏散文該給予歷史評價定位。而論其所突破之境界有諸下端：

　　1.顯揚散文思想之重要性。導正近代白話散文思想性貧乏，務於形式雕琢之弊。

　　2.擴大散文的題材範圍。將 1930 年代散文家的胸襟抱負，繼續承襲發

揚。給近三十年臺灣現代散文偏於主情之狹隘,立一清醒之典範,隱隱啟示中國式散文之境界。

3.其文字風格,修辭練字之功,樹立散文文字之純正面,足證白話語言仍可開創一番新格局,且匯入中國傳統文言語言之散文系統。

4.提供古典散文與現代散文調適之最佳實例,澄清散文淵源,啟示後繼者重視中國古典散文之優良質素。

七、結語

總茲析論,吾人大致已剖析吳魯芹散文的內緣質素。並從歷史角度評斷其散文地位。吾人根據霍夫曼的散文術語一一按尋,其有不足,間亦輔以一己私見,冀能為散文批評與欣賞嘗試提供完全鑑賞之途徑。吾人相信,吳氏雖已物故,然其文章遺美,恆是散文境界中,一塊屹立不搖的里程碑(milestone)。

——選自游喚《文學批評的實踐與反思》
臺中:臺中縣立文化中心,1993 年 6 月

知音世所稀，吾意獨憐才

試論《文人相重》

◎郭明福[*]

　　打從曹丕在《典論・論文》裡，講了「文人相輕，自古已然」這句話開始，「文人相輕」一語就成為中國人有名的口頭禪。對所有奉文章為「經國之大業，不朽之盛事」的寫作者來說，這四字實充滿嘲諷之意。不幸的是，古今中外的確發生過不少事實，可證明曹丕所言接近「真理」。

　　平心而論，獨將象徵偏狹不能容物的烙印打在文人身上，是有欠公平的。世間有那一行業中人能免除或多或少相輕的習氣？一般人之所以把相輕當做是文人的「專利」，也可說是文人被另眼相看，還在於文人從事的是詮釋人性、精神靈魂的工作，理當對生命有較深刻的理解、容忍和同情。是故，文人彼此間更該惺惺相惜；只有狂妄無知不入流的文人，才會以輕賤他人來哄抬自己，突出自己！

　　吳魯芹先生於去年七月間猝逝後，他的許多老友舊識在報刊為文悼念，舉《雞尾酒會及其他》、《師友・文章》、《瞎三話四集》、《餘年集》這些書為例，眾聲一辭痛惜小品散文從此少一健筆。

　　我同意要另找出一位，像吳氏這樣，人格與文格皆稱得上「雍容坦蕩」的作家，委實相當困難。但我認為，吳氏題獻給殷張蘭熙女士，其撒手西去後才出版的《文人相重》，乃更能表現出他高蹈蘊藉的襟懷；以活潑的行文，嚴肅的立論，為「文人相輕」作反證的願心。本書主題明確，結構縝密，比起《雞尾酒會及其他》諸書內的某些篇章，作者明顯的過分謙

---

[*]發表文章時為臺北市西松國小教師，現已退休。

抑自己，無疑要多一分昂然俐落之氣。

　　當然，執著於「中國文化本位」的人，看《文人相重》所收的六篇正文及一篇附錄，定會有幾許失望，因為除了首篇〈維吉尼亞・吳爾芙與凌叔華〉，和中國文人搭上關係外，餘〈亨利・詹姆斯與 R・L・斯蒂文蓀〉、〈傑姆斯・瑟帛與 E・B・懷特〉、〈亨利・詹姆斯與 H・G・威爾斯〉、〈福德與龐德〉、〈麥克斯威爾・柏金斯與湯瑪斯・伍爾夫〉。到瑪麗・麥卡賽與麗蓮・海爾曼的交惡對簿公堂這一宗「反面教材」，講的都是西方文人的行誼，局外的中國人簡直無從「參與」起。可是這正是本書最值得借鏡的地方。它告訴我們互相傾心接納與相互恭維吹捧的差別，切磋問辯與攻訐謾罵的分野。而視「一山難容兩虎」、「天無二日」為理所當然的中國人該會深思：我們能找出幾對具同等分量的大作家，如此表現賞識對方猶如尊重自己？且並不會因牽就友誼而改變自己的藝術理念、判斷價值觀。

　　作家間的交往以至互尊互重，有賴於雙方的緣分和識人的慧眼。維吉尼亞・吳爾芙得外甥裘里安・拜爾書信之介，認識了凌叔華。在彼此的魚雁往返裡，吳爾芙不斷鼓勵凌叔華以英文寫記錄成長過程的自傳，凌氏果真也沒讓這位翰墨知己失望，一有成績就寄與吳爾芙過目。後因戰亂兩方斷了音問。等凌叔華到倫敦和夫婿陳通伯先生團聚，吳爾芙已去世多年，巧的是她又結識了吳爾芙的密友女詩人薩克威爾・威斯特，薩氏把凌叔華引介給吳爾芙的丈夫劉那德・吳爾芙，在吳爾芙家找到凌叔華以前寄來的文稿，這些舊稿加上凌氏從國內攜出的新作，終合成《古調》一書由荷蓋斯出版社出版——荷蓋斯就是吳爾芙夫婦創立的出版社。

　　凌叔華的自傳得在國外出版，而且歷經這麼久的歲月滄桑，我們真不能不相信人生的遇合，冥冥中有定數。但如果維吉尼亞・吳爾芙與凌叔華，不是跨過種族國籍界線相重互勉，那能成就這椿文壇佳話？

　　《文人相重》裡的六篇正文，論篇幅和內容都是不折不扣的大文章，有關亨利・詹姆斯的就占了兩篇——分述他和《金銀島》作者 R・L・斯蒂文蓀、寫《世界史綱》的 H・G・威爾斯的訂交及如何談文論藝。詹姆斯和

斯蒂文蓀生死不渝的友情，肇源於兩人情趣相投，更重要的是對小說藝術
共同的見解，對文學抱持嚴肅的態度。

> 他們批評彼此的作品，十分苛刻，十分注意技巧，是一個有手藝的人同
> 另一個有手藝的人說話，不是泛泛的討論。他們討論一部小說的基調、
> 音色、光度、觀點，以及要全盤實現原始的構想，是如何的困難。
>
> ——頁 52

> 二人都認為在小說創作的過程中，不能讓寫實主義喧賓奪主。……他們
> 相信想像文學是一件藝術品的創造，有它一定的規則，從實際生活中取
> 其所需就夠了。他們認為粗糙中、未經琢磨的生活橫斷面，對小說沒有
> 多大用處。……小說是件藝術品，不必和實際生活一模一樣……寫實主
> 義走到極端，小說家就成為攝影師了。寫好的小說，需要的是高度的想
> 像力，不是照相機的鏡頭。
>
> ——頁 54、55

> 他們時時互相警惕不要降格以求書有銷路，要分辨得出什麼是文學，什
> 麼是新聞記者的草率之作；分辨得出什麼是藝術品，什麼粗製濫造。
>
> ——頁 53

　　上面這些論點於今讀來，我們覺得言之成理無可非議，但這在 19 世紀
是新人耳目劃時代的創見。此無怪乎後來的英美文學界研究詹姆斯成為一
種工業，名家如吳爾芙夫人、福克納、海明威，都直接或間接受詹姆斯影
響了。

　　享年僅 44 的斯蒂文蓀，和詹姆斯的友誼稱得上圓滿無缺，相較之下，
科幻小說的祖師爺 H・G・威爾斯，跟詹姆斯的交情就有些凶終隙末了，起
因是對小說觀點的歧異。照吳魯芹的分析，這又與兩人的出身有關。

詹姆斯生長在富裕的家庭，在優渥的環境下受良好的教育，威爾斯則自小即深知寒微之苦，生存之不易；換句話說，依英國傳統的階級劃分，前者屬於「樓上」階層，後者算是在「樓底下」。所以威爾斯有小說家的面貌，但靈魂是社會運動家的靈魂。後來他用「當代的小說」為題，嘲笑詹姆斯是「講究純技巧的藝術家」，並主張小說不必有一固定的形式、小說本身是手段不是目的。站在藝術與責任這一邊的詹姆斯，當然無法忍受「要文學來侍候作家的野心」的說法，於是兩人勢必要「翻臉」了。

詹姆斯力言「藝術創造人生，創造興趣，創造一切的重要性⋯⋯」這話值得所有迷信文學是改造社會工具的作家深思。

有人說，美國的文藝出版物只有「小說」與「非小說」之分，散文藝術已經死亡。這話說得未免悲觀，換一個角度，說 E・B・懷特是散文大家裡的魯殿靈光，可能較貼切。懷特和已去世 20 來年的傑姆斯・瑟帛，曾是舉世聞名的《紐約客》雜誌的兩大臺柱，這份周刊以「幽默而不輕浮，莊重而不呆板」的風格見稱，使懷特和瑟帛如魚得水。是懷特引瑟帛進《紐約客》，是懷特看出瑟帛是「稀有金屬」，在幾年同一辦公室的朝夕相處裡，引導瑟帛成為大將之才；瑟帛的知遇感激之情自不在話下。才氣不相上下的兩個人在同一屋簷下，能排除「臥榻之側豈容他人酣睡」的私心，相重相惜合成「雙璧」，這種高貴情操實令人心儀無已。而使瑟帛與懷特風雲際會大展光芒的《紐約客》的主編勞斯厥有大功。勞斯生性大而化之，但能容人識人，稱得上是「偉大的編輯」。

在編輯的身分上和勞斯同資格稱偉大，但耐性，為作者付出心血比勞斯要大要多，就屬把湯瑪斯・伍爾夫造就成名家的麥克斯威爾・柏金斯。伍爾夫才氣縱橫，下筆如懸河倒瀉，然能放不能收，簡直不知「割愛」和「剪裁」為何物。他的第一部長篇小說《望鄉》，要經過卻爾斯・施奎布勒出版公司的首席編輯麥克斯威爾・柏金斯，一章一章的大肆刪削，才得以合乎藝術結構出版。柏金斯的指點使伍爾夫受用不盡，難怪伍爾夫尊柏金斯是他「精神上的父親」。

　　為作家文稿披沙揀金，並竭力助之嶄露頭角，這樣菩薩心腸的編輯，足令天下的寫作者感激涕零，蓋千里馬常有，伯樂難求，為千古以降顛撲不破之至理。

　　〈福德與龐德〉文中的兩位主角，名字較不為國人熟知，然給當代英美文壇產生不少影響。福德是十足「伯樂型」的人物，曾首創《英文評論》、《大西洋兩岸評論》兩份月刊，勞倫斯、艾略特、喬哀思、海明威等人未成名前，都曾受他照應、提攜，他的刊物也引進過哈代、詹姆斯、高爾斯華綏、威爾斯諸人的作品，個個都是英美文學史上的大宗匠。當然，最不遺餘力受他指點提拔的，仍屬在美出生，在英成名的龐德。龐德最有名的兩件事，一是大刀闊斧為艾略特修改曠世長詩〈荒原〉，一是認同於墨索里尼的法西斯，以通敵罪名受審，後在精神病院渡過餘生中的 12 年，1972 年死於意大利。龐德於年過 60 之後，即呈現神志不清的狀態，而唯一靈臺清明，做事井井有條的時候，是福德死後，他寫出文情並茂的長篇悼文，並為福德出一紀念文集。這令人驚異的特殊事例，證明其敬愛福德意念之誠。

　　〈瑪麗・麥卡賽與麗蓮・海爾曼〉是篇有趣的附錄，證明打筆墨官司不只中國人擅長。在臺灣海爾曼的名頭要比麥卡賽響，這是通俗作家占的便宜。此間放映過由珍芳達主演的《茱麗亞》，即是根據她的自傳改編拍攝而成。

　　總括說來，《文人相重》是本寫給內行人看的書。對英美文學有基本認識的讀者，比較容易進入情況。它的「可讀性」或許遠遜《雞尾酒會及其他》、《瞎三話四集》、《餘年集》等散文小品，但無疑更表達了魯芹先生的性情和理想。

　　今書在人亡，遙念斯人之風，不禁平添無限惆悵與追思……

——選自《文訊》第 14 期，1984 年 10 月

冷戰與戒嚴體制下的美學品味

論吳魯芹散文及其典律化問題

◎陳建忠*

一、臺灣戰後散文的典律與品味：由「吳魯芹散文獎」談起

　　向陽在一篇綜論臺灣散文發展特點的文章中指出，戰後臺灣散文發展的軌跡是「傾斜的」，批判散文固然付之闕如，說理散文也是點綴的，「閒適的、感性的散文於焉成為戰後迄今六十年來的主流」。[1]他更使用布爾迪厄（Pierre Bourdieu）的「習癖」（habitus）之概念，來解釋何謂「積習成癖」，此說極接近本文所強調的「品味」（Taste）。向陽說：

> 臺灣當代散文的類型和文風，乃是一種社會階級（散文家）的鑑賞品味與生活風格，它是一種「被結構了的結構」（structured structure），是戰後威權年代的政治結構，結構了當代臺灣文學場域的結構，反共，所以禁止馬克思與左派論述；威權，所以禁止反對與批判。[2]

　　因而無論是談所謂美學品味也好，積習成癖也罷，筆者意在藉此指出當代散文美學典律存在之事實，以及美典形構與臺灣特殊時代的關聯性，因而創作者、讀者與評論者，都可能在一時代間促成此種美典與品味之風

---

*發表文章時為清華大學臺灣文學研究所副教授，現為清華大學臺灣文學研究所教授兼所長。
[1]向陽，〈重返與跨越——臺灣當代散文的未竟之路〉，《新地文學》第 23 期（2013 年 3 月），頁41。
[2]同前註，頁 42。

行。筆者試圖努力的，僅在於恰如其分地描述這種特殊時代的特殊性，以及其所形構之美學品味如何反映當時作者對人生宇宙之觀感。對於尚待完善的臺灣散文史而言，重新挖掘、探索一批影響深遠卻已失去讀者關注的作家，並且重新將某時代的美典予以定位，必然有助於我們思考，何謂「臺灣散文」？

依照上述對典律與品味等問題的詮釋進路，本文的關注重點試圖由吳魯芹（1918～1983）散文出發，重探冷戰與戒嚴時期的臺灣散文史的書寫問題。特別是 1950、1960 年代，目前的文學研究中較常看到凸顯女性散文家的成就，[3]但同一時期也有重要意義的男性散文創作，雖獲得頗高評價，卻尚未有系統性討論。[4]值得思考的是：包括吳魯芹在內的男性散文家，究竟在當年創造出何種的散文美學傳統？而這種散文美學，又如何通過書寫者與評論者的美學品味之共同打造，從而被典律化（Canonization）？冷戰與戒嚴時代的男性、女性散文美學若能合觀，則我們又能獲得怎樣一種更為遼闊的散文傳統之視野？

本文關切的作者吳魯芹，本名吳鴻藻，以其「字」號「魯芹」行走知名於文壇，為上海人，武漢大學外文系畢業。1950 年來臺後於臺北美新處專職，並在臺灣大學等校任教；1963 年赴美講學，從此在美定居，同時進入美國新聞總署工作。雖然對其相關的研究並不多見，但如果留意到稱許其散文成就者，率皆當代臺灣文壇與學界的重要人物，如齊邦媛、余光中等；以及在他逝世後，親友以他之名所創辦的「吳魯芹散文獎」（自 1984年起），每年隨著《中國時報》或《聯合報》文學獎之舉辦，同時頒發給一名有卓有成績的散文家。[5]這些現象都表明，吳魯芹散文在 1980 年代以前

---

[3]重要的臺灣當代女性散文研究，可參見張瑞芬《臺灣當代女性散文史論》（臺北：麥田出版，2007年 4 月）、王鈺婷，〈抒情之承繼，傳統之演繹——五○年代女性散文家美學風格及其策略運用〉（臺南：成功大學臺灣文學系博士論文，2009 年 2 月）。

[4]根據孟樊的研究史回顧，比較了幾種關於臺灣散文系譜的版本，可以略知臺灣現代散文與中國現代散文的流變，但個案研究則遠遠沒有展開。參見孟樊，〈第七章 臺灣散文的系譜史觀〉，《文學史如何可能——臺灣新文學史論》（臺北：揚智文化公司，2006 年 1 月），頁 195～217。

[5]吳魯芹散文獎，為臺灣極少數僅以散文文類來尋求得獎者的獎項，至今仍在執行，並未限定獲獎

所建立起來的散文美學，曾經獲得時人的高度肯定（美學品味的認同），乃成為單獨以散文為名的獎項（典律化及其影響），至今依然屹立，唯當今識者可能已寥寥，需要重新加以討論與定位。

　　根據新近出版的文學史著述，陳芳明的《臺灣新文學史》一書論及1950 至 1960 年代女性文學，主要在第 12 及第 13 章，以林海音與聶華苓為中心，談到女性主編的重要性。但要真正談到女作家散文，則要以第 17章「臺灣女性詩人與散文家的現代轉折」，方才有較多篇幅論之。該章重點，提及 1950 年代女性散文重在母性書寫，但仍「很大程度上配合了男性美學的要求」，[6]主要的代表有艾雯、張秀亞、琦君、蕭傳文、鍾梅音、徐鍾珮等。至於 1960 年代出發的女散文家則受到現代主義影響，在散文語言上產生極大變化，「終於與五四傳統的白話文產生決裂」，[7]「母性特質在女性散文中漸漸為女性特質所取代」，[8]代表作家有如張曉風、林文月、曹又方、李藍等。由此觀之，至少在 1950 至 1960 年代之間的女性散文，比較有系統地被描述、定位。但，若論及男性散文家，則顯非如此。

　　陳芳明的史論，與本文最相關的部分，自然便是論及吳魯芹的部分。在第 13 章「橫的移植與現代主義之濫觴」裡，主要史觀便在聲明，以夏濟安所主編的《文學雜誌》和聶華苓主編之《自由中國》「文藝欄」，聚集了思想上的自由主義者，以及文藝理念上的現代主義者。他強調：

　　　　現代主義者的集結，無疑是為了抗拒官方文藝政策的領導。充分追求高
　　　　度自由的文學想像，是具有自由主義傾向的作家，無論本省、外省，都

作品需延續吳魯芹散文風格。獎金來自於《聯合報》、《中國時報》、武漢大學旅臺校友會、殷浩之先生及吳家親友捐款一百萬成立之吳魯芹紀念基金會之孳息。歷屆得獎名單如林清玄（第一屆）等，可參見齊邦媛編，《吳魯芹散文選》（臺北：洪範書店，2006 年 8 月，二版），頁 287～288。
[6]陳芳明，《臺灣新文學史（下冊）》（臺北：聯經出版公司，2011 年 10 月），頁 446。
[7]同前註，頁 466。
[8]陳芳明，《臺灣新文學史（下冊）》，頁 471。

一致憧憬的。[9]

就在這樣的史觀下，書中特別肯定了《自由中國》裡出現的散文家，並認為吳魯芹、思果（1918～2004，本名蔡濯堂）、陳之藩（1925～2012）三位的文學思考空間開闊，為臺灣讀者帶來異國想像，技巧則異於制式、僵化的文藝教條。[10]這些評斷，重點在於凸顯幾位男性散文家的美學與思想價值，已算是目前臺灣散文史論裡少有的突破之舉。

可惜的是，論及吳魯芹的時候，文學史書上並未能進一步區別這樣的男性散文與女性散文在美學風格上根本的差異性？同時，如果恰如書中所說吳魯芹的散文成就「絕不稍讓於梁實秋」，其特點在於「他那種貌似冰涼實則熱情的文體，為當時枯燥的文壇開啟了社會窺探的窗口。他擅長描寫人情與人性，而且酷嗜以自我調侃的方式表達人間冷暖與世事炎涼」，[11]那麼，這樣的散文題材與風格，置放在冷戰與戒嚴年代，便能代表自由主義者的思想與文學嗎？史家於此並未有更清晰的論說。

當中描述略多的，如針對陳之藩的《旅美小簡》（1957 年）、《在春風裡》（1962 年）、《劍河倒影》（1970 年），書中評為：「他與吳魯芹都同樣是自由主義作家，側重寫實與浪漫的雙重風格。他們的作品之受到歡迎，恰如其分地反映了台灣社會對自由天地之想像與渴望」。[12]標榜了陳之藩為「自由主義作家」，但對於他有何堪稱自由主義思想的展現與行動，同樣未有說明。

筆者認為，將不直接寫作反共文學的作者，特意另尋其書寫的積極意義，這可能基於一種區分「政治文學」與「純文學」的思考使然，抑或是另一種區隔「威權」與「抵抗」的雙元對立看法。但，就戰後在臺灣文壇

[9]陳芳明，《臺灣新文學史（上冊）》（臺北：聯經出版公司，2011 年 10 月），頁 318。
[10]書中，對思果的成就沒有任何描述。同時，也未提及梁實秋、林語堂等中國現代著名作家在臺灣文壇出現的意義。因此，較諸女性散文史，本書對男性散文的記述較無系統性。
[11]陳芳明，《臺灣新文學史（上冊）》，頁 321。
[12]同前註，頁 323。

與社會的語境而言，這批隨著國府流亡來臺的作者，究竟能夠還有多大空間可容其高舉自由主義思想？因此，若以吳魯芹為例來說明，就能清楚看到，看似並非「顯性」的反共作者，其實依然還是一個「隱性」的反共主義者，乃至於是當時普遍存在的知美（熟知美國政經文化）的學者與散文作家。

　　本文便希望能夠以吳魯芹散文為例，重新思考既有的散文史研究，並在考量「國家文藝體制」與「美援文藝體制」的政經文化脈絡下，[13]試圖修正既有的非反共文學作家即為「自由主義作家說」，以及「抒情散文美學主流說」，重新確立「閒適／幽默散文美學」，以及「知美／親美派的學者作家」這兩個現象及觀點。如此，則能夠更加準確描述吳魯芹（及其同類型散文家）的美學品味與思想意義；同時，亦可補全對冷戰與戒嚴時期的臺灣散文史敘事（含括男性與女性散文傳統）。

二、冷戰下的訪美遊記：《美國去來》與美援文藝體制

　　吳魯芹的第一部散文集《美國去來》（1953 年），與其說是一部訪美遊記，毋寧說，「貌似」通過訪美遊記的形式，實質上更接近美國形象宣傳手冊。在這部 60 頁，字數不到五萬字的散文集裡，吳魯芹與當時很多同性質的受邀訪美遊記作者一樣，都恰如其分地扮演起「為美宣傳」的任務，因為這既是接受補助或招待赴美參訪的對價物，同時亦是許多作家為了印證其深信不疑的民主制度，所以有如此觀念的表達。[14]

　　由散文美學的角度看來，吳魯芹雖然以極為流暢的漢語描述此行的美國經驗，但由於是受美國國務院邀請，在三個月內走訪各地的浮光印象，

---

[13]「國家文藝體制」即學界較為熟知的黨國文藝政策支配下的文藝體制性活動與創作。至於「美援文藝體制」，則屬本文強調，用以彰顯美國藉由冷戰下的美援機制，如何創造了一個對美國文化極為親善、偏好的美學品味，影響至為深遠。關於兩個國家藉由政策相互合作所打造之跨越港臺文壇的文藝體制，較詳細之討論請參見筆者，〈「美新處」（USIS）與冷戰／戒嚴時代的文學生產：以雜誌的出版為考察中心〉，《國文學報》第 52 期（2012 年 12 月），頁 211～242。

[14]關於資助下的訪美寫作計畫之研究，請參見趙綺娜，〈觀察美國：臺灣菁英筆下的美國形象與教育交換計畫〉，《臺大歷史學報》第 48 期（2011 年 12 月），頁 97～163。

在表現手法上較諸後續作品,可說僅屬平實之作。同時,又缺少了一份他的散文中最典型的悠閒氣派與幽默語言,因而,《美國去來》實在不能算是他成功的作品。

不過,也正因他以「報導者」的角度來描寫他的美國見聞,同時又以「擁護者」的角度來稱揚美國民主制度的優越性,《美國去來》恰恰可以保留流亡至臺灣的中國知美/親美派知識分子,是如何把「自由美國」與「自由中國」的概念視為一種民主自由制度的保護者,從而予以高度歌頌的真實顯影。並且,還得到後世評論家冠以思想上的「自由主義者」之稱號,以此表彰其「狀似」不與反共文學彈同調的抵抗精神。如同該書〈楔子〉當中所述,他對自己造訪這「民主舵手」的任務是了然於胸的:

> 但是,今日之世,美國需要人認識它,從任何一種角度,從任何一件小事上去認識它,在另一方面,自由世界的人,也應該認識這一個在驚風駭浪中同舟的舵手,那怕是一點身邊瑣事,一兩句說話時愛用的口頭禪,對彼此的了解,都是有益的。因為在未來的時日中,無疑地,大家風雨同舟,要靠彼此有認識,有了解,才能毫無阻礙地渡過難關與黑暗,在風平浪靜中,以嘹亮的歌喉,報導自由民主的永生。[15]

以「舵手」來宣揚美國的反共領導地位,應當不只是帶有輕微的政治性而已。眾所皆知,冷戰時期的美國既是號稱民主制度的舵手,也同時是反共思想的頭號領航員。那麼,吳魯芹之提醒臺灣人必須「知美」(也因為單單只標舉「知美」,往往無法避免被批判者冠上「親美」的帽子),其實也正是為了反共。他在〈政治篇(下)〉一文裡,便稱頌美國以「民為貴」的政治文化,並意有所指的說:

---

[15]吳魯芹,《美國去來》(臺北:中興出版社,1953 年,五版),頁 4。

人不必一定要壓迫其他的人，才能顯示其優越與高貴，也無需欺負別
人，才能生活愉快，舉世之人，何以視納粹，法西斯以及共產主義等集
團如洪水猛獸，主要是他們不把人當人。[16]

　　如此愛好自由制度、嫉獨裁如讎寇的態度，問題可能不在於其反共，
問題也可能也不在既是一個反共主義者，但又被稱之為自由主義者。而是
一個反共的自由主義者，對於國府或華府同樣的獨裁行為，並不似雷震、
殷海光等自由主義者，曾留下任何針砭的文字。筆者無意否定個人愛好自
由的天性與權力，但愛好創作自由與捍衛人權自由，或許並非同一種思
想，也不宜混淆了自由主義（Liberalism）思想的真諦。[17]

　　實際上，我們若注意到吳魯芹的工作資歷其實是跨越抗戰與戰後，都
供職於國民黨的國家文藝體制，以及美援文藝體制內的事實。同時，又關
注到其以臺北美新處重要的中國籍職員的身分，協助「美國新聞處」（簡稱
「美新處」，United States Information Service（USIS））推動在臺的文藝宣
傳工作，特別是與臺大夏濟安教授共同創辦由臺北美新處資助之《文學雜
誌》，這些都是具有由當朝體制出發的文藝官僚之身分。那麼，吳魯芹即便
不是極右派的愛國作家、反共作家，似乎也不宜直接將之挪移到黨國體制
的「對面」，從而描述其為帶有自由主義思想的散文家，[18]如此一來極可能
忽略吳魯芹等知美知識人堅定的反共思想，並且過度高舉其並無實際作為
的自由主義思想。

---

[16]吳魯芹，《美國去來》，頁21。

[17]自由主義思想首先應當與政治意識形態有關，基本的精神至少包括：強調平等的公民投票權、法
治、自由民主制等。本文基本上並不否認吳魯芹可能具有自由主義思想，但主張不宜過快地以自
由主義者來作為其主要的思想定位，而是需細膩地理解其對「自由」、「反共」的看法後再做確
認。這正如同某人喜愛寫作，並不宜直接稱為作家一樣；愛好自由的我等，經常也只能在不公不
義前噤聲，則顯然不宜自稱為自由主義者。真正的自由主義者，必須有相應的爭取自由權力的行
動，方能彰顯出積極的自由主義精神。文學自由主義，如果只是一種「形容詞」，則對區別真正
的自由主義思想者與愛好創作自由的作者，徒增困擾而已。

[18]在現今逐漸出現的吳魯芹研究中，大抵皆受「自由主義作家」一說影響，如張瑞芬，〈七〇年代
顏元叔與吳魯芹的散文〉，《臺灣文學研究學報》第4期（2007年4月），及林佩瑾，〈吳魯芹、
陳之藩散文研究〉（臺中：中興大學中國文學系碩士論文，2007年1月）。

　　根據吳魯芹身兼文藝官僚與文學教授的角色，本文以為應當將其置放在美國以「美新處」所部署的美援文藝體制此脈絡下，方能理解他為何有此訪美遊記，以及他完全傾倒於美國自由反共立場的根本原因。甚至，連帶其遊記散文為了高舉美國價值，所展現出來的偏向於光明、頌揚的修辭方式，跟其他當年大量出現的訪美遊記一般，理當是 1950、1960 年代臺灣散文史裡，一種美援文化影響下的散文創作現象。

　　例如同時出版《文學雜誌》的明華書局，便曾以「文星叢刊」為名，出版過相當多有關國務院等邀請訪美後的見聞錄，像陳之藩《旅美小簡》、林海音《作客美國》、於梨華《歸》、徐鍾珮《多少英倫舊事》、陳香梅《半個美國人》、杜蘅之《遊美小品》，[19]或是桂裕的《訪美雜記》等，都是具有訪美或海外經驗的作品。列舉這些出版品，主要是呼應本文所強調的，即參觀美國、談論美國已成為主流的文化現象。這些文本，多數是文學史上可稱經典或代表性的作家，他們旅美、留美、遊美的經驗，無論為了何種原因，其實相當具有典型性。朝聖之人，絡繹於途，就如同日治時期臺灣知識人必須趕往東京帝都一般。

　　甚且，應當強調的是，吳魯芹在臺北美新處工作，並非他頭一次擔任此職。早在他 1940 年由武漢大學外文系畢業後，除擔任過該校文學院院長陳西瀅（陳源）主導下的系務助教，1943 年冬便曾進入昆明美新處工作，這便是他與美新處結緣的開始。二戰結束後，更應當時國民黨的文運領袖張道藩之約，到重慶主持「國際文化合作協會」，負責國民黨政府與各國文化學術界交流的工作，[20]可以視為張道藩的重要工作夥伴。[21]在當時，吳魯芹即已在國民黨中央文化運動委員會的機關刊物《文藝先鋒》（發行於

---

[19]以上名單可見應鳳凰，〈劉守宜與「明華書局」‧《文學雜誌》（上）〉，《文訊》第 20 期（1985 年 10 月），頁 330。

[20]吳魯芹，〈記道藩先生戰後文化交流的構想──用來悼念他的逝世四週年〉，《師友‧文章》（臺北：九歌出版社，2007 年 10 月），頁 86～98。

[21]另外，不無野史意味地，中國大陸有關於張道藩的傳記中，將吳魯芹描述為類如張道藩文膽的形象，可視為尚待考證的參考資料，有此一說。參見王由青編著，《蔣介石的文化寵臣張道藩》（北京：團結出版社，2011 年 1 月），頁 197～366。

1942～1948 年間。同類型刊物即後來在臺出版之反共文藝刊物《文藝創作》）發表〈論海明威〉等一系列文章，仲介美國文學。

　　這一橫跨國民黨文化工作與國際文化交流的背景，較少為人注意，本文則藉此想指出，吳魯芹在國府與美新處兩造之間的相關活動，應當能說明美援文化與國府國際文化交流工作的關連性，而美新處能得到國府及知識菁英的歡迎，除非由雙方體制相互認可的角度來解釋，我們就不易理解為何吳魯芹可以橫跨兩方的體制，成為極佳的文學與文化仲介者。

　　據余光中表示，當時創辦人之一的吳魯芹與美新處關係頗深，吳魯芹於該處就職，「地位尊於其他中國籍的職員」；同時也在臺灣各大學兼課，當然也包括臺大外文系，也因此促成《文學雜誌》的創辦。透過美新處的經濟援助，《文學雜誌》得以持續刊行，余光中首次披露這樣的「文藝美援」事實：「純文學的期刊銷路不佳，難以持久。如果不是吳魯芹去說服美新處長麥錫加逐期支持《文學雜誌》，該刊恐怕維持不了那麼久。受該刊前驅影響的《現代文學》，也因為吳氏賞識，援例得到美新處相當的扶掖」。[22]

　　如果再依同樣曾供職於香港美新處的董橋所記，臺北美新處的吳魯芹，與香港美新處的宋淇，那便可算是在「美帝」辦公室內的兩支健筆：

　　　吳魯芹五六十年代在台北美國新聞處任事，我六七十年代在香港美國新聞處掛單，美帝冷戰時期這兩處統戰機關公事往還向來頻仍，兩處華人職員代代不乏能文之士至文壇名家，我的幾位上司說起台北辦公室的 Lucian Wu 總是肅然，台北那邊說起香港辦公室的 Stephen Soong 一樣起敬。[23]

　　再有如《中國時報》資深記者傅建中甚至認為，應當肯定麥卡錫處長

---

[22]余光中，〈愛彈低調的高手──遠悼吳魯芹先生〉，《中國時報》「人間副刊」，1983 年 8 月 25 日，8 版。
[23]董橋，〈老吳的瞎話〉，《今朝風日好》（香港：牛津大學出版社，2007 年），頁 232。

為「臺灣文藝復興的守護神」，而吳魯芹便是扮演華人高級顧問的角色：

> 在五○和六○年代，臺灣在國際間被譏為文化沙漠時，美國新聞處確實
> 做了不少事，對帶動臺灣文學藝術的發展，有相當的貢獻。……著名詩
> 人余光中、已故美國文學專家朱立民、畫家席德進、小說家白先勇、陳
> 若曦等，都曾受惠於麥氏，白、陳二人甚至可以說是麥氏發掘的。那時
> 散文大家吳魯芹（已故）是麥的高級顧問，對麥氏成為臺灣「文藝復
> 興」的守護神，扮演了推波助瀾的角色。[24]

　　由此來看，戒嚴與冷戰時代的臺灣文學場域裡，美援文藝體制的確成
為一種具有外來、軟性卻又極具支配性的動力，足以影響當時的文學生
產。當然，最重要的生產者便是當時廣受美援文化浸潤，接受了西式文學
教養而崛起的同時代作家。如何評估這些在特定意識形態體制下的文學生
產，既能指出美援文化的積極與消極影響，同時不至於「片面地」否定具
有能動性的創作主體在作品書寫上的意義與價值，顯然成為臺灣文學史研
究者的重要課題。

　　吳魯芹因為「知美」，遂以美國式民主、人權制度的「闡釋者」這樣的
形象出現。王梅香分析一批旅美遊記後便認為，「美化」（筆者按：即「美
國化」）與「中國化」幾乎是旅美遊記中的共通心得，但「臺灣」在兩端之
間則只是一個概念不明的符號：

> 訪美遊記在為台灣人開啟「美化」的一扇窗時，也打通另一道通往「中
> 國文化認同」的門。易言之，表面上看起來是描繪美國現代、進步的旅
> 行指南，充滿異國風情的憧憬，然而，事實上卻也直接、間接地也強化
> 了台灣人中國文化／國家認同。[25]

---

[24] 傅建中，〈USIA 與臺灣的文化發展〉，《中國時報》，1998 年 10 月 24 日，13 版。
[25] 王梅香，〈肅殺歲月的美麗／美力：五○年代臺灣記遊文學中的美國經驗——以吳魯芹、劉真、

　　因此，將不直接參與反共文學寫作的吳魯芹，或是《文學雜誌》與《現代文學》所帶領的現代主義思潮，線性地解釋為一種「進化」，是「進步的」自由主義思想與現代主義美學結合，對國家主義與反共美學的批判，這無疑簡化歷史變動的複雜性。且所謂的愛好創作自由的作家，其實並沒有任何真正的自由主義思想下的政治實踐，亦未對白色恐怖、二二八事件等重大議題有過相關平反意見（如雷震、殷海光等則付出極大代價），實不宜將自由主義等帶有政治意涵的標籤，強加於其上；雖則，這原本是善意的詮釋者為現代主義作家特意尋來的保護傘，藉以稱許其不遵循官方反共政策的立場。不過，如果我們考量到這些愛好文藝創作自由的學者與作者，正是在美援文藝體制這樣的氛圍中展開他們的美學變革；那麼，非直接寫作反共文學的作者或許不必然是自由主義者，而是個意識形態曖昧、多重且追求創作自由的作者。必須考慮到的，應是他們如何在美援文化與反共文化間，更複雜、多重的精神狀態與書寫意識。

　　最終，吳魯芹、《文學雜誌》與《現代文學》等雜誌，他們沒有走上國家文藝體制所期待的方向，卻走上了美援文藝體制籠罩下，純粹美學、資本主義現代化、中國文學現代化等觀念的變革之路。他們的變革是有積極意義的，但也是意義複雜的一種變革。或許，我們可以試著理解當時知識分子與作家，如何在沒有太多選擇的情況下（如果不成為愛國的反共主義者的話），「自然地」滑向較為「自由」、「開放」的西方文學觀念與現代性思想的方向，從而在仲介與接受的過程中，反映出何種面對美援文藝體制的各種態度。而吳魯芹的遊記散文，自然也在如此的體制籠罩下，彰顯了他閒適風格之外較為複雜的美學與政治意義。

李霖燦、曾虛白遊記為觀察對象），《第十屆府城文學獎得獎作品專集》（臺南：臺南市立圖書館，2004 年 12 月），頁 467。

三、戒嚴下的閒適／幽默美學：《雞尾酒會及其他》等散文集與學院派散文傳統

若如前述，吳魯芹因為兼跨國民黨文藝體制與美援文藝體制的角色，是以他不僅積極稱頌美國的自由民主制度，同時，他也支持反共的事業，本文因而主張不能逕以反「反共文學」的「自由主義者」來定位他。但，實際上不能視之為自由主義者的理由，更客觀的論據，其實便可見諸他的幾部散文集中。

可以這樣說，吳魯芹及其散文正是以他學者身分（至於他黨政方面的資歷則常被他個人或論者有意無意忽略），延續了周作人、林語堂、梁實秋的閒適、幽默小品文傳統，並在流亡臺北後，繼續於戒嚴時代以閒適、幽默美學來書寫個人生活、讀書、交遊之點滴。尤其可注意的是，戰後臺北出現的男性散文美學，便是以此種學院派散文家身分（尚有如梁實秋、思果等），閒適與幽默美學的散文風格，以及與現實政經議題幾無交涉的主題，形構出有別於女性抒情美學傳統的男性散文傳統。而臺北文壇之所以會出現這般男性散文美學，誠然必須要擺放在流亡作家、自由中國文壇、與戒嚴下的國家文藝體制這樣一些脈絡裡，方能說明清楚。

如果依照齊邦媛的說法，吳氏的第二部散文集《雞尾酒會及其他》（1957 年）是吳魯芹的「成名」之作。[26]齊邦媛同時並強調，最「典型」的吳魯芹散文，便是由這時期開始延伸而來的風格：

> 典雅而瀟灑地融合了論爭正反兩面的對立感。嚴肅與輕鬆的風格交替出現，全篇達到優雅的平衡。[27]

筆者感到興趣的部分則是齊邦媛指出，吳魯芹並非肯和平妥協的人，

---

[26]齊邦媛，〈前言〉，《吳魯芹散文選》，頁 3。
[27]同前註，頁 3。

他好以「談」、「說」、「論」、「辯」為題發議論，甚至有時還會動怒，只為吳氏最忌文人流於「俗」，亦不喜熱中名祿、文人無行，「他秉持著傳統文人的自重，堅信文人的風骨關係文化的品質」。[28]只不過，這種風骨更多表現在一種道德境界，是姿態而非行動，與公共知識分子那般重視公共議題的引領與行動並非相似。

而這些由具有中西文化學養的學者所書寫的散文，若可稱之為具備知性的散文，則其散文的語言風格也多半帶有中國古典文學與文化的應用，唯筆調則兼容西方隨筆文學（Essay）的灑脫、隨興，此之謂齊邦媛所說的「典雅而瀟灑」。

根據鍾怡雯〈美學與時代的交鋒：中華民國散文史的視野〉一文，很清楚地提出 1950 年代是隨筆與小品文的黃金時期，受西洋隨筆影響甚深，這與這些學者散文家多半具有外文系或旅外的經驗有關。值得關注的是，鍾怡雯文中倒是沒有如陳芳明的文學史書中強調「自由主義者」這一帶有「反抗」意味的形象，轉而凸顯男性作者的學養與此時期散文美學的關係：

> 當時的散文作家，將西洋隨筆所具有的特質（無關乎理論），集學問議論為一體，識見深刻，時露幽默之趣，很得知識分子的喜愛，茁壯了臺灣隨筆散文的書寫。這一類型的作品篇幅不長，也沒有特別著力於題材的創意或敘述的結構，主要以作者個人的學識和人文素養取勝，一切隨心所致，渾然天成。[29]

上述這批被論者以「學問」、「幽默」等特質來「定性」的隨筆散文作者，包括了梁實秋、吳魯芹、何凡、思果、顏元叔、莊因等人。姑且不論

---

[28]齊邦媛，〈前言〉，《吳魯芹散文選》，頁 4。
[29]鍾怡雯，〈美學與時代的交──中華民國散文史的視野〉，《中華民國發展史・文學與藝術（上冊）》（臺北：政治大學，2011 年 10 月），頁 183。

這幾位作者是否都可歸入 1950 年代散文史裡記述？[30]總之，他們帶有西洋風的學者散文、幽默散文風格，成為論者強調的重點，而不必然與自由主義思想相關。

　　試看吳魯芹的〈鄰居〉一文，文前便先有白居易的一聯：「每因暫出猶思伴，豈得安居不擇鄰？」，意指慎選鄰居的重要性，卻以古典詩句定調，可以看出散文家的古典素養。但文中兼容中西文化的語言風格，還是要引述長一點的篇幅，方能看出瀟灑議論的風神所在：

> 我常想鄰居在親疏上幾乎僅遜於直系親屬，在身心影響上遠勝於清潔檢查時所列的環境衛生。「豈得安居不擇鄰」，當然是極妥當的打算，然而今日之世，夠得上擇鄰而居的，真是能幾人哉？大家都是投宿逆旅的匆匆行路之人，而且囊中也十分羞澀，能有一枝棲息，已心滿意足，哪裡還有選好選歹的餘裕，因此得到個把好鄰居，守望相助，疾病相扶持，真是前生的緣分，今生的福分。[31]

　　在這段文字中，除白居易外，至少還化用了李白、杜甫、阮孚、莊子的一些詩句或典故，只是巧妙化做典雅的文字出之。至於所探討的話題與方式，都是極為帶有菁英意識的修辭與議論，更顯示出學者派隨筆散文的知識背景。

　　此外，吳魯芹主張小品文的寫作題材，完全來自於身邊周遭瑣事：「我寫的時候，沒有存心去教育任何人，完全寫身邊一點點瑣事，或者寫一點點見到的感想」。[32]劉紹銘針對這種不寫他者，但寫私我的文體與內容說：

---

[30] 如顏元叔、莊因等屬於稍晚的一個世代，應納入 1960、1970 年代的散文家較合適。不過，恰巧兩位作者也都擁有留學經歷與學者身分。而何凡以寫「方塊專欄」之雜文著稱，指點人生，語多幽默，但比較不標榜學問、古典、閒適等風格。

[31] 吳魯芹，〈鄰居〉，《雞尾酒會及其他》（臺北：九歌出版社，2007 年 4 月），頁 116。又，《雞尾酒會及其他》原由「文學雜誌社」於 1957 年 11 月出版，香港友聯出版社亦有香港版，本文則引自九歌新版，文章內容未有更動。

[32] 丘彥明，〈訪散文家吳魯芹先生：代序〉，《臺北一月和》（臺北：聯合報社，1983 年 7 月），頁

魯芹師文風，自成一體。半真半假，亦諷亦喻、自嘲自笑的 mock-seriousness，各種看似矛盾的因素，在他筆下，相安無事。散文形式海闊天空，是「瞎三話四」最理想的媒體。[33]

對於這樣的文章，周棄子（1911～1984）在為《雞尾酒會及其他》撰序時，亦點到吳魯芹這些寫身邊瑣事的小文章，對別人是否有益處時，他認為：

當然，類如廉頑立懦、福國利民那些妙用都是沒有的。不過我們讀了它，可以使得自己清醒一點、平靜一點。譬如我們聽到作者坦率自承是：「甘心落在『時代巨輪』後面吃灰塵的人」，也許會鬆一口氣，覺得人間落伍尚有同調，不必要抱太深重的罪惡感，也就毋庸勉強做種種努力。從遠處看，這也是頗有助於天下太平的。「以其無，當有之用」，如是而已。[34]

若據以上所言，戰後的學者／幽默散文，逐漸發展為將知識分子入世的功能忽略，認為身邊瑣事乃是唯一能關心的事物，並且對自己的無用加以自嘲自貶一番，就成為吳魯芹的主要創作思路，可以與稍早之林語堂、梁實秋相呼應，並與同時代的思果等，構成冷戰與戒嚴時代的臺灣男性散文的一支重要傳統。當然，如果把與吳魯芹一般學院派出身，著重知識品味的這一部分特別予以延伸，則臺灣的余光中、香港林以亮（宋淇）、董橋、美國的陳之藩等，[35]也可以視為學者散文在幽默、自嘲之外，亦同時標

14。

[33]劉紹銘，〈導言：吳魯芹的瀟灑世界〉，《瞎三話四——吳魯芹選集》（香港：天地圖書公司，2006年8月），頁7。

[34]周棄子，〈是不為序〉，吳魯芹《雞尾酒會及其他》（臺北：九歌出版社，2007年4月），頁26。
筆者案：周序為《雞尾酒會及其他》之1957年版的序文，今引自九歌新版，內容未有變動。

[35]從林語堂到陳之藩，這些學者散文家的個案研究，可參見部分散文研究者的論述，較重要的有

舉菁英文化意識的代表。

　　吳魯芹的散文創作分期，雖然有在臺的 1950 年代，與在美的 1970 年代及 1980 年代之差，其間有十多年暫時擱筆。不過，其學者派的閒散／幽默風格，誠可謂更加爐火純青，並未有根本性的改變。自《雞尾酒會及其他》奠基散文風格以來，復出後的《師友・文章》（1975 年）、《瞎三話四集》（1979 年）、《餘年集》（1982 年）、《臺北一月和》（1983 年）、《暮雲集》（1984 年）等都頗受稱道，而其散文家聲望並且在其過世後，藉由散文獎的設立而達到一時高峰。其復出後的散文成就已有張瑞芬將之描述為：

　　　　七○年代復出後，吳魯芹的《師友・文章》諸作較早期顯然更為圓熟，
　　　　收放自如，轉折多姿，且見出較多「自我」的痕跡。嘲諷中見寬容，所
　　　　謂「諧而不謔」，東方與西方文字的巧妙結合，成為新一代散文典範，流
　　　　露出恬淡蕭散的雋永。[36]

　　除了上述的肯定性評價，可以引為理解其散文美學風格被評論家認可的部分外。就本文的觀察來說，相較於抗戰或反共階段的大時代文學思潮，學者派的閒適／幽默散文一系，在 1950、1960 年代所發展出來的散文美學，毋寧是以無用為有用，以自貶為幽默，而更不強調知識分子的言責、改革等使命，乃成為吳魯芹散文極為顯目的一種文學風尚。也因此，對於自由、人權等理念的實踐則僅縮限在一人身上而不及眾生，因此也實不宜用政治性的自由主義者等概念來描述這類意欲「遠離政治」的散文家。[37]如同劉紹銘所說：「他的散文，就風格而言，與梁遇春（1906～

　　如：樊善標，《爐外之丹：文學評論及其他》（香港：麥穗出版公司，2011 年 5 月）、鍾怡雯，《無盡的追尋──當代散文的詮釋與批評》（臺北：聯合文學出版公司，2004 年 9 月）等。

[36]張瑞芬，〈七○年代顏元叔與吳魯芹的散文〉，《臺灣文學研究學報》第 4 期，頁 123。

[37]中國大陸現代文學裡的「自由主義文學」之說，乃是相對於社會主義文學等思想的分化而言，一

1932）和梁實秋（1903～1987）一脈相承，幽默雋永，認定在無可奈何的人生中，凡夫俗子面對野蠻、無理、荒謬的局面時，除了『啞然失笑』這蒼涼的姿態外，實在再無消解的辦法」。[38]

不過，必須特別指出的是，筆者實非否定這種典範化的閒適散文美學，更不是欲借對比不同文風來非難散文家，而是更想探問：為何由中國大陸流亡至臺灣的男性作家，身處 1950、1960 年代的文學場域，不像女性作家以抒情美學為導向，欲選擇以幽默、閒適美學為出口？甚且，吳魯芹晚至 1970、1980 年代在美國所寫的散文，已沒有居住在臺灣時期的政治禁忌或壓力，卻依然秉持自嘲、瑣事的文風，成為他終生的散文風格歸趨所在？因為流風所及已如向陽所言，戰後散文的發展乃是「傾斜的」，抒情與閒適之風幾乎統管了多數文人的藝術心靈。

不僅作家文風如此，評論家若屬推崇吳魯芹者，亦相形之下明褒吳魯芹，暗貶周樹人（魯迅），如游喚即認為：「魯迅之潑口謾罵，識者早已不取，吳氏洞見其弊，絕不輕易訓人以言」[39]，這般評語所彰顯的正是美學品味的認同與偏好。如果這不是隱含了一種批評家的美學意識形態，我們實在很難說明，為何在文學史上具有重要成就的魯迅之小說與散文詩、雜文等，就會在與吳魯芹相較之下，被貶抑成為氣量狹小、尖酸刻薄之類的二、三流作家。文學評論者的品味既然與吳魯芹散文的美感經驗一致；因此，也就對魯迅帶有強烈反思與批判精神的作品感到不安。這樣的評價差異事實，證明了戰後臺灣散文傳統內在的一種精神傾向，以反共、知美、幽默、自嘲作為因應世界變動的方法。

歸結本小節欲論證的重點，正在於吳魯芹散文如何在戒嚴時代的國家

右一左，互為對立。但臺灣文學中若真有自由主義者，卻可能同時又是一位反共主義者，其與主流意識形態、統治機器之間並無對立之立場。劉川鄂的研究便指出中國的自由主義文學概念：「它相對於中國現代文壇的左翼：無產階級文學、民主主義文學、右翼文學、大眾通俗文學而言」，出處參見劉川鄂，《中國自由主義文學論稿》（武漢：武漢出版社，2000 年 10 月），頁 21。
[38]劉紹銘，〈附錄三：洋湯原來是禍水〉，《瞎三話四——吳魯芹選集》，頁 362。
[39]游喚，〈從洪範版《餘年集》論吳魯芹散文〉，《散文季刊》第 1 期（1984 年 1 月），頁 68。

文藝體制下，發展出不直接書寫反共題材，但卻可以從容出入於文學場域
的散文美學風格，贏得生前身後之名。可以說，吳魯芹教授的閒適／幽默
散文美學，終生未變。因為無論在臺或移居美國；抑或是戒嚴開端的
1950、1960 年代，又或是保釣運動過後的 1970、1980 年代，這種閒適／
幽默美學幾乎都未曾有何變化。因而，對於臺灣或中國大陸、乃至美國社
會、政治的問題少有關涉，亦不表露知識分子對追求自由、人權所付出代
價的態度，就很清楚說明了散文家並非願意以自由主義者的思想面目示
人。以這樣的觀察來解讀臺灣散文，戰後臺灣男性散文誠然建立了鮮明的
散文美學品味與風格，但如果說這樣的美學品味及其傳統，乃是以放棄對
於知識分子介入現實的權利作為代價，不知是否過當？

　　面對現實議題的思想羸弱，但面對人生存在困境的幽默思想卻相對發
達，閒適／幽默散文的「潛文本」（sub-text）所訴說的，或許正是當代中
國知識分子在精神上被恐嚇或收編後的悲哀。他們並非為國家政策辯護的
作者，但也不曾有過對國家不當政策的否定性思想。因而，散文風格之閒
適、幽默與悲哀其實已如同一杯人生的雞尾酒，這種苦笑含淚的散文美
學，正是臺灣文學史上所特產的一種美學傳統。

　　不過，1970 年代以後臺灣開始，比較帶有積極愛國意識的作家中開始
出現如余光中、顏元叔的大品遊記與批判雜文，而更多的鄉土散文、政治
散文、生態散文等亦接連而出。知性散文遂不只有記載名士與菁英的知
識，尚能關涉到民間土地的具體生命知識，且亦不乏對擁抱生命本質的款
款情深，但那已是後話。

四、結語：冷戰與戒嚴支配下的散文史觀與典律重估

　　本文的結論試圖強調，應當在以女性散文家與抒情傳統為主流的
1950、1960 年代的散文史觀裡，再加入男性散文家與學院傳統或閒適／幽
默傳統的另一系，合觀才能呈現較為立體與真實的散文發展面貌。與此同
時，不少的學院派散文家由於置身在美援文藝體制與國家文藝體制的雙重

「保護」或「支配」之下，因此，戰後的男性散文創作現象裡，較諸戰前，更偏向自嘲自娛、生活閒趣的風格與題材，[40]使得戰後 20 年間的臺灣散文傳統益發顯得充滿高度的文化菁英色彩，卻又偏重於文人階層的生活經驗（書、畫、美食），而與一般普羅大眾的生活世界有著一定距離。

至於推崇這種閒適／幽默的美學品味，以及將這樣的作品「典律化」，轉化為文學獎項，或指其作者為自由主義者，而散文則以純粹美學較諸批判美學被賦予更高的評價，這些品味與典律化，其實都與冷戰與戒嚴體制下的時代條件無法切割。

環顧當前文壇，昔日吳魯芹在臺大任教時所培養的學生，如今雖多年事頗高，但也多是港臺學術界的要角，如劉紹銘、葉維廉、李歐梵等。而持續肯定吳魯芹散文成就的，則是他當年的學界、文壇友人，如余光中、齊邦媛、夏志清、彭歌等。由這些對校園與文壇具有影響力的重量級人物，超過三十年來的一致推崇，這恐怕不是現今任何一位作家所能獲得的待遇。[41]除了能夠說明吳魯芹與其朋輩、學生之間的情誼之融洽外，在冷戰年代所凝聚起來的一套美學信念，想必更是眾人始終如一予以肯定的關鍵所在。吳魯芹散文之美學與思想，其實正是一時代人的美學與思想的集體投射，更是一時代人在流亡精神史上的倒影。

最後，尚有問題要繼續思索。本文雖主要藉由「性別問題」來凸顯 1950、1960 年代散文史裡，應當考量冷戰、流亡與戒嚴的特殊文壇情境，跳脫非反共即自由主義者的雙元觀點，重新定位男性散文家的美學與思想問題。然而，即使如此調整視角，仍有偏重外省籍男性散文家，而忽略了本土／省籍男性散文家的另一個問題有待面對。例如葉榮鐘與洪炎秋，以

---

[40]許達然對名士派小品的描述，或有參照價值，他認為該類作者：「把快感當美感，把感到當敢到，作者總是開心而不關心」。引文見許達然，〈感到，趕到，敢到──散談臺灣的散文（代序）〉，應鳳凰編，《許達然散文精選集》（臺北：前衛出版社，2011 年 7 月），頁 12。文末註明為 1977 年作。

[41]王文興亦是出身臺大，而備受柯慶明、張誦聖、陳玉玲、康來新、易鵬等學生輩學者極力肯定的著例，但王在學界輩分上顯然相對較為晚出，聲勢又不相同。

及同樣有過日治時期經驗的散文作者（如王詩琅、黃得時），當年顯得更加邊緣化的這些省籍作者，若與吳魯芹等外省籍男性散文家並置，將呈現出如何的散文史景觀呢？日治時期臺灣本土的散文傳統，為何在戰後的前 20 年文學史記載中消失匿跡？這應當會是另一個冷戰與戒嚴時期必然要處理的散文史議題，將留待下一篇論文再來處理。

參考書目：

· 王由青編著，《蔣介石的文化寵臣張道藩》（北京：團結出版社，2011 年 1 月）。

· 王梅香，〈肅殺歲月的美麗／美力：五〇年代臺灣記遊文學中的美國經驗——以吳魯芹、劉真、李霖燦、曾虛白遊記為觀察對象〉，《第十屆府城文學獎得獎作品專集》（臺南：臺南市立圖書館，2004 年 12 月）。

· 王鈺婷，〈抒情之承繼，傳統之演繹——五〇年代女性散文家美學風格及其策略運用〉（臺南：成功大學臺灣文學系博士論文，2009 年 2 月）。

· 向陽，〈重返與跨越——臺灣當代散文的未竟之路〉，《新地文學》第 23 期（2013 年 3 月）。

· 余光中，〈愛彈低調的高手——遠悼吳魯芹先生〉，《中國時報》「人間副刊」，1983 年 8 月 25 日，8 版。

· 吳魯芹，《美國去來》（臺北：中興出版社，1953 年，五版）。

——，《師友·文章》（臺北：九歌出版社，2007 年 10 月）。

——，《雞尾酒會及其他》（臺北：九歌出版社，2007 年 4 月）。

——，《臺北一月和》（臺北：聯合報社，1983 年 7 月）。

· 林佩瑾，〈吳魯芹、陳之藩散文研究〉（臺中：中興大學中國文學系碩士論文，2007 年 1 月）。

· 孟樊，《文學史如何可能——臺灣新文學史論》（臺北：揚智文化公司，2006 年 1 月）

· 張瑞芬，《臺灣當代女性散文史論》（臺北：麥田出版，2007 年 4 月）。

——，〈七〇年代顏元叔與吳魯芹的散文〉，《臺灣文學研究學報》 第 4 期

（2007 年 4 月）。

- 陳芳明，《臺灣新文學史（上冊）》（臺北：聯經出版公司，2011 年 10 月）。

　　———，《臺灣新文學史（下冊）》（臺北：聯經出版公司，2011 年 10 月）。

- 陳建忠，〈「美新處」（USIS）與冷戰／戒嚴時代的文學生產——以雜誌的出版為考察中心〉，《國文學報》第 52 期（2012 年 12 月）。

- 許達然，〈感到，趕到，敢到——散談臺灣的散文（代序）〉，應鳳凰編，《許達然散文精選集》（臺北：前衛出版社，2011 年 7 月）。

- 傅建中，〈USIA 與臺灣的文化發展〉，《中國時報》，1998 年 10 月 24 日，13 版。

- 游喚，〈從洪範版《餘年集》論吳魯芹散文〉，《散文季刊》第 1 期（1984 年 1 月）。

- 董橋，《今朝風日好》（香港：牛津大學出版社，2007 年）。

- 齊邦媛，《吳魯芹散文選》（臺北：洪範書店，2006 年 8 月，二版）。

- 樊善標，《爐外之丹：文學評論及其他》（香港：麥穗出版公司，2011 年 5 月）。

- 劉川鄂，《中國自由主義文學論稿》（武漢：武漢出版社，2000 年 10 月）。

- 劉紹銘編，《瞎三話四——吳魯芹選集》（香港：天地圖書公司，2006 年 8 月）。

- 鍾怡雯，〈美學與時代的交鋒——中華民國散文史的視野〉，《中華民國發展史‧文學與藝術（上冊）》（臺北：政治大學，2011 年 10 月）。

　　———，《無盡的追尋——當代散文的詮釋與批評》（臺北：聯合文學出版公司，2004 年 9 月）。

- 應鳳凰，〈劉守宜與「明華書局」‧《文學雜誌》（上）〉，《文訊》第 20 期（1985 年 10 月）。

——選自《臺灣文學研究集刊》第 16 期，2014 年 12 月

輯五◎
研究評論資料目錄

作家生平、作品評論專書與學位論文

學位論文

1. 林佩瑾　　吳魯芹、陳之藩散文研究　中興大學中國文學系　碩士論文　陳芳明教授指導　2007 年 1 月　200 頁

本論文首先以作家生平、文藝美學角度、自由主義的角度三個面向著手探討，分析散文文本，構築其文學成就，開拓美學新版圖；探究五四新文化運動建立「人的文學」的精神及「個性解放」主義等概念，重新評價五○年代的散文。全文共 6 章：1.緒論；2.兩位散文作家的文學生涯；3.吳魯芹的創作意念與實踐；4.陳之藩的散文成就；5.自由主義文學書寫的特質與意涵；6.結論。正文後附錄〈吳魯芹、陳之藩著作年表與五○年代藝文大事〉。

2. 黃渭珈　　吳魯芹散文研究　玄奘大學中國語文學系碩士在職專班　碩士論文　鄭明娳教授指導　2007 年 6 月　141 頁

本論文以吳魯芹的「散文」為研究核心，綜合評述吳魯芹的散文，透過吳魯芹散文作品的特質，提出吳魯芹散文在現代散文史上的意義與成就。全文共 6 章：1.緒論；2.吳魯芹散文的分期；3.吳魯芹散文的創作觀；4.吳魯芹散文的主題內涵；5.生命生活觀照；6.吳魯芹散文的藝術探析。正文後附錄〈吳魯芹生平事略〉。

作家生平資料篇目

自述

3. 吳魯芹　　楔子　美國去來　臺北　中興文學出版社　1953 年 1 月　頁 1—4

4. 吳魯芹　　楔子　美國去來　臺北　明華書局　1959 年 2 月　頁 1—5

5. 吳魯芹　　楔子　雞尾酒會及其他・美國去來　上海　上海世紀出版公司・上海書店出版社　2009 年 1 月　頁 103—106

6. 吳魯芹　　跋　美國去來　臺北　中興文學出版社　1953 年 1 月　頁 60

7. 吳魯芹　　跋　美國去來　臺北　明華書局　1959 年 2 月　頁 79—80

8. 吳魯芹　　跋　雞尾酒會及其他・美國去來　上海　上海世紀出版公司・上海書店出版社　2009 年 1 月　頁 160—161

9. 吳魯芹　　前記　雞尾酒會及其他　臺北　文學雜誌社　1957 年 11 月　頁 1—

2

10. 吳魯芹　　前記　雞尾酒會及其他　香港　友聯出版社　1958 年 2 月　頁 1—2

11. 吳魯芹　　前記　雞尾酒會及其他‧美國去來　上海　上海世紀出版公司‧上海書店出版社　2009 年 1 月　頁 3—4

12. 吳魯芹　　重印小序　美國去來　臺北　明華書局　1959 年 2 月　頁 1

13. 吳魯芹　　「馬戲生涯」一年　傳記文學　第 119—120 期　1972 年 4—5 月　頁 8—13，27—33

14. 吳魯芹　　「馬戲生涯」一年　師友‧文章　臺北　傳記文學出版社　1975 年 12 月　頁 135—158

15. 吳魯芹　　「馬戲生涯」一年──一九六二年九月至一九六三年八月　師友‧文章　臺北　九歌出版社　2007 年 10 月　頁 183—217

16. 吳魯芹　　「馬戲生涯」一年　師友‧文章　上海　上海世紀出版公司‧上海書店出版社　2009 年 1 月　頁 143—175

17. 吳魯芹　　我的「誤人」與「誤己」生活　傳記文學　第 153 期　1975 年 2 月　頁 30—41

18. 吳魯芹　　我的「誤人」與「誤己」生活　師友‧文章　臺北　傳記文學出版社　1975 年 12 月　頁 159—182

19. 吳魯芹　　我的「誤人」與「誤己」生活　瞎三話四──吳魯芹選集　香港　天地圖書公司　2006 年 8 月　頁 140—176

20. 吳魯芹　　我的「誤人」與「誤己」生活　雞尾酒會及其他　臺北　九歌出版社　2007 年 4 月　頁 161—205

21. 吳魯芹　　我的「誤人」與「誤己」生活　師友‧文章　上海　上海世紀出版公司‧上海書店出版社　2009 年 1 月　頁 176—206

22. 吳魯芹　　「兩句三年得」的「票寫」生涯　傳記文學　第 154 期　1975 年 3 月　頁 25—27

23. 吳魯芹　　「兩句三年得」的票寫生涯　師友‧文章　臺北　傳記文學出版社

1975 年 12 月　頁 183—188

24. 吳魯芹　「兩句三年得」的「票寫」生涯　師友・文章　上海　上海世紀出版公司・上海書店出版社　2009 年 1 月　頁 207—214

25. 吳魯芹　《師友・文章》前記　傳記文學　第 162 期　1975 年 11 月　頁 33

26. 吳魯芹　前記　師友・文章　臺北　傳記文學出版社　1975 年 12 月　頁 5

27. 吳魯芹　前記　師友・文章　臺北　九歌出版社　2007 年 10 月　〔1〕頁

28. 吳魯芹　前記　師友・文章　上海　上海世紀出版公司・上海書店出版社　2009 年 1 月　〔1〕頁

29. 吳魯芹　《雞尾酒會及其他》重印題記　傳記文學　第 160 期　1975 年 11 月　頁 42

30. 吳魯芹　重印題記　雞尾酒會及其他　臺北　傳記文學出版社　1975 年 12 月　〔1〕頁

31. 吳魯芹　重印題記　雞尾酒會及其他　臺北　九歌出版社　2007 年 4 月　頁 27—28

32. 吳魯芹　前記　雞尾酒會及其他　臺北　傳記文學出版社　1975 年 12 月　頁 1—4

33. 吳魯芹　前記　雞尾酒會及其他　臺北　九歌出版社　2007 年 4 月　頁 29—30

34. 吳魯芹　瑣憶《文學雜誌》的創刊與停刊——見到重刊合本問世廣告所引起的　聯合報　1977 年 6 月 1 日　12 版

35. 吳魯芹　瑣憶《文學雜誌》的創刊和夭折——見到重刊合本問世廣告所引起的　傳記文學　第 181 期　1977 年 6 月　頁 63—66

36. 吳魯芹　瑣憶《文學雜誌》的創立和停刊　瞎三話四集　臺北　九歌出版社　1979 年 11 月　頁 153—157

37. 吳魯芹　瑣憶《文學雜誌》的創立與停刊——見到重刊合本問世廣告所引起的　低調淺彈——瞎三話四集　臺北　九歌出版社　2006 年 8 月　頁 143—154

38. 吳魯芹　　　瑣憶《文學雜誌》的創刊與停刊——見到重刊合本問世廣告所引起的　瞎三話四——吳魯芹選集　香港　天地圖書公司　2006 年 8 月　頁 255—267

39. 吳魯芹　　　瑣憶《文學雜誌》的創立和停刊　瞎三話四集　上海　上海世紀出版公司・上海書店出版社　2009 年 1 月　頁 113—123

40. 吳魯芹　　　寫在《瞎三話四集》前面[1]　聯合報　1979 年 8 月 31 日　8 版

41. 吳魯芹　　　前記　瞎三話四集　臺北　九歌出版社　1979 年 11 月　頁 5—6

42. 吳魯芹　　　原書序——前記　低調淺彈——瞎三話四集　臺北　九歌出版社　2006 年 8 月　頁 25—26

43. 吳魯芹　　　自序　英美十六家[2]　臺北　時報文化出版社　1981 年 9 月　頁 33—42

44. 吳魯芹　　　《英美十六家》——我談・我訪・我喜歡的作家　中國時報　1981 年 11 月 20 日　8 版

45. 吳魯芹　　　《英美十六家》自序　傳記文學　第 232 期　1981 年 9 月　頁 98—100

46. 吳魯芹　　　《英美十六家》自序　餘年集　臺北　洪範書店　1982 年 5 月　頁 205—214

47. 吳魯芹　　　《英美十六家》自序　餘年集　上海　上海世紀出版公司・上海書店出版社　2009 年 1 月　頁 157—164

48. 吳魯芹　　　書・書房[3]　中國時報　1981 年 10 月 1 日　8 版

49. 吳魯芹　　　書與書房——亦是滄桑歷盡　餘年集　臺北　洪範書店　1982 年 5 月　頁 37—55

50. 吳魯芹　　　不虞之譽——金鼎獎得獎感言　中國時報　1981 年 11 月 20 日　8 版

51. 吳魯芹　　　不虞之譽——金鼎獎得獎感言　餘年集　臺北　洪範書店　1982 年

---

[1]本文後為《瞎三話四集》之〈前記〉。
[2]本文後改篇名為〈《英美十六家》——我談・我訪・我喜歡的作家〉。
[3]本文後改篇名為〈書與書房——亦是滄桑歷盡〉。

5 月　頁 215—216

52. 吳魯芹　　不虞之譽　餘年集　上海　上海世紀出版公司・上海書店出版社
2009 年 1 月　頁 165—166

53. 吳魯芹　　《餘年集》自序　洪範雜誌　第 7 期　1982 年 4 月　1 版

54. 吳魯芹　　自序　餘年集　臺北　洪範書店　1982 年 5 月　頁 1—10

55. 吳魯芹　　出書的況味——關於《餘年集》及其他　聯合報　1982 年 5 月 16
日　8 版

56. 吳魯芹　　關於《餘年集》及其他　傳記文學　第 241 期　1982 年 6 月　頁
86—88

57. 吳魯芹　　我的大學生活　餘年集　臺北　洪範書店　1982 年 5 月　頁 59—
66

58. 吳魯芹　　我的大學生活　瞎三話四——吳魯芹選集　香港　天地圖書公司
2006 年 8 月　頁 276—282

59. 吳魯芹　　我的大學生活　餘年集　上海　上海世紀出版公司・上海書店出版
社　2009 年 1 月　頁 47—52

60. 吳魯芹　　前記　臺北一月和　臺北　聯經出版社　1983 年 7 月　頁 1—2

61. 吳魯芹　　前記　文人相重・臺北一月和　上海　上海世紀出版公司・上海書
店出版社　2009 年 1 月　頁 137

62. 吳魯芹　　卸下一副擔子（後記）[4]　聯合報　1983 年 8 月 24 日　8 版

63. 吳魯芹　　後記　文人相重　臺北　洪範書店　1983 年 10 月　頁 179—184

64. 吳魯芹　　《文人相重》後記　傳記文學　第 258 期　1983 年 11 月　頁 85—
86

65. 吳魯芹　　後記　文人相重・臺北一月和　上海　上海世紀出版公司・上海書
店出版社　2009 年 1 月　頁 130—136

66. 吳魯芹　　楔子　文人相重　臺北　洪範書店　1983 年 10 月　頁 1—3

67. 吳魯芹　　楔子　文人相重・臺北一月和　上海　上海世紀出版公司・上海書

---

[4]本文後為《文人相重》一書〈後記〉。

店出版社　2009 年 1 月　頁 5—6

68. 吳魯芹　自序　十三位美國作家　〔華盛頓〕　美國之音・出版部　1984 年 2 月　〔1〕頁

他述

69. 林海音　中國作家在美國（1）〔吳魯芹部分〕　中華日報　1966 年 3 月 2 日　6 版

70. 林海音　中國作家在美國〔吳魯芹部分〕　作客美國　臺北　夏林含英 1982 年 11 月　頁 186—187

71. 丘彥明　野鶴閒雲——吳魯芹先生今日回國　聯合報　1982 年 8 月 2 日　8 版

72. 劉守宜　尋訪文學舊夢　聯合報　1983 年 7 月 14 日　8 版

73. 〔聯合報〕　名散文作家・吳魯芹病逝　聯合報　1983 年 8 月 1 日　3 版

74. 金恆煒　記吳魯芹先生二、三事　中國時報　1983 年 8 月 1 日　8 版

75. 丘彥明　燦爛的夕陽——敬悼吳魯芹先生　聯合報　1983 年 8 月 1 日　8 版

76. 丘彥明　燦爛的夕陽　人情之美　臺北　允晨出版社　1989 年 1 月　頁 135 —137

77. 葉維廉　文質彬彬活活潑潑：悼吳魯芹老師　聯合報　1983 年 8 月 2 日　8 版

78. 葉維廉　文質彬彬・活活潑潑——悼吳魯芹老師　憂鬱的鐵路　臺北　正中書局　1984 年 8 月　頁 197—200

79. 葉維廉　文質彬彬・活活潑潑——悼吳魯芹老師　一個中國的海　臺北 東大圖書公司　1987 年 4 月　頁 178—180

80. 林海音　酒會已散　聯合報　1983 年 8 月 19 日　8 版

81. 林海音　酒會已散　剪影話文壇　臺北　純文學出版社　1984 年 8 月　頁 117—119

82. 林海音　吳魯芹／酒會已散　林海音作品集・剪影話文壇　臺北　遊目族文化公司　2000 年 5 月　頁 117—119

83. 彭　歌　哭魯芹——《文人相重》的典型　中央日報　1983 年 8 月 20 日　12 版

84. 齊邦媛　七月流火祭魯芹　中國時報　1983 年 8 月 20 日　8 版

85. 齊邦媛　七月流火祭魯芹　聯合報　1983 年 8 月 25 日　8 版

86. 莊　因　記「立吞會」的緣起——兼懷吳魯芹先生　聯合報　1983 年 8 月 25 日　8 版

87. 莊　因　記「立吞會」的緣起——兼懷吳魯芹先生　漂泊的雲　臺北　三民書局　1998 年 2 月　頁 108—116

88. 陳天寶　今天追思吳魯芹　民生報　1983 年 8 月 25 日　9 版

89. 余光中　愛彈低調的高手——遠悼吳魯芹先生　中國時報　1983 年 8 月 25 日　8 版

90. 余光中　愛彈低調的高手——遠悼吳魯芹先生　余光中集（第六卷）　天津百花文藝出版社　2004 年 1 月　頁 80—86

91. 余光中　愛彈低調的高手——遠悼吳魯芹先生　低調淺彈——瞎三話四集　臺北　九歌出版社　2006 年 8 月　頁 15—23

92. 余光中　愛彈低調的高手——遠悼吳魯芹先生　瞎三話四——吳魯芹選集　香港　天地圖書公司　2006 年 8 月　頁 349—357

93. 余光中　愛彈低調的高手——遠悼吳魯芹先生　余光中跨世紀散文　臺北　九歌出版社　2008 年 10 月　頁 286—293

94. 王愛生　永懷吳魯芹先生　中央日報　1983 年 8 月 27 日　12 版

95. 王繼芳　哀念吳魯芹先生　大華晚報　1983 年 9 月 4 日　10 版

96. 殷張蘭熙　LUCIAN WU——Untimely End of A New Beginning　THE CHINESE PEN　1983 年秋季號　1983 年 9 月　〔4〕頁

97. 鄭通和　魯芹生平事略　傳記文學　第 256 期　1983 年 9 月　頁 23

98. 張佛千　敬悼吳魯芹先生　傳記文學　第 256 期　1983 年 9 月　頁 24—30

99. 劉守宜　念魯芹・談往事　傳記文學　第 256 期　1983 年 9 月　頁 31—32

100. 〔文訊雜誌〕　文苑短波——文藝界悼念吳魯芹　文訊雜誌　第 3 期

1983 年 9 月　頁 7

101. 吳葆珠　寫在書前　文人相重　臺北　洪範書店　1983 年 10 月　頁 1—3

102. 吳葆珠　寫在《文人相重》書前　傳記文學　第 258 期　1983 年 11 月　頁 86

103. 吳葆珠　寫在書前　文人相重・臺北一月和　上海　上海世紀出版公司・上海書店出版社　2009 年 1 月　頁 3—4

104. 陳若曦　憶魯芹師　中國時報　1983 年 11 月 6 日　8 版

105. 陳若曦　憶魯芹師　草原行　臺北　時報文化出版公司　1988 年 7 月　頁 5—12

106. 陳若曦　憶魯芹師　西藏行　香港　香江出版公司　1988 年 12 月　頁 149—153

107. 喻麗清　雞尾酒會及其他：寫在吳魯芹先生逝世百日　中國時報　1983 年 11 月 8 日　8 版

108. 湯　晏　「泰岱鴻毛只等閒」——紀念吳魯芹先生　傳記文學　第 258 期　1983 年 11 月　頁 83—84

109. 石永貴　我對吳魯芹、吳嘉棠兩先生的印象　傳記文學　第 258 期　1983 年 11 月　頁 87

110. 夏志清　周末談舊錄，最後一聚，追念吳魯芹雜記（上、下）　聯合報　1984 年 7 月 14—15 日　8 版

111. 吳葆珠　服裝最佳教授：為紀念魯芹逝世週年[5]　傳記文學　第 266 期　1984 年 7 月　頁 47—50

112. 吳葆珠　週年憶魯芹：兼談「吳魯芹散文獎」　中國時報　1984 年 9 月 29 日　8 版

113. 殷張蘭熙　關於「吳魯芹散文獎」　聯合報　1984 年 9 月 23 日　8 版

114. 呂正惠　吳魯芹　中國現代散文選析　臺北　長安出版社　1985 年 3 月　頁 555—557

---

[5]本文後改篇名為〈週年憶魯芹：兼談「吳魯芹散文獎」〉。

115. 熊　玠　追哭吳魯芹老師　明報月刊　第 232 期　1985 年 4 月　頁 64—66

116. 熊　玠　水上天鵝，憶吳魯芹老師　聯合報　1985 年 7 月 30 日　8 版

117. 應鳳凰　劉守宜與「明華書局」‧《文學雜誌》（下）——林以亮與思果——吳魯芹的散文　文訊雜誌　第 21 期　1985 年 12 月　頁 314—315

118. 應鳳凰　劉守宜與明華書局‧《文學雜誌》——吳魯芹的散文　五○年代文學出版顯影　臺北　臺北縣文化局　2006 年 12 月　頁 172—173

119. 〔九歌雜誌〕　書緣‧書香〔吳魯芹部分〕　九歌雜誌　第 70 期　1986 年 12 月　4 版

120. 吳葆珠　騎腳踏車的時代　中國時報　1986 年 12 月 30 日　8 版

121. 吳葆珠　特載：騎腳踏車的時代　師友‧文章　臺北　九歌出版社　2007 年 10 月　頁 233—237

122. 吳葆珠　騎腳踏車的時代　師友‧文章　上海　上海世紀出版公司‧上海書店出版社　2009 年 1 月　頁 222—226

123. 王晉民主編　吳魯芹　臺灣文學家辭典　南寧　廣西教育出版社　1991 年 7 月　頁 188—189

124. 張天心　憶魯芹　一琴走天下　臺北　星光出版社　1994 年 4 月　頁 248—251

125. 〔九歌雜誌〕　書緣‧書香〔吳魯芹部分〕　九歌雜誌　第 205 期　1998 年 4 月　4 版

126. 耕　雨　吳魯芹的「餘年」　臺灣新聞報　2000 年 3 月 24 日　B7 版

127. 傅月庵　吳魯芹瀟灑人生走一回——墓誌銘：什麼形容詞都不需要的人　中華日報　2000 年 10 月 6 日　19 版

128. 何雅雯　學院之樹：《文學雜誌》、《現代文學》與《中外文學》雜談——麻將桌上來去的《文學雜誌》〔吳魯芹部分〕　文訊雜誌　第 213 期　2003 年 7 月　頁 47—49

129. 齊邦媛　文學與報恩主義　聯合報　2006 年 8 月 1 日　E7 版

130. 齊邦媛　文學與報恩主義　低調淺彈——瞎三話四集　臺北　九歌出版社　2006 年 8 月　頁 9—10

131. 丁文玲　九歌、洪範力推——吳魯芹重現書市　中國時報　2006 年 8 月 12 日　E1 版

132. 劉紹銘　導言：吳魯芹的瀟灑世界[6]　瞎三話四——吳魯芹選集　香港　天地圖書公司　2006 年 8 月　頁 1—8

133. 劉紹銘　瞎三話四說因由——追懷吳魯芹先生　印刻文學生活誌　第 37 期　2006 年 9 月　頁 214—217

134. 劉紹銘　吳魯芹的瀟灑世界　瞎三話四集　上海　上海世紀出版公司‧上海書店出版社　2009 年 1 月　頁 1—4

135. 劉紹銘　洋湯原來是禍水　瞎三話四——吳魯芹選集　香港　天地圖書公司　2006 年 8 月　頁 358—362

136. 劉紹銘　洋湯原來是禍水　英美十六家　上海　上海世紀出版公司‧上海書店出版社　2009 年 1 月　頁 1—4

137. 劉紹銘　洋湯原來是禍水　雞尾酒會及其他‧美國去來　上海　上海世紀出版公司‧上海書店出版社　2009 年 1 月　頁 1—4

138. 劉紹銘　洋湯原來是禍水　師友‧文章　上海　上海世紀出版公司‧上海書店出版社　2009 年 1 月　頁 1—4

139. 劉紹銘　洋湯原來是禍水　瞎三話四集　上海　上海世紀出版公司‧上海書店出版社　2009 年 1 月　頁 1—4

140. 劉紹銘　洋湯原來是禍水　餘年集　上海　上海世紀出版公司‧上海書店出版社　2009 年 1 月　頁 1—4

141. 劉紹銘　洋湯原來是禍水　文人相重‧臺北一月和　上海　上海世紀出版公司‧上海書店出版社　2009 年 1 月　頁 1—4

142. 劉紹銘　洋湯原來是禍水　暮雲集　上海　上海世紀出版公司‧上海書店

---

[6]本文後改篇名為〈瞎三話四說因由——追懷吳魯芹先生〉。

出版社　2009 年 1 月　頁 1—4

143. 夏志清　雞窗夜靜思故友——懷念吳魯芹一手瀟灑的字　聯合報　2006 年 10 月 3 日　E7 版

144. 黃　三　初讀吳魯芹　求是文摘　臺北　秀威資訊科技公司　2006 年 10 月　頁 130—131

145. 董　橋　老吳的瞎話　聯合文學　第 269 期　2007 年 3 月　頁 16—17

146. 董　橋　老吳的瞎話　今朝風日好　香港　Oxfor Universuty　2007 年　頁 229—233

147. 彭　歌　輕裘緩帶的讀書人——諍友吳魯芹　文訊雜誌　第 257 期　2007 年 3 月　頁 43—45

148. 彭　歌　輕裘緩帶的讀書人——諍友吳魯芹　雞尾酒會及其他　臺北　九歌出版社　2007 年 4 月　頁 17—22

149.〔封德屏主編〕　吳魯芹　2007 臺灣作家作品目錄　臺南　國立臺灣文學館　2008 年 7 月　頁 258

150. 莊　因　身具中西文化精粹的中文作家高手——吳魯芹先生　漂流的歲月（下）——棲遲天涯　臺北　三民書局　2010 年 5 月　頁 378—386

151. 應鳳凰，傅月庵　吳魯芹——《雞尾酒會及其他》　冊頁流轉——臺灣文學書入門 108　臺北　印刻文學生活雜誌出版公司　2011 年 3 月　頁 32—33

152. 葉兆言　喜歡吳魯芹的理由　語文世界　2011 年第 9 期　2011 年　頁 7

153. 古遠清　「俗人」吳魯芹　消逝的文學風華　臺北　九歌出版社　2011 年 12 月　頁 205—211

訪談、對談

154. 邱秀文　吳魯芹的自述——走的是輕描淡寫的路子（上、下）[7]　中國時報　1978 年 5 月 10—11 日　12 版

---

[7]本文後改篇名為〈越洋筆談〉。

155. 邱秀文　越洋筆談　瞎三話四集　臺北　九歌出版社　1979 年 11 月　頁 134—150

156. 邱秀文　越洋筆談　低調淺彈——瞎三話四集　臺北　九歌出版社　2006 年 8 月　頁 127—140

157. 邱秀文　越洋筆談　瞎三話四集　上海　上海世紀出版公司・上海書店出版社　2009 年 1 月　頁 98—111

158. 蔡平順問；吳魯芹答　口中多嚼幾遍才下筆　中國時報　1979 年 9 月 17 日　8 版

159. 丘彥明　仰望晴空——訪吳魯芹先生[8]　聯合報　1981 年 4 月 30 日　8 版

160. 丘彥明　仰望晴空——訪吳魯芹先生　餘年集　臺北　洪範書店　1982 年 5 月　頁 32—36

161. 丘彥明　仰望晴空——訪吳魯芹先生　洪範雜誌　第 10 期　1982 年 12 月　2 版

162. 丘彥明　仰望晴空——吳魯芹先生的家　人情之美　臺北　允晨文化公司　1989 年 1 月　頁 125—129

163. 丘彥明　仰望晴空　餘年集　上海　上海世紀出版公司・上海書店出版社　2009 年 1 月　頁 25—29

164. 鐘麗慧　老漢忘年不老・飛觴把酒言觀，中距離訪問吳魯芹　民生報　1982 年 8 月 7 日　7 版

165. 丘彥明　老漢、好漢難分・散坐、包月有別——訪散文家吳魯芹先生[9]　聯合報　1982 年 8 月 16 日　8 版

166. 丘彥明　訪散文家吳魯芹先生——代序　臺北一月和　臺北　聯經出版公司　1983 年 7 月　頁 3—17

167. 丘彥明　「老漢」、「好漢」難分，「散坐」、「包月」有別　人情之美　臺北　允晨文化公司　1989 年 1 月　頁 111—124

---

[8] 本文後改篇名為〈仰望晴空——吳魯芹先生的家〉。
[9] 本文後改篇名為〈訪散文家吳魯芹先生——代序〉。

168. 丘彥明　　　訪散文家吳魯芹先生——代序　文人相重・臺北一月和　上海　上海世紀出版公司・上海書店出版社　2009 年 1 月　頁 138—150

作品評論篇目

綜論

169. 黃渭珈　　　吳魯芹生平事略　吳魯芹散文研究　玄奘大學中國語文學系碩士在職專班　碩士論文　鄭明娳教授指導　2007 年 6 月　頁 129—130

170. 亞　菁　　　吳魯芹的散文觀　中央日報　1979 年 9 月 12 日　11 版

171. 亞　菁　　　吳魯芹教授的散文觀　九歌雜誌　第 81 期　1987 年 11 月　3 版

172. 王梅香　　　蕭殺歲月的美麗／美力：五○年代臺灣遊記文學中的美國經驗——以吳魯芹、劉真、李霖燦、曾虛白遊記為觀察對象[10]　第十屆府城文學獎得獎作品專集　臺南　臺南市圖書館　2004 年 12 月　頁 432—485

173. 鐘麗慧　　　虎虎生氣的一條老漢：吳魯芹其人其書　新書月刊　第 1 期　1983 年 10 月　頁 57—63

174. 齊邦媛　　　文章千古事——弦斷韻未止的吳魯芹散文　中國時報　1984 年 9 月 13 日　8 版

175. 齊邦媛　　　文章千古事——弦斷吟未止的吳魯芹散文　洪範雜誌　第 18 期　1984 年 11 月　1 版

176. 齊邦媛　　　文章千古事——弦斷吟未止的吳魯芹散文　暮雲集　臺北　洪範書店　1984 年 11 月　頁 1—10

177. 齊邦媛　　　文章千古事——弦斷吟未止的吳魯芹散文　七十三年文學批評選　臺北　爾雅出版社　1985 年 3 月　頁 217—225

178. 齊邦媛　　　文章千古事——弦斷韻未止的吳魯芹散文　霧漸漸散的時候　臺

---

[10] 本文藉由文本觀察，探討作家「美國想像」的建立。全文共 5 小節：1.前言：放洋的孩子；2.美國的月亮比較圓？美國經驗的書寫；3.第七艦隊守護下的自由中國？；4.月是故鄉明？反思訪美遊記書寫；5.結論。

北　九歌出版公司　1998 年 10 月　頁 231—239

179. 齊邦媛　文章千古事——弦斷吟未止的吳魯芹散文　暮雲集　上海　上海
　　　世紀出版公司‧上海書店出版社　2009 年 1 月　頁 1—6

180. 徐　學　散文創作（下）——吳魯芹、顏元叔等人的幽默散文　臺灣文學
　　　史（下）　福州　海峽文藝出版社　1993 年 1 月　頁 670—671

181. 徐　學　散文——幽默散文〔吳魯芹部分〕　臺灣新文學概觀（下）　廈
　　　門　鷺江出版社　1991 年 6 月　頁 217—218

182. 徐　學　當代臺灣散文中的遊戲精神〔吳魯芹部分〕　中華文學的現在和
　　　未來——兩岸暨港澳文學交流研討會論文集　香港　鑪峰學會
　　　1994 年 6 月　頁 170—171

183. 張超主編　吳魯芹　臺港澳及海外華人作家辭典　江蘇　南京大學出版社
　　　1994 年 12 月　頁 503

184. 傅孝先　簡談吳魯芹的散文　文學與人生　臺北　書林出版公司　1995 年
　　　4 月　頁 94—98

185. 陳芳明　橫的移植與現代主義之濫觴：聶華苓與《自由中國》文藝欄〔吳
　　　魯芹部分〕　聯合文學　第 202 期　2001 年 8 月　頁 138

186. 應鳳凰　《自由中國》、《文友通訊》作家群與五〇年代臺灣文學史〔吳
　　　魯芹部分〕　文藝理論與通俗文化（上）　臺北　中研院文哲所
　　　2004 年 12 月　頁 122

187. 余光中等　當代作家看典藏散文——夏濟安、吳魯芹、林以亮[11]　聯合報
　　　2006 年 8 月 17 日　E7 版

188. 張瑞芬　顏元叔與吳魯芹的散文在七〇年代的意義[12]　「苦悶與蛻變：60、
　　　70 年代臺灣文學與社會」國際學術研討會　臺北　東海大學中文
　　　系主辦　2006 年 11 月 11—12 日

---

[11]與會者：余光中、陳義芝、楊照、鍾怡雯；整理：廖之韻。

[12]本文探討顏元叔與吳魯芹之異同，並綜合評論其文壇地位、影響力與散文評價。全文共 4 小節：
　1.前言；2.顏元叔及散文；3.吳魯芹及其散文；4.兩種知性系統：顏元叔、吳魯芹的時代意義。後
　改篇名為〈七〇年代顏元叔與吳魯芹的散文〉。

189. 張瑞芬　七○年代顏元叔與吳魯芹的散文　胡蘭成、朱天文與「三三」——臺灣當代文學論集　臺北　秀威資訊科技公司　2007 年 4 月　頁 211—268

190. 張瑞芬　七○年代顏元叔與吳魯芹的散文　臺灣文學研究學報　第 4 期　2007 年 4 月　頁 95—138

191. 李家欣　各創作類型之表現：散文的表現〔吳魯芹部分〕　夏濟安與《文學雜誌》研究　中央大學中國文學系碩士在職專班　碩士論文　李瑞騰教授指導　2007 年 7 月　頁 67—68

192. 謝郁慧　臺灣早期幽默散文作家論——學者篇——幽默散文淺彈低唱：吳魯芹（1918—1983）　臺灣早期幽默散文研究　中央大學中國文學系碩士在職專班　碩士論文　李瑞騰教授指導　2008 年 7 月　頁 85—98

193. 范培松　臺灣散文——人文小品：王鼎鈞、張曉風和亮軒〔吳魯芹部分〕　中國散文史（下）　南京　江蘇教育出版社　2008 年 8 月　頁 664

194. 〔劉紹銘主編〕　出版說明　英美十六家　上海　上海世紀出版公司·上海書店出版社　2009 年 1 月　頁 1—2

195. 〔劉紹銘主編〕　出版說明　雞尾酒會及其他·美國去來　上海　上海世紀出版公司·上海書店出版社　2009 年 1 月　頁 1—2

196. 〔劉紹銘主編〕　出版說明　師友·文章　上海　上海世紀出版公司·上海書店出版社　2009 年 1 月　頁 1—2

197. 〔劉紹銘主編〕　出版說明　瞎三話四集　上海　上海世紀出版公司·上海書店出版社　2009 年 1 月　頁 1—2

198. 〔劉紹銘主編〕　出版說明　餘年集　上海　上海世紀出版公司·上海書店出版社　2009 年 1 月　頁 1—2

199. 〔劉紹銘主編〕　出版說明　文人相重·臺北一月和　上海　上海世紀出版公司·上海書店出版社　2009 年 1 月　頁 1—2

200. 〔劉紹銘主編〕　　出版說明　暮雲集　上海　上海世紀出版公司・上海書店出版社　2009 年 1 月　頁 1—2

201. 江　萍　　吳魯芹散文幽默風格探析　閩南職業技術學院學報　第 13 卷第 2 期　2011 年 6 月　頁 67—70

202. 江　萍　　千萬不要錯過吳魯芹——吳魯芹散文品賞　泉州文學　2011 年第 10 期　2011 年 10 月　頁 77—80

203. 陳建忠　　冷戰與戒嚴體制下的美學品味　媒介現代：冷戰中的臺港文藝學術工作坊　臺南　成功大學，香港中文大學合辦　2012 年 6 月 29—30 日

204. 陳建忠　　冷戰與戒嚴體制下的美學品味：論吳魯芹散文及其典律化問題　「媒介現代・冷戰中的臺港文藝」國際學術研討會　臺南　成功大學人文社會科學中心、臺灣文學館主辦；成功大學臺灣文學系協辦　2013 年 5 月 24—25 日　〔16 頁〕

205. 陳俊益　　落地生根之後：梁實秋散文的在臺影響——後繼有人：閑適幽默小品的延續：以吳魯芹、夏元瑜、余光中為例　跨海的古典、生根的人文——梁實秋文學與文藝思想在臺傳播及影響　清華大學臺灣文學研究所　碩士論文　陳建忠教授指導　2012 年　頁 233—238

206. 張瑞芬　　雞尾酒會裡的人——論吳魯芹散文　荷塘雨聲——當代文學評論　臺北　爾雅出版社　2013 年 7 月　頁 205—221

分論

◆單行本作品

論述

《十三位美國作家》

207. 〔編輯部〕　　前言　十三位美國作家　〔華盛頓〕　美國之音・出版部　1984 年 2 月　〔1〕頁

散文

《美國去來》

208. 殷海光　　　《美國去來》　自由中國　第 8 卷第 6 期　1953 年 3 月　頁 28—
31

209. 應鳳凰　　　吳魯芹／《美國去來》　人間福報　2012 年 2 月 20 日　15 版

210. 趙慶華　　　時間的封印，文學的跫音——吳魯芹，《美國去來》　臺灣文學
館通訊　第 42 期　2014 年 3 月　頁 14

《雞尾酒會及其他》

211. 周棄子　　　吳魯芹《雞尾酒會及其他》序[13]　自由中國　第 17 卷第 10 期
1957 年 11 月　頁 24

212. 周棄子　　　序　雞尾酒會及其他　臺北　文學雜誌社　1957 年 11 月　頁 1—
4

213. 周棄子　　　序　雞尾酒會及其他　香港　友聯出版社　1958 年 2 月　頁 1—4

214. 周棄子　　　吳魯芹著《雞尾酒會及其他》序　未埋庵短書　臺北　文星書店
1964 年 1 月　頁 77—79

215. 周棄子　　　序　雞尾酒會及其他　臺北　傳記文學出版社　1975 年 11 月　頁
1—4

216. 周棄子　　　吳魯芹著《雞尾酒會及其他》序　未埋庵短書　臺北　領導出版
社　1978 年 1 月　頁 83—85

217. 周棄子　　　是不為序　雞尾酒會及其他　臺北　九歌出版社　2007 年 4 月
頁 23—26

218. 周棄子　　　序　雞尾酒會及其他・美國去來　上海　上海世紀出版公司・上
海書店出版社　2009 年 1 月　頁 5—7

219. 彭　歌　　　《雞尾酒會及其他》　自由談　第 9 卷第 1 期　1958 年 1 月　頁
41

220. 司徒衛　　　吳魯芹的《雞尾酒會及其他》　書評續集　臺北　幼獅書店
1960 年 6 月　頁 37—38

---

[13]本文後改篇名為〈是不為序〉。

221. 司徒衛　吳魯芹的《雞尾酒會及其他》　五十年代文學評論　臺北　成文出版社　1979 年 3 月　頁 89—90

222. 李歐梵　閱讀吳魯芹　中國時報　2006 年 10 月 26 日　E7 版

223. 李歐梵　閱讀吳魯芹　雞尾酒會及其他　臺北　九歌出版社　2007 年 4 月　頁 208—211

《師友・文章》

224. 夏志清　吳魯芹《師友・文章》序[14]　傳記文學　第 162 期　1975 年 11 月　頁 34—40

225. 夏志清　序　師友・文章　臺北　傳記文學出版社　1975 年 12 月　頁 7—20

226. 夏志清　吳魯芹《師友・文章》（序）　人的文學　臺北　純文學出版社　1977 年 3 月　頁 125—144

227. 夏志清　序《師友・文章》　瞎三話四──吳魯芹選集　香港　天地圖書公司　2006 年 8 月　頁 327—348

228. 夏志清　序：文章一如其人　師友・文章　臺北　九歌出版社　2007 年 10 月　頁 11—30

229. 彭　歌　《師友・文章》跋[15]　傳記文學　第 162 期　1975 年 11 月　頁 41—42

230. 彭　歌　跋　師友・文章　臺北　傳記文學出版社　1975 年 12 月　頁 191—193

231. 彭　歌　跋：在嘲諷中不失寬容　師友・文章　臺北　九歌出版社　2007 年 10 月　頁 229—232

232. 彭　歌　跋　師友・文章　上海　上海世紀出版公司・上海書店出版社　2009 年 1 月　頁 218—221

233. 郭明福　平生風義兼師友　琳瑯書滿目　臺北　爾雅出版社　1985 年 7 月

---

[14]本文後改篇名為〈序：文章一如其人〉。
[15]本文後改篇名為〈跋：在嘲諷中不失寬容〉。

頁 29—32

《瞎三話四集》

234. 林貞羊　有性靈的文學——《瞎三話四集》讀後感　青年戰士報　1980 年 10 月 6 日　11 版

235. 林貴真　《瞎三話四》之餘　聯合報　1980 年 12 月 27 日　12 版

236. 齊孝維　一本風格雋永的書——《瞎三話四集》讀後　中華日報　1980 年 2 月 12 日　10 版

237. 吳涵碧　從容坦蕩，妙語如珠——讀吳魯芹的《瞎三話四集》　聯合報 1980 年 5 月 25 日　8 版

238. 陳克環　低調的幽默——讀吳魯芹著《瞎三話四集》　中華日報　1980 年 8 月 14 日　10 版

239. 陳克環　低調的幽默——讀吳魯芹先生的《瞎三話四集》　書癡・書緣 臺北　九歌出版社　1981 年 3 月　頁 129—135

240. 亞　菁　喜見魯老新作——細讀《瞎三話四集》　九歌雜誌　第 14 期 1981 年 10 月 7 日　3 版

241. 李漢呈　吳魯芹印象——《瞎三話四集》讀後　中華日報　1981 年 11 月 19 日　10 版

242. 李漢呈　吳魯芹印象——《瞎三話四集》讀後　九歌雜誌　第 16 期　1981 年 12 月 10 日　4 版

243. 葉維廉　散文的藝術〔《瞎三話四集》部分〕　中外文學　第 13 卷第 8 期 1985 年 1 月　頁 125—126

244. 葉維廉　散文的藝術〔《瞎三話四集》部分〕　七十四年文學批評選　臺 北　爾雅出版社　1986 年 4 月　頁 79—82

245. 郭明福　斯人已遠——《瞎三話四集》充滿睿智與渾厚的人情　九歌雜誌 第 61 期　1986 年 3 月　3 版

《英美十六家》

246. 夏志清　雜七搭八的聯想——吳著《英美十六家》（代序）　傳記文學

第 232 期　1981 年 9 月　頁 101—109

247. 夏志清　雜七搭八的聯想——《英美十六家》代序　英美十六家　臺北　時報文化出社　1981 年 9 月　頁 1—31

248. 夏志清　雜七搭八的聯想——《英美十六家》代序　英美十六家　上海　上海世紀出版公司・上海書店出版社　2009 年 1 月　頁 1—25

249.〔書評小組〕　評吳魯芹著《英美十六家》　中央日報　1984 年 8 月 9 日　10 版

250.〔書評小組〕　評吳魯芹著《英美十六家》　新書月刊　第 12 期　1984 年 10 月　頁 62

251. 彭淮棟　吳魯芹《英美十六家》質疑　聯合文學　第 18 期　1986 年 4 月　頁 202—204

252. 葉維廉　真象假象——從吳魯芹作家訪談的錄音談起　中國時報　1986 年 11 月 10 日　8 版

253. 彭淮棟　何處惹塵埃——吳著《英美十六家》疑團未釋　聯合文學　第 26 期　1986 年 12 月　頁 230—231

《餘年集》

254. 張佛千　讀其文不知其人，可乎？談吳魯芹的散文[16]　聯合報　1982 年 5 月 23 日　8 版

255. 張佛千　讀其文不知其人，可乎？——序吳魯芹先生《餘年集》　餘年集　臺北　洪範書店　1982 年 5 月　頁 1—14

256. 張佛千　讀其文不知其人，可乎？——序吳魯芹先生《餘年集》　傳記文學　第 241 期　1982 年 6 月　頁 89—92

257. 張佛千　讀其文不知其人，可乎？——讀吳魯芹先生《餘年集》　洪範雜誌　第 8 期　1982 年 6 月　1 版

258. 張佛千　讀其文不知其人，可乎？　餘年集　上海　上海世紀出版公司・上海書店出版社　2009 年 1 月　頁 1—11

---

[16] 本文後改篇名為〈讀其文不知其人，可乎？——序吳魯芹先生《餘年集》〉。

259. 應鳳凰　　讀《餘年集》　洪範雜誌　第 8 期　1982 年 6 月　1 版

260. 郭明福　　不須惆悵近黃昏——我讀《餘年集》　洪範雜誌　第 9 期　1982 年 9 月　4 版

261. 游　喚　　從洪範版《餘年集》論吳魯芹散文　散文季刊　第 1 期　1984 年 1 月　頁 64—68

262. 游　喚　　從洪範版《餘年集》論吳魯芹散文　文學批評的實踐與反思　臺中　臺中縣立文化中心　1993 年 6 月　頁 132—141

《臺北一月和》

263. 森明〔丘彥明〕　　失友遂無聞過日——記吳魯芹先生與《臺北一月和》　文訊雜誌　第 3 期　1983 年 9 月　頁 111—114

264. 丘彥明　　失友遂無聞過日——記吳魯芹先生與《臺北一月和》　人情之美　臺北　允晨文化公司　1989 年 1 月　頁 130—134

265. 應鳳凰　　風中的林木〔《臺北一月和》部分〕　文訊雜誌　第 3 期　1983 年 9 月　頁 172

《文人相重》

266. 應鳳凰　　楓林小橋・孤燈明滅〔《文人相重》部分〕　文訊雜誌　第 4 期　1983 年 10 月　頁 188

267. 鐘麗慧　　當季散文新書介紹——《文人相重》　散文季刊　第 1 期　1984 年 1 月　頁 164

268. 郭明福　　知音世所稀，吾意獨憐才——試論《文人相重》[17]　洪範雜誌　第 15 期　1984 年 1 月　2 版

269. 郭明福　　知音世所稀，吾意獨憐才——試論《文人相重》　文訊雜誌　第 14 期　1984 年 10 月　頁 208—212

270. 郭明福　　評吳魯芹著《文人相重》　新書月刊　第 15 期　1984 年 12 月　頁 62

271. 應鳳凰　　論《文人相重》　洪範雜誌　第 18 期　1984 年 11 月　4 版

---

[17]本文後改篇名為〈評吳魯芹著《文人相重》〉。

《暮雲集》

272. 吳葆珠　　《暮雲集》後記　洪範雜誌　第 18 期　1984 年 11 月　4 版

273. 吳葆珠　　後記　暮雲集　臺北　洪範書店　1984 年 11 月　頁 151—152

274. 吳葆珠　　後記　暮雲集　上海　上海世紀出版公司・上海書店出版社
2009 年 1 月　頁 94—95

275. 應鳳凰　　十月、十一月的文學出版——吳魯芹《暮雲集》　文訊雜誌　第
15 期　1984 年 12 月　頁 353

276. 游　喚　　欣賞吳魯芹最後一部散文——《暮雲集》　臺灣日報　1985 年 2
月 7 日　8 版

277. 游　喚　　欣賞吳魯芹最後一部散文《暮雲集》　文學批評的實踐與反思
臺中　臺中縣立文化中心　1993 年 6 月　頁 142—148

278. 湯　晏　　從容坦蕩好文章——吳魯芹《暮雲集》讀後　傳記文學　第 278
期　1985 年 7 月　頁 31—32

《吳魯芹散文選》

279. 李明駿　　寫給成人讀的散文　聯合文學　第 24 期　1986 年 1 月　頁 214—
215

280. 李明駿　　寫給成人讀的散文　洪範雜誌　第 29 期　1987 年 1 月 10 日　3
版

281. 齊邦媛　　輕裘緩帶風格的文章[18]　中華日報　1986 年 3 月 27 日　11 版

282. 齊邦媛　　《吳魯芹散文選》前言　洪範雜誌　第 26 期　1986 年 4 月 5 日
4 版

283. 齊邦媛　　前言　吳魯芹散文選　臺北　洪範書店　1986 年 4 月　頁 1—10

284. 齊邦媛　　《吳魯芹散文選》前言　霧漸漸散的時候　臺北　九歌出版公司
1998 年 10 月　頁 241—251

285. 齊邦媛　　前言　吳魯芹散文選　臺北　洪範書店　2006 年 8 月　頁 1—10

286. 郭玉文　　《吳魯芹散文選》　錦囊開卷　臺北　國家文藝基金管理委員會

---

[18]本文後改篇名為〈《吳魯芹散文選》前言〉。

1993 年 6 月　頁 250─252

單篇作品

287. 夏　門　　老師與學生──讀〈記吾師章淪先生說〉有感（上、下）　臺灣
時報　1972 年 3 月 15─16 日　9 版

288. 林貞羊　　我也談睡〔〈談睡〉〕　中華日報　1982 年 8 月 6 日　10 版

289. 呂正惠　　〈置電話記〉簡析　中國現代散文選析　臺北　長安出版社
1985 年 3 月　頁 564─565

290. 呂正惠　　〈我和書〉簡析　中國現代散文選析　臺北　長安出版社　1985
年 3 月　頁 575─578

291. 趙　朕　　〈我和書〉賞析　臺灣散文鑑賞辭典　太原　北岳文藝出版社
1991 年 12 月　頁 244─245

292. 蔡孟樺　　〈我和書〉編者的話　在字句裡呼吸　臺北　香海文化公司
2006 年 9 月　頁 50─51

293. 呂正惠　　〈懶散〉簡析　中國現代散文選析　臺北　長安出版社　1985 年
3 月　頁 579─580

294. 〔游喚，張鴻聲，徐華中編〕　　〈懶散〉賞析　現代散文精讀　臺北　五
南圖書出版公司　1998 年 8 月　頁 75─81

295. 孟　樺　　〈懶散〉講師的話　人間福報　2002 年 6 月 30 日　9 版

296. 呂正惠　　〈旅遊只宜提倡說〉簡析　中國現代散文選析　臺北　長安出版
社　1985 年 3 月　頁 588─589

297. 〔鄭明娳，林燿德選註〕　　〈杞人憂天錄〉　人生五題──憂患　臺北
正中書局　1990 年 8 月　頁 24

298. 趙　朕　　〈雞尾酒會〉賞析　臺灣散文鑑賞辭典　太原　北岳文藝出版社
1991 年 12 月　頁 237─239

299. 趙　朕　　〈數字人生〉賞析　臺灣散义鑑賞辭典　太原　北岳文藝出版社
1991 年 12 月　頁 250─252

300. 浦基維，涂玉萍，林聆慈　　辭章創作與時代背景──社會背景──對現代

社會的變遷表示憂心〔〈數字人生〉部分〕　散文・新詩義旨古
今談　臺北　萬卷樓圖書公司　2002 年 1 月　頁 20—21

作品評論目錄、索引

301. 薛至宜　　《低調淺彈——瞎三話四集》重要評論索引　低調淺彈——瞎三
話四集　臺北　九歌出版社　2006 年 8 月　頁 221—222

302.〔封德屏主編〕　　吳魯芹　臺灣現當代作家評論資料目錄（二）　臺南
國立臺灣文學館　2010 年 11 月　頁 858—867

其他

303. 思　兼　　懷念《文學雜誌》　青溪　第 46 期　1971 年 4 月　頁 28—37

國家圖書館出版品預行編目資料

臺灣現當代作家研究資料彙編. 61, 吳魯芹 / 須文蔚編
選. -- 初版. -- 臺南市：臺灣文學館, 2014.12
　面；　公分
ISBN 978-986-04-3266-4(平裝)

1.吳魯芹 2.傳記 3.文學評論

863.4　　　　　　　　　　　　　103024275

【臺灣現當代作家研究資料彙編】61

吳魯芹

發 行 人　翁誌聰
指導單位　行政院文化部
出版單位　國立臺灣文學館
　　　　　地　　址／70041 臺南市中西區中正路 1 號
　　　　　電　　話／06-2217201　　　　　傳　真／06-2218952
　　　　　網　　址／www.nmtl.gov.tw　　　電子信箱／pba@nmtl.gov.tw

總 策 畫　封德屏
顧　　問　林淇瀁　張恆豪　許俊雅　陳信元　陳義芝　須文蔚　應鳳凰
工作小組　汪黛妏　陳欣怡　陳鈺翔　張傳欣　莊雅晴　黃寁婷　詹宇霈　蘇琬鈞
編　　選　須文蔚
責任編輯　張傳欣
校　　對　杜秀卿　陳欣怡　陳鈺翔　張傳欣　莊雅晴　黃寁婷　蘇琬鈞
計畫團隊　財團法人台灣文學發展基金會
美術設計　翁國鈞・不倒翁視覺創意
印　　刷　松霖彩色印刷事業有限公司

著作財產權人　國立臺灣文學館
　　　　本書保留所有權利。欲利用本書全部或部分內容者，須徵求著作財產權人
　　　　同意或書面授權。請洽國立臺灣文學館研究典藏組（電話：06-2217201）

經銷展售　國家書店松江門市（02-25180207）
　　　　　國立臺灣文學館—雪芙瑞文學咖啡坊（06-2214632）
　　　　　三民書局（02-23617511）　　　　　五南文化廣場（04-22260330）
　　　　　台灣的店（02-23625799）　　　　　府城舊冊店（06-2763093）
　　　　　南天書局（02-23620190）　　　　　唐山出版社（02-23633072）
　　　　　草祭二手書店（06-2216872）

初版一刷　2014 年 12 月
定　　價　新臺幣 280 元整
　　　　　第一階段 15 冊新臺幣 5500 元整　　第二階段 12 冊新臺幣 4500 元整
　　　　　第三階段 23 冊新臺幣 8500 元整　　全套 50 冊新臺幣 18500 元整
　　　　　全套 50 冊合購特惠新臺幣 16500 元整
　　　　　第四階段 14 冊新臺幣 5000 元整

GPN　1010303061（單本）　ISBN　978-986-04-3266-4（單本）
　　　1010000407（套）　　　　　　978-986-02-7266-6（套）

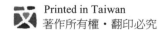

Printed in Taiwan
著作所有權・翻印必究